南方周末写作课

好散文的秘密

南方周末　编著

湖南文艺出版社

图书在版编目 (CIP) 数据

南方周末写作课：好散文的秘密 / 南方周末编著. -- 长沙：湖南文艺出版社, 2025.1. -- ISBN 978-7-5726-1997-7

Ⅰ. I056

中国国家版本馆 CIP 数据核字第 20245BR794 号

南方周末写作课：好散文的秘密
NANFANG ZHOUMO XIEZUOKE：HAOSANWEN DE MIMI

编　著　南方周末

出 版 人　陈新文
责任编辑　陈漫清　杨晓澜　廖雅琪
责任校对　彭进
书籍设计　刘盼盼

出版发行　湖南文艺出版社
　　　　　（长沙市雨花区东二环一段 508 号　邮编：410014）
网　　址　http://www.hnwy.net
印　　刷　长沙艺铖印刷包装有限公司
经　　销　新华书店
开　　本　787 mm × 1092 mm　1/32
印　　张　10.25
字　　数　200 千字
版　　次　2025 年 1 月第 1 版
印　　次　2025 年 1 月第 1 次印刷
书　　号　ISBN 978-7-5726-1997-7
定　　价　68.00 元

芙蓉出品　版权所有，未经准许，不得转载、摘编或复制

编辑委员会

- 出品 -
王 巍

- 主编 -
肖 华

- 监制 -
徐秋生

- 执行主编 -
谢 晓

- 编辑 -
胡康平

目录

发刊词 | 探寻散文之道：何为文？何为散？ | 李敬泽 001

一、什么是"散文"的"文"？ 004

二、什么是"散文"的"散"？ 009

三、我们为什么要写散文？ 013

四、我们如何学习散文写作？ 016

嘉宾课 | 情感如何支撑我们的写作？ | 周晓枫 019

第一节：散文中最重要的元素 022

第二节：情感的不同温度和不同倾向 026

第三节：如何达至有效而有力的表达？ 034

如何提升散文的美学境界？ | 李修文 041

第一节：散文的美学特征 043

第二节：散文的境界特征 054

第三节：如何提升散文的美学境界 062

散文课

第一讲 散文课选材模块 | 傅菲 073

第一节：判断好选材的四个标准　075

第二节：如何收集素材，让文章鲜活出彩？　091

第三节：如何筛选素材，实现选材的应用价值？　103

第四节：如何用选材推动散文的纵深？　115

第二讲 散文课结构模块 | 庞余亮 129

第一节：三个关键点，重新认识散文结构　131

第二节：九种结构法，从结构变佳构（上）　146

第三节：九种结构法，从结构变佳构（下）　161

第四节：三把"解牛刀"，帮你破解散文结构　176

第五节：三大心法，"立"出散文最佳结构　191

第三讲　散文课情感模块　｜　塞壬　209

第一节：挣脱三大思维"束缚"，让情感表达更自由　211

第二节：如何理解散文中的复杂情感？　223

第三节：如何在散文中呈现复杂的情感（上）　236

第四节：如何呈现散文的复杂情感（下）　250

第四讲　散文课语言模块　｜　黑陶　263

第一节：如何提升语言辨识度（上）：找到符合自己的语言风格　265

第二节：如何提升语言辨识度（下）：塑造独特语言风格的四个秘诀　277

第三节：如何写出诗意的散文（上）：提高散文文学性的四种途径　290

第四节：如何写出诗意的散文（下）：从汉字入手，深入写作秘境　305

| 发 刊 词 |

探寻散文之道：何为文？何为散？

李敬泽

中国作家协会副主席
著名评论家、散文家
鲁迅文学奖得主

·曾获鲁迅文学奖文学理论评论奖、华语文学传媒大奖年度散文家奖、十月文学奖等。他把随笔的自由、散文的飘逸、杂文的睿智和幽默，糅合成一种柳暗花明、举重若轻的文风。

代表作：《青鸟故事集》《咏而归》《会饮记》

发刊词

各位朋友，大家好！欢迎来到《南方周末散文写作课》，我是李敬泽。在这里，我想和大家一起从散文的流变中，来聊一聊究竟什么是散文，我们为什么要学散文，又该怎样学习散文。

先简单地自我介绍一下，别人介绍我的时候，一般都会说李敬泽是评论家，有时也会在"评论家"后面加上"散文家"，但其实，我首先是一个编辑，1984年我从北大中文系毕业，就到中国作家协会下面的《小说选刊》杂志社工作，后来1990年调到《人民文学》杂志，从编辑做到主编，到2012年卸任的时候，我前后当了28年文学杂志的编辑，然后，从2017年开始，又做了学术刊物《中国现代文学研究丛刊》的主编，我是有多么喜欢当编辑啊，乐此不疲。编辑是什么人？就是看文章、选文章、改文章的人。比起当编辑，还有一件事，我干的时间更长，就是写文章。从上小学写作文开始，一直到现在，我一直在写各式各样的文章。有的文章，大家叫评论，于是就是评论家，有的文章大家叫散文，于是又成了散文家。比起来，我自己更喜欢做一个散文家,因为在我看来,天下文章笼而统之都可以算是散文。

尽管写了这么多年散文,但让我在这里谈论散文,还是觉得特别困难。为什么困难?因为散文太基本了。在现代社会,绝大多数人不会想到我要写小说、我要写诗,我们满足于做一个读者。而散文,只要是一个具有读写能力的人,你总要和散文发生关系。我们的语文课,从小学到大学,不会教你写诗,不会教你写小说,也就是说,作为受过教育的"社会人",写诗或写小说不是你的基本技能,但是,你必须学会写文章,学会叙事、议论、抒情,把想法传达出来,尽可能地清晰,具有说服力和感染力。这个基本技能在工作、生活中肯定会用到,你现在每天发几条朋友圈,就是在写小作文啊。在这个意义上,我们大家其实一直是散文写作者。

尽管如此,如果要成为一个自觉的散文家,我们可能不得不刨根问底地想一想:散文是什么?人生的事千万件,为什么有一件事是写散文?

一、什么是"散文"的"文"?

我们大家来看"散文"这个词,"散"在前"文"在后,"散"是对"文"的修饰和界定,目标和重心落在"文"上。那么这个"文"是什么呢?按《说文解字》的解释,"文"的本义、最初的意思是"错画也,象交文"。我们看上古时期的陶器,仰韶文化、龙山文化等等,那上面有各种交错的纹饰，这就是原初的"文"。后来，我们有了最初的象形文字，这就是真正的"文"了。直到春秋战国时代，我们都还没有"字"这个概念，而是把文字称作"文"。

"文"的出现是惊天动地的大事变。我们常用的一个词叫"文明"，就是说文字就像火、就像灯，照亮了人自身，也照亮了人的世界。在考古学上，是否有文字是衡量文明出现的一个基本指标。西汉前期刘安的《淮南子》中说："苍颉作书，而天雨粟，鬼夜哭。"这是个神话，说的是我们的汉字是由苍颉发明的，这个神话很有哲学意味。好比你家里有只猫，天天各种喵喵叫，你甚至愿意相信它是有语言的，你很愿意和它交流，有一句没一句地搭话。但是有一天，你忽然发现，猫正在猫砂盆里画出各种符号，你看不懂，但你意识到它不是随便画的，它在用符号表意。你忽然感到了危险，这些你看不懂的符号把这只猫从你的世界里剥离出去，它闹分离闹独立，有了自己的小世界，它成了猫自己，而不再是你的一部分、你的延伸，这时，你一定会大惊失色、花容失色。苍颉作书也是这样，"文"的出现标志着人从自然中分离出来，人真正地成为人，于是天地大惊，天雨粟，谷子像下雨一样从天上洒下来，鬼在夜里号哭。

人就是这样，人也不管天怎么想、鬼怎么哭，发明了一个一个字，用这些字命名自己，命名世间万物，这在本质上就是在宣示主权啊，宇宙间在天地自然的意志之外还有了人的自我意识和意志。正如我们刚才所讲的，在原初，在最早的时候，并没有"字"这个概念，只有"文"，这个"文"就是一种象形而来的抽象，一种对自然事物和人类事务的概括和表达。创造了字的人们，充满了表达的欲望，他们一定要不断扩展自身对世界的理解和讲述，造越来越多的字，把一个字和另一个字、更多的字连在一起，形成我们现在所理解的文章的"文"、散文的"文"。我们大家都知道，中国文明已知最早的文字是商代的"甲骨文"，这个"文"既是"字"，也是那些卜辞、文章。

讲了这么多，就是为了解释"散文"的这个"文"，它是怎么来的，它多么重要，它就是我们文明的根基所在。为什么散文不好谈，就是因为我们现在所说的这个文学意义上的散文，其实是浮出海面的冰山，它下面还有连接着地壳的广大的根基。我们要理解散文，就不得不从这个根基开始。我甚至认为，一个散文家，必须自觉地把自己放回那个原初状态里去，好像是，你刚刚发明了那些字，你是在用这些有限的字，让你的思想和情感艰难地成形，让你心里和世界上那些散乱的事在字与字、句与句的联系中呈现出某种结构，好像它们不再是互不相干的事，它们在你所建立的结构中变成了一件事，呈现出某种意义，这就像你在天和地之间用散碎的石头为自己盖了一座房屋，一座有意义的房屋。

早期的人类还不习惯使用文字自我表达，他们在这方面还是儿童，还是小学生。我们大家都知道，一个人说话的能力几乎是自然习得的，不用特意教，不用上课，一个孩子慢慢就会说话。但作文不一样，作文一定要教，要通过上学、通过教育去学习，而且可能学得好，可能学不好，作文、写文章是一种很复杂的社会和文化能力。所以，早期的书写、作文不是普遍的日常行为，它是极少数人高度垄断的特权，王室、巫祝、史官和贵族，只有他们才能学到这个本事，然后非常庄重地、仪式化地展开书写，记载邦国与家族的大事，记下上天和天下的消息。我们看《春秋》，它是鲁国的史书，很郑重，但就像流水账、记事本，每年记下几件大事，每件事寥寥几个字十几个字，比微博短多了。渐渐地，书写、作文的功能和能力逐渐扩展，从现在出土的秦简、汉简中，我们看到，作文已经成为在一个广大的帝国中维系公共的和私人的信息交流的基本的、日常的手段，士兵会写信给远方的亲人，整个官僚体系依靠公文传递命令和消息。秦始皇下令"书同文、车同轨"，这里的"文"指的依然是文字。他显然意识到，这种由统一的文字展开的书写与阅读，与广袤大地上的道路系统具有相同的功能，都是要把整个帝国和社会深刻而牢固地联系起来。

而从诸子百家到司马迁到汉赋，文章也由王室和贵族垄断的王官之学发展为士人之学，能作文的人在整个人口中依然是极少数，但这个极少数的绝对数量却有了显著的相对增长，孔子在这个过程中发挥了至关重要的作用。我们把他老人家称为"先师"，不仅因为他教我们道理，也因为他教大家作文。"文"的能力过去在王室和贵族手里，孔子把它从顶层释放出来，教给了那个时代一部分聪明孩子，他们不是社会顶层，顶多算是中层吧，他们就是所谓的"士"。

作文在孔子之前其实是公事，现在一批"士"、一批聪明人加入进来，"文"在一定程度上同时又变成了私事，变成了个人的志向和追求，文章也就不仅仅是简要地指称事物、陈述人事，而是发展为复杂的说理、叙事，委婉或者奔放的抒情。

到了三国时期，文章的力量、它在我们文明中的重要位置，曹丕给出了一个决断的、不容置疑的表述，他写了一篇《典论·论文》，很多名言警句，比如一上来就说"文人相轻，自古而然"，看来我们这点小毛病在三国时就已经是很老的毛病了。文人相轻，但文章至大至重，曹丕断言："盖文章，经国之大业，不朽之盛事。"什么叫"经国之大业"？说的就是，文章是华夏文明的基础，所谓经国，就是使国家井井有条。在曹丕看来，将文字治理为井井有条、有道理有秩序有辞采的文章，这与治理一个政治的、生活的和文化的共同体是同构的，是一回事。古代帝王讲文治武功，这个"文治"，当然是经由文化实施的治理，但它在逻辑上的起点，是文章，是作文。

文章和天下国家的治理是一回事，是同构的，处于一个因与果的逻辑链条中，这个链条往大处延伸，就是经国之大业，反过来往小处延伸，就会落到写文章的那个人身上。这个人，在古代是一个读书人、一个有文化的人，是一个"士"。据说他的使命是内圣外王，把自己治理好以便治理国家和天下，但是同时，曹丕接着说："年寿有时而尽，荣乐止乎其身。二者必至之常期，未若文章之无穷。""经国之大业"说的是文章的空间效应，而"不朽之盛事"，则是时间问题，人总是要死的，但你的文章能够让你克服这个生理限度，抵达无穷与不朽。

二、什么是"散文"的"散"？

说完了三国，我们终于要说到散文的"散"。这个"散"是什么意思？我们现在谈起散文，经常会说"形散神不散"，似乎散文之"散"在于它的散漫，不是很有秩序很有纪律的样子。但就原初的本义而言，散文的"散"是和"骈"相对而言的，之所以叫散文，就是为了相对于骈文。我们看"骈"这个字，左边一个马，右边一个并，《说文解字》里讲，"骈，驾二马也"。两马并驾齐驱，这就是修辞中的对偶、骈俪。"落霞与孤鹜齐飞，秋水共长天一色"，这种修辞手法在古典文学中普遍使用，现在我们也常用。但是，东汉以后，特别是南北朝时期，这种对偶、骈俪，它不仅仅是一种修辞手法，不仅是写对联对对子，更成为文章的基本体式，这就是骈文。做文章就是要整整齐齐，铺排大量的对偶句。对偶的形式和方法极为复杂，唐代有个日本和尚空海，他来中土留学，写了一部《文镜秘府论》，列举了当时作文的对偶形式，多达二十九种。

为什么搞出这么一个出双入对的骈文来？因为美。南朝时期，汉语经历了音韵学的自觉、沈约的"四声八病"等等,我们的汉字、我们的文章,不仅是用来看的,不仅是无声默读的,它发出声响来,它可以这么好听!由此才有了后边的格律诗。而在骈文中,汉语的文字之美,特别是音韵之美,令当时的人沉迷不能自拔。正好这也是士族门阀政治登峰造极的时代。什么是士族?就是以血缘传承为基础,垄断着政治、经济、文化权力的特殊阶层。刚才我们讲,孔子以后有了"士",不是王室贵族的年轻人也有可能读书、做官,但是,古代没有大规模的公共教育机制,写字的能力、写文章的能力、写好文章的能力基本上靠家庭和家族内部的传授,所谓"家学渊源",就是这么来的。这样时间长了,渐渐又固化了,形成一个社会集团,占据着所有的制高点,生下来有钱有权有闲,关键首先是有文化。这样一个集团垄断着文字、文章,也就垄断了"经国之大业"。

从甲骨文到诸子,到司马迁,文字首先是用的,文字和文章就是要叙事传情达意。但是,到了魏晋南北朝,特别是南朝,东晋和宋齐梁陈,在这些有权有钱有闲有文化的士族门阀手里,文字和文章的审美价值被凸显出来。如果说,一个一个字是一个一个士兵,一篇文章就是一支队伍,那么,本来这支队伍的目的是攻城略地,是战而胜之,而到了南朝骈文这里,发展出一种新的眼光,一个个士兵要盔甲鲜明、高大威猛,一支队伍要步伐整齐、排列有序。这当然很好,但是,向着这个方向发展下去,文字的音韵铿锵、形式的整饬华美就成为第一位的目的，也就是说，这支队伍快要忘了自己是要打仗的，它成了仪仗队，就是用来检阅的。

长此以往，当然有问题。文有文风，文风既是文章的风格，也是指某种风格在特定时期内、特定社会条件下会成为风尚，风行草偃，风吹过来，草原上的草都要顺着风的方向伏下去。这个骈文、这个骈俪之风，不仅六朝盛行，直到隋，直到唐，都是社会主导性的文风。不骈俪不成文，不仅是艺术的、审美的、个人性的写作，连公共性的文章，皇帝的诏书、给皇上写的报告、衙门的公文、科举考试的作文，甚至司法的判词，都是骈文。

然后直到中唐时期，韩愈挺身而出，才开始把这个风气彻底扭转了过来。韩愈在中国文化史、中国文学史上具有崇高的地位，苏轼写过《潮州韩文公庙碑》，说韩愈是"匹夫而为百世师，一言而为天下法"，"文起八代之衰，而道济天下之溺"。这个评价直追孔子，顶到天花板了，不能再高了。"文起八代之衰"，八代指的是什么？就是东汉、魏、晋、宋、齐、梁、陈，到隋朝，正好八代，其实不止八代，是八代半，唐代直到盛唐，主导的风气还是骈俪之风。在苏轼看来，这就是一股歪风、衰风，是不正常的、衰败的，韩愈的大功劳就是把这股风气扭转了过来。

韩愈很伟大，但他的底层逻辑其实很简单，有时确认一个简单的真理、一种常识性的逻辑，真是需要扭转乾坤之力。韩愈的逻辑概括起来，就是一句话：有话好好说。写文章不是为了炫耀珠宝，不是仅仅为了漂亮、华丽、琳琅满目,他最著名、影响最为深远的主张就是"文以载道",文章的目的是"载道"。这个主张在五四时期曾经广受非议,认为他把文章变成了儒家意识形态的载体。韩愈固然有重振、光大儒家正统地位的强烈意志,他本人就是因为反对皇帝大操大办迎佛骨被流放到广东潮州的,所以后世潮州要为他立庙,请苏轼写碑。但是,更宏观地看,韩愈是在八代(八代半)的浮华文风之下,试图重新为文章确立一个伦理目的,也就是说,文章的目的不应该是文章自身——刀是用来杀敌的,文章是用来传情、达意、讲道理的。所以,韩愈师法春秋、秦汉,提出"非三代两汉之书不敢观",就是要推倒晚近的骈文传统,一方面固然是因为三代两汉更近于儒家之道,另一方面,他认为三代两汉的古文更近于文章之道。而相对于晚近的"骈文",古文的根本特点就在于"散"。

什么是"散"?我们查一查词典,作为动词,"散"念入声,是解散、分散,作为形容词,"散"念去声,是松散的、没有约束的状态。作为一种文章做法,散文就是与骈文相对,话该怎么说就怎么说,不受外在的形式约束,不押韵、不对偶,用散句。这样的"散"和这样的散文,在唐宋时代具有革命性意义,就是解放了,把一支仪仗队变成一支打仗的军队甚至游击队,它的根本目的就是自由调动各种语言方式、各种句法去准确地、有力地传达意义。苏轼说,文章就是要"行于所当行,止于不可不止"。怎么叫当行?怎么知道不可不止了?

就在于你要表达什么，乘兴而来，兴尽而返。所以，像韩愈、苏轼这样的散文大家，当然不是不讲形式、不讲审美、不讲艺术，而是说，你不要屈从于外在的形式，不要被各种规矩套路所支配，你要为自己的心意去找到尽可能恰当、准确的形式。

三、我们为什么要写散文？

说到这里，我们一直在讲什么是"文"，什么是"散"，什么是"散文"，显而易见，它们都不是绝对的、固化的概念，是在历史的、社会的、文化的发展中不断漂移，不断获得新的意涵。韩愈对确立中国的古典散文传统做出了最大贡献，但他也不是坐在书斋里突发奇想的，骈文的问题早有人看出来了，从初唐到盛唐，也有不少人想改，但改不动，或者改起来束手束脚。为什么韩愈一举成功？因为韩愈生当安史之乱之后，安史之乱是中国史上的大关节。我们前面讲，骈文是建立在东汉以来的社会结构之上的，是士族门阀文化垄断的结果，这个士族门阀，在安史之乱一场大变之后，崩溃了，被洗得差不多了，终于腾出了地方。广大的社会、文化空间向着寒门、向着普通的读书人敞开，所谓"唐宋之变"，所谓中国历史的"近世"由此展开。这个时候，恰好韩愈站了出来，以文章为切入点，在文化上给了士族门阀彻底一击。

韩愈为文章立法，管了一千多年。然后，到了五四新文化运动，中国文章又发生了一次决定性的转型，胡适、陈独秀等人对三千年以来的文言文传统发起革命，"选学妖孽、桐城谬种"，桐城是桐城派，继承的是韩愈以来的散文主流，"选学"是《文选》之学，《昭明文选》就是骈文的集大成。新文化运动的先驱们重新为中国文章立法，无论是自我表达还是日常书写，都必须全面地向着以白话为基础的、大众化的现代汉语转型。胡适在《建设的文学革命论》中指出："（要）用白话作各种文学。我们有志造新文学的人，都该发誓不用文言作文：无论通信、做诗、译书、做笔记、做报馆文章、编学堂讲义、替死人做墓志、替活人上条陈……都该用白话来做。"我们要特别注意，胡适在这里说的"新文学"，覆盖非常广泛，无远弗届、无所不包，他所列举的那些，除了"做诗"之外，都是文章，是广义的散文，是整个社会和文化中基本的书写方式。新文化运动的先驱们的志向，绝不仅仅是建立现代意义上的文学，确立我们现在所熟悉的小说、诗歌、散文等专业的文学领域，不是的，他们是要为中国的现代转型而奋斗，他们牵住牛鼻子，抓住一个基本的、根本的因素，那就是如何作文、如何表达、如何交流和交往。

"盖文章，经国之大业，不朽之盛事。"话说到这儿，我们就能理解曹丕对文章的这种赞叹。它确实是我们文明、文化的根基所在，它在很大程度上，也是一个人，一个自觉的人、有主体意识的人在这个世界上存在的一种基本方式。笛卡儿说，"我思故我在"，在现代世界里，"我思"和"我在"都要依靠"我写"来实现，"我"与他人、与世界实际发生的和想象中、精神上的联系，要依靠书写活动才得以实现。现代以来的新文学在建构过程中划出了一个专业的文学门类，叫作散文，它和古典传统中的文章有所不同。前边讲过，文章之学从一开始就是建立在特定的社会结构之中，如果你穿越回明朝、清朝，从识字、读书、学作文、写文章，一路下来，目标非常明确，就是成为士大夫，参加科举然后做官。这条路进入现代后断掉了。现代文学所设定的散文建立在一种全新的社会构想中，它是一种现代的国民、公民、人民的艺术，所有受过普遍的现代教育的人都应该通过散文来自我认识、自我发现、自我表达。在新文化运动的先驱者们眼里，现代中国、现代社会在某种意义上也是一个由散文连接起来的共同体，你和我、我们所有人，都应该是会写散文的人，我们能够通过这种书写和创作，交换我们的记忆和知识，交流我们的情感，讲述各自的故事，展开思想的论辩，由此，我们才能联结为一个现代社会，一个健全的、由既有自我意识又有共同体意识的人构成的社会。正是在这个意义上，文学的散文同样是我们文化和社会的隐秘根基，由此，我们才能理解为什么我们小学教育、中学教育不会要求你写小说、写诗，但一定会要求你写散文。现代人的生存就是一个散文化生存，我们都以散文的方式活着。在散文中，我们整理和表达我们的经验、情感、知识、思想，努力去建构、去确认一个自我，这个自我可能是真实的，也可能带有我们对自己的想象和期许，也就是说，在散文中，我们不仅写出我是什么样的我，也在展现我们心中的我应该是什么样的我。这就好比用文字整理和装饰出一个属于自己的房间。

——所以，我们就能够理解为什么那些小说家、那些诗人也会写散文，写诗也许是跳跃，写小说也许是跑步，一个人不能永远跳跃和跑步，他的正常状态、日常状态应该是散步。散文就是散步。在现代，文学意义上的散文已经失去了它在古代所具有的宽泛的、实用的社会功能，你的散文写作不是为了上班，你就是在散步，但谁能说散步不重要呢？

四、我们如何学习散文写作？

最后，我们来谈谈如何学习散文写作。就我而言，我只想强调，我们不要忘了散文的根本，就是为什么这世界上会有散文，因为我们有话要说，要向自己、向别人表达。在这个意义上，关于散文的写作，最根本的教诲依然是我们的先师孔子的那句话，孔子说，"辞达而已矣"，言辞、文辞最根本的要求和目的不过是"达"。什么是"达"呢？作为动词，达是传达、抵达，无论叙事、说理、抒情，不能忘了，你的修辞和文章要传达你所见、所思、所感，由此抵达你书写的对象、你的读者。作为形容词，"达"有畅达、流畅之意，也就是说，你的这条传达和抵达的路不能坑坑洼洼、乱七八糟，让人走着走着迷了路，它应该是有条理的、通畅的。

"辞达而已矣"，话说清楚就行了，你念出声来，隔着两千多年都能听出老师的无奈，要求实在不高，但能做到的人实在也不多，所以，辞达而已矣、辞达而已矣，能做到就不错了。孔夫子还有一句教诲，提出了更高的要求："言之无文，行而不远。"这条路不仅是有条理的、通畅的，最好还是有风景的路，是美的、有文采的，这样才能走远，才能延伸，抵达更广大的人群。

在这个意义上，就像我刚才说的，尽管现代的散文已经失去了它很多的实用功能，但一个受过很好的散文训练的人，你不一定非得成为散文家，但你却可能成为一个有力的、有效的表达者和沟通者。

总之，我认为散文课就应该从孔子的这两句话开始，这是散文的最低要求，也是散文的最高要求。

接下来，就会由6位散文作家陪大家一起，从孔夫子最基本的教诲出发，经过选材、结构、情感、语言、境界几大站台，一起解开散文的文字奥秘，这6位作家分别是鲁迅文学奖得主周晓枫、李修文、庞余亮，百花文学奖得主傅菲、人民文学奖得主塞壬和三毛散文奖得主黑陶，他们都有着一二十年的散文创作经验。尽管他们擅长的写作题材或许不同，但他们都有一个共同点，就是既承续了中国文学的传统，但又不满足于散文的既有表达，一直在拓展自己的文字疆域，探索当下散文的种种可能。

比如在中国传统文化中汲取养分的修文,将古典美学精神糅进散文,呈现了中国文学的一个探索方向——重建中国的抒情传统。再比如晓枫,她的写作为我们提供了极好的范例,就是一个人如何在写作中为自己建立一个丰富、饱满,具有鲜明个人辨识度的世界。还有敬惜汉字的黑陶,展现了一种极其自由的写作理念、姿态和方式。傅菲走向自然、走向大地,塞壬努力走进他人的生活,他们都展现了世界可以如何辽阔、散文家的心可以如何辽阔。刚刚获得第八届鲁迅文学奖的庞余亮,则把平淡的日常经验写出了蕴藉的质地。

散文创作是自由的,但散文创作也是自律的,我想,借由这些散文作家的经验,你或许可以重新审视、重新认识散文。

比如:怎样让平常的素材血肉丰满?如何做到似散非散?如何呈现散文的情感力量?如何锤炼个人风格,提高你的文字的辨识度?如何提升散文的艺术境界?

这些问题,在《南方周末散文写作课》中,都能找到答案。

那么现在就让我们做好准备,跟着这6位散文作家,一起进入散文的世界吧。

2022 年 9 月 26 日夜初稿

10 月 1 日二稿

| 嘉 宾 课 |

情感如何支撑我们的写作?

周 晓 枫

北京老舍文学院专业作家、北京作家协会副主席

鲁迅文学奖得主,全国优秀儿童文学奖得主

·高考作文满分,她的作品也出现在高考试卷中,亦频繁登上各大文学奖项榜单——鲁迅文学奖、人民文学奖、十月文学奖、钟山文学奖、花地文学奖、华语文学传媒大奖。评论家张莉赞她"妙语连珠又内敛沉静,犀利尖锐又谦逊诚恳",是作家中的"稀有动物",鲁迅文学奖亦称"她敏捷的思维和自由穿行的艺术脚力,拓展了散文写作的可能性"。

代表作:《巨鲸歌唱》《有如候鸟》《幻兽之吻》

大家好，我是周晓枫。欢迎来到《南方周末散文写作课》，我分享的内容，仅仅是一个小小的铺垫，是正餐之前的开胃小菜，希望能够调动起大家的学习兴趣，而不是感到扫兴。

我要分享的题目是"散文中的情感力量"。

先简单做一下自我介绍，我一直从事跟文字有关的工作，最早喜欢写作，其实是因为语文老师表扬了我的作文，然后让我在全班同学的面前朗读一遍，我觉得那个瞬间对我来说记忆犹新，觉得幸福，其实也是一种虚荣心上的满足。被表扬的当天，我就立志成为作家，从那个时候到现在，成为作家始终是我的梦想，我就没有过第二种准备。

通过高考我上了中文系，高考的时候正好还很幸运，作文得了满分，然后对在中文系的学习以及毕业以后要做写作这行特别地坚定，而且也充满了渴望。

虽然从小就幻想成为作家，但我还是先做了20多年的文学编辑，先是做儿童文学的编辑，后来在《十月》和《人民文学》都做过编辑，直到 2013 年才成为专业作家。散文写作进行了很多年，也出版过像《巨鲸歌唱》《有如候鸟》《幻兽之吻》这样的散文集，获得过鲁迅文学奖、华语文学传媒大奖这样的奖励。

后来我又写了童话，比如说《小翅膀》《星鱼》《你的好心看起来像个坏主意》，也获得了全国优秀儿童文学奖、"中国好书"这样的奖励，但我觉我的童话创作其实也是受益于多年的散文训练。

散文写作这么多年，有过一些小小的经验，当然也遭遇过一些挫折，所以我觉得这个过程中是充满了成长的渴望和可能的，今天我重点讲的是散文中情感的部分。

今天的分享主要分为三个部分：

第一部分，谈谈什么是散文中最重要的元素。

第二部分，讲情感中的不同温度和不同倾向。

第三部分，如何去进行有效有力的表达。

第一节：散文中最重要的元素

我们先来说第一部分：散文中最重要的是什么？

其实散文写久了特别容易让人陷入疲倦，而且容易陷入瓶颈和困境。原因有很多：

首先散文的素材看起来不像小说那么地丰富，不像小说那么地多。

比如说小说你可以替换一个人物、替换一个情节的零件，它就可以焕然一新，但是散文的素材很多都属于一次性消耗。你比如说我们写一位亲人、一只宠物、一场旅行、一次阅读，在小说里可以杜撰许多，但是在散文里就像放过一次的烟花，再难以灿烂。

许多时候我们对散文的理解，尤其是偏于保守的写作者，就觉得像语文学习中的状态一样，从很多的内容里最后概括一个中心思想，就好像水果里只要核一样，这就使散文更为有限和狭窄。因为数学题你可以千变万化，但是题型和公式都是有限的，比如说写亲情的，好像结论就是要心怀感恩，写环境的、写旅行的，好像结论就是要爱护生命、爱护自然这样的主题，它相对来说似乎没有那么多的变数。

那么散文和小说相比，小说是可以藏起自己的。我们都说散文更直抒胸臆，它意味着对情感需要持续的开发和开采。有的时候你对情感的过度开采，就导致了虽然有一定的实践经验，但是创作活力、积累的素材都会日渐衰减，就难以为继，到最后情感的储量和浓度不够了，就很难让文字充满活力和那种绽放出来的能量。

很多年前我跟一位电影导演交流，他就问我：你认为创作中最为重要的元素是什么？我此前没有想过这个问题，因为我觉得很难说剥离的是一种或者是几种，它是一个混合性的场，所以我就没想过这个答案。但他这么问我之后，我就犹豫了一会儿，我说是不是想象力呢？他就摇头，也不认同，他说他觉得是情感。

这个答案当时让我有点吃惊,当然,我不是因为这答案惊艳,不是惊艳的那种吃惊,我恰恰是意外于它的朴素。情感这么重要?我觉得太朴素了,答案朴素到了不值一说的程度。因为情感难道不是一种最基本的能力吗?还能当作一个创作秘方、一个特别需要阐释的元素,或者是把它放在那么位居轴心的重要位置吗?我当时没有那么认同,所以这位导演的答案对我来说,不说平庸,我觉得也够乏味的,心里不能说轻视,至少是听一耳朵就过去了,没有特别在意。

当彼此的经验、年龄、处境不同的时候,认知就会不同,即使是同一个人,随着时间的变化,随着阅历的增长,或者有各种各样的条件影响,也会发生变化。

时隔多年,我现在抱着与那位导演同样的观点,我觉得情感至关重要,尤其是对散文写作来说,情感是最基础的准备,就像空气、土地、水流养育万物那样。想象力当然重要,但是想象力也有生长周期,包括我们手法的创意、角度、风格,也包括语言上的湿度、弹性、营养等等,都需要被孕育在情感里。情感是源头,是支撑的骨骼,也是能够把我们带到远方的一种力量。

我是觉得只要你情感充沛,你保持阅读,哪怕你受制于时间,受制于条件,没有时间、没有条件去动笔,哪怕你困守在一种瓶颈里,没有开始真正的书写,都不必绝望。只要情感没有受到污染,就酝酿着未来复苏的可能。所谓的困难,可能只是暂时的,才华短暂的受阻,等春天来的时候，融雪还会滋润河床，花朵还会缀满枝头。相反假设是情感枯竭了，就是写作者丧失了那种触觉和敏感，你写得再熟练、再著作等身，也不过是重复那种常规化的套路。

有的作家特别容易自鸣得意，觉得自己写得好像多栩栩如生，但是那种栩栩如生也是化石里的栩栩如生，别人一看就知道是死物。作家写下的每个字，其实也是自己孕育的一个细胞，当你的好奇心，你的激情，甚至你的愤怒衰减的时候，文字也不会那么元气饱满；当你的生活是很满足于浮光掠影的，你内心麻木不仁时，就很难写出带有痛感的文字，甚至是那种喜悦也比较浅表，没有热量，因为个人的生命状态，肯定会渗透到写作的字里行间。

所谓文如其人，对散文来说尤甚，因为小说家可以有完美的螺壳，别人从外观上看只能看得到螺纹，看得到花纹，你看不到躲在里面的驱动者，但是散文作者很难完整地藏匿自己，难免露头露尾，甚至露出内脏般的秘密。

我们的情感说起来当然没有那么简单，它包含着道德、审美，包括生物学的各种因素。说到底什么是情感？为什么说情感是写作的，尤其是散文写作的必需呢？我觉得情感就是对这个世界的反应，假设你对自己、对他人、对整个世界的反应能力锐减，作家就没有办法进行有感知的描述。更何况你还要写出很多细节，要写出场景感，如果说你仅仅是以概念化的、套路化的、抽象化的方式去表达，读者不会在阅读这些文字的时候产生内心的共鸣,也不会在内心有擦痕和划痕。

第二节:情感的不同温度和不同倾向

当然,我们说散文的情感有不同的倾向和温度,这就是我们下一步要谈的第二部分。

文字里肯定有不同的温度表达,情感有热有冷,有沸腾,有冻结,我们会读到很多热情洋溢的文字,比如说王小波会对李银河说:

> 你快回来吧,你要是一回来我就要放一个震动北京城的大炮仗。

你可以看到那种感情上的渴望、想念,然后热烈的那种期待。

我们也会读到伤感的、悲痛的文字。比如说苏轼怀念亡妻:

> 十年生死两茫茫,不思量,自难忘。千里孤坟,无处话凄凉。纵使相逢应不识,尘满面,鬓如霜。
>
> 夜来幽梦忽还乡,小轩窗,正梳妆。相顾无言,惟有泪千行。料得年年肠断处,明月夜,短松冈。

这段写亡妻的文字就写得特别地深挚痛切,让人黯然魂销。

我们也会读到一些反讽的乃至刻薄的文字。

比如说前段看一个书评,有一个作家我原来特别喜欢他,特别迷恋他的文字,后来再读他后期一些作品,我就觉得技术当然非常地精湛,但是它技术精湛之下,情感流失了,你会觉得光凭技术,在阅读上你尊重他,而你却没有那么心潮澎湃。

所以我就看到《纽约书评》里对他后来小说的概括是这样写的,说他:

> 有的书蹩脚却诱人,而这本书是完美无瑕到让人无动于衷,如此精雕细琢的乏味,就是实在挑不出什么错,以致反过来也找不到什么特别对的地方,这是本令人仰视的书,只是读起来有种高尚的痛苦。

我们在阅读文字的时候也会读到许多幽默风趣的文字。

其实我可以读一个小说里的段落,这样的段落在散文里也是通用的,有的时候从小说的那种基础的文字或者表达肌理里,你会看到散文持续的训练,甚至散文可以直接镶嵌到小说里。

我想说的是,只要你好奇的情感在,哪怕在看似无聊的事情上,作家也能够发现巨大的乐趣以及表达的快感。

我特别喜欢作家纳博科夫,他在《普宁》里写了一个人对假牙的排斥和适应,他开始特别钟爱过去自己的牙齿,他自己也觉得很奇怪,他甚至开始是把舌头形容为一只又肥又滑溜的海豹，就在熟悉的礁石之间欢快地扑腾，察看一个破旧但还安全的王国内部。包括他写了牙齿之间有洞穴，然后小海岬，有那种锯齿峰，而且哪里还紧挨着一个凹口，在哪个旧的裂缝中找到一丝甜海草。一听起来其实是一口破牙，但是他形容得很生动。

但是后来他要换成假牙，他形容说：

> 而现在所有界标全都荡然无存，只剩下一个又黑又大的伤疤，一个牙床的未知领域，恐惧和厌恶又叫人不敢去探察它。

而且他形容的是把假牙塞到嘴里：

> 就好像一个可怜的化石骷髅被装上一个完全陌生的人笑嘻嘻的上下颚。

写得特别有意思。

然后十天过去以后，他逐渐适应假牙带给他的便利，慢慢地，当假牙和他的口腔融合的时候，他就说：

> 十天过去了——他突然开始欣赏起嘴里那副新玩意儿来。真乃一

桩叫人意想不到的事，一种旭日东升的景象，一嘴美国制的瓷瓷实实、雪白光滑、有效而人道的玩意儿。夜间，他把这件宝贝放在一个盛着特殊溶液的专用玻璃杯里，它就在里面自顾自微笑，颜色粉红，颗颗似珍珠，完美得就像某种可爱的深海植物标本。

在不算很长的段落里，从这种自我迷恋到恐惧厌恶，然后再到逐渐适应，他把情感表达得有一个小小的起伏，但是非常地微妙和准确。

有的情感表达是反向的，甚至不惜动用暗黑的力量。

还以纳博科夫为例，他写的《说吧，记忆》，我觉得也很有意思，比如说他去展现一个位居弱势的小男孩那种无望而绝望的嫉妒，就是他看到一个姑娘——算是暗恋的一个女孩，他看见这个暗恋的女孩在溜冰场的门廊里，而前文中最为精神抖擞的那位教师也在那里，他下面的形容都特别有意思，他说：

一个卡尔豪恩式的油头粉面的流氓，正搂着她的腰，带着一脸歪扭的嬉笑询问着她。

就是你看前面写的教师是精神抖擞，但是因为他亲近了他暗恋中的姑娘，然后那个教师在他的眼里就迅速变成了一个油头粉面的流氓。

然后他暗恋的这个姑娘，眼睛就是望向别处，并且就在刚才教师的掌握下,孩子般来回地扭动着腰肢的时候,他写了一系列对这个油头粉面的流氓的未来的想象,他写的是推进式的,写得还很凶狠,特有意思,他说:

> 在随后的夜里他就被射杀,被套索套住,被活埋,被再次射杀,被掐死,被辛辣地侮辱,被冷酷地瞄准,被宽宥,被留下熬过羞耻的一生。

其实这种情感表达是作为一个弱者,没有办法实施对抗和抱负,就用极端化的想象来覆盖自己的嫉妒,这种表达很强烈、很有效。就是在散文表达情感的时候,不管是表达爱意还是恼恨,其实也有很多的方法,不一定就那么老实而乏味,可以采取极端的反向。

你比如说卡夫卡怎么写热爱写作呢?他不是说我特别热爱写作,我就喜欢这个纸笔,我就喜欢书房。他写的是另外一种方向,他说:

> 为了我的写作我需要孤独,不是像一个隐居者,仅仅这样是不够的,而是像一个死人。写作在这个意义上是一种更酣的睡眠,即死亡,正如人们不会也不能够把死人从坟墓中拉出来一样,也不可能在夜里把我从写字台边拉开。

这个写得就特别有劲。

像这种悲伤、愤怒，这些看似负面的情绪，有时候像身体里的微量元素一样，多了有毒，但是一点没有，也同样有病。它们并非全无价值，需要调和在我们的感情里，哪怕是以微弱的比例。

比如你年轻的时候，你会有很多那种可能莫名的，但是挺干净的愤怒，年轻人有时候，我们说冲动莽撞，但是这也支撑着某种不功利和勇气。假设人到了老年，他虽然体能上开始衰减，他可能都不能够支撑那种愤怒所需要的体能了，但是有些人，你会看到他即使是老年，他愤怒，还有着饱满的元气，甚至还包含着年少的天真。你就会觉得不能那么简单地看待，好像这些情绪就是积极的，那些情绪就是负面的，在文学里，它有特别有况味的表达，都可以呈现人生的百态，或者说我们面对这个世界的时候产生的非常丰富的反应。

还比如说我喜欢的卡夫卡，他写到对父亲包含着畏惧的控诉时，有一封致父亲的信，卡夫卡说：

> 有时候我想象着一张平铺的世界地图和躺在上面的你，我感觉好像只有在那些没有被你身体遮挡的部分，或者在你触角碰不到的地方，我的生活才有可能发展的空间。但根据我对你身体大小的印象，并不会剩下多少能让人感到特别欣慰的空间，婚姻更不在其中。

我当时读这话就感觉特别地有冲击力。有些作家给我们带来心灵的慰藉，有些作家可能是让我们不适、不安，读他们的文字，你有时候感觉是在悬崖边或者是在深渊旁边，但是即便是像深渊里的井水一样，他们的文字也能同时做到既清澈又黑暗，还能盛纳倒影中的天空，也足够辽阔。

好的情感表达胜在准确，它甚至把那些只可意会不可言传的状态和瞬间都描摹得清晰可感，有的情感可能是克制的，有的情感可能是奔放的，有的情感可能是意犹未尽的。但是好的散文，表达这些情感是极为准确的，无论指向的是那种相对清晰的纯粹，还是那种难以言明的复杂。

我们看小王子和玫瑰花告别的一个段落，写到小王子最后一次给玫瑰花浇水，准备拿玻璃罩把玫瑰花罩起来的时候，他发现自己想哭，然后他就有这样的一个对话，他说：

"永别了。"他对花儿说道。

可是花儿没有回答。

"永别了。"他又说了一遍。

花儿咳嗽起来，但她的咳嗽并不是由于感冒所致。

她终于对他说道：

"过去我真傻。请你原谅我吧。祝你幸福。"

这时玫瑰花并没有对小王子表示责怪,这让小王子感到很惊讶,所以小王子当时就是手举着保护花的玻璃罩子,不知所措地站在那里,他没体会过花这种非常沉静的柔情:

"我确实爱你。"花儿对他说道,"是我的过错,没叫你了解我的一片心意。这都没有什么。不过,你过去也和我一样地傻。祝你幸福……请你把玻璃罩子放到一边去吧!我再也用不着它了!"

"可是风会……"

"我的感冒并不那么厉害……夜间的凉风倒会对我有好处。我是花儿呀。"

"可是虫子野兽会……"

"我要是想认识蝴蝶,就得经得住两三只毛毛虫的打扰。听说蝴蝶美丽极了。不然的话,还有谁来看望我呢?你就要到远方去了。那些大野兽么,我一点儿也不怕它们,我也有爪子呀。"

于是,她天真地给小王子看那四根刺,然后又说道:

"别这么磨磨蹭蹭的,真叫人心烦!你既然决定要走了,那就快走吧。"

她这么说,是因为她不愿叫小王子看到她掉眼泪。她是一朵多么骄傲的花儿呀……

就是这个告别段落里包含着依依不舍,包含着故作坚强,包含着放弃自己、克制自己的渴望,然后去给予对方祝福。

他用语很简单,但是却写尽了这种平静中的心碎,以及包含着的回忆,也包括对未来的那种疼痛感。

正是因为散文有的时候直抒胸臆,有的时候要呈现出跟个人经验密切相连的部分,它就非常地需要情感的介入。哪怕散文里出现大量的观念,哪怕是大量的理性的分析,但是当我们有情感、有温度、有态度去支撑的时候,表达就特别有魅力。

散文可以从热到凉,文字中可以有超过220伏电压的表达,也可以有酷寒的那种如冰雪的表达——甚至我们在情感表达的习惯处理上,可以有失温的表达。什么是失温的表达?就是明明是极度寒冷,但感受到的却是灼烫,是燃烧。这种错位的表达,有时候能呈现极端性的结果。

我想散文写作也好,散文阅读也好,确实应该让我们对于世界的理解变得越来越宽广,也让我们的情感越来越丰富。

第三节:如何达至有效而有力的表达?

如何在散文写作中进行有效而有力的表达?我觉得,写作中的真诚和勇敢,克制和反省,对散文来说都非常地重要。如果说情感是散文写作中最为重要的元素,我觉得真诚,对散文的情感表达来说,是非常重要的手段。

比如说我们很多写父母的文字，我们都不敢提父母的一点不是，我们生怕别人怀疑我们不孝顺。

所以在成长过程中，我们对父母有或多或少的遗憾也好，恼恨也好，甚至发生过争执、不快、冲突和考验，但是你很少看到在散文的写作中去表达这种怨念，我们更愿意去隐藏这种矛盾，把不愉快的吞咽下去，我们甚至尽量地靠拢，去写父亲怎么样隐忍，母亲怎么样慈祥，就搞得我们都特别像一个爸一个妈生的，都像复制出来的孩子。

当我们把父母的生活写得像劳模报告一样，其实我们也失去了那种真实表达的质感，这样的文章特别多了以后，在阅读的时候，你就觉得感受不到写作者个性的体验。

其实真诚更勇敢，更有反思精神会让你的文字更有力量。比如说我们写亲情，其实所谓亲情所谓爱，就是说你能够比别人更能原谅我的不足和缺陷，我能够让你比别人更能侵犯到我的利益，这里面可能包括了时间、精力、财产。

有一天我们可以写一些父母让我们遗憾的地方，但是同时我们也会认识到，即使父母不是我们理想中的父母，我们也未必是父母理想中的孩子，但了解了彼此的弱点，依然有支持、保护、鼓励，当然也包括善意的批评，那么这种写出来的亲情就会比单纯地歌颂父母——就是失真化地去歌颂他们的美好——更有力量。

我写字特别难看，所以很感谢电脑写作能够使我的弱点得到隐藏。遇到需要写字的场合，我就很尴尬、很为难，如果不得已必须写的话，我一般写的是这5个字——修辞立其诚，因为这是对我来说非常重要的几个字。

我觉得，如果能学习100种修辞方法当然非常好，但首先是在"立其诚"的基础上，否则就容易学习到近乎100种说谎的技术花样。

为什么我们谈起散文的时候，经常会对抒情散文抱有抵抗和敌意？为什么大家在谈论的时候，我们会有这种排斥的情绪？因为我们一想到抒情，往往就会附带着想到更多的煽情和矫情。

如果你写散文的时候，远离那种真实、真相和真诚，一抒情就变成了放大和夸张，确实是让人很难产生阅读上的信赖感。

我的感受是，抒情本身没有什么问题，只要是真实的、由衷的，都会带来感染力，只有假抒情、抒假情才会引起读者的反感。但是我们经常是为赋新词强说愁、哗众取宠、夸张，作家写着写着就积重难返，就变成一个不良的叙述习惯了。

不知道大家有没有这种自我提示的习惯，我是特别愿意，有时候老想想我这个情感是不是那么属实，即便不能做到那种特别炽烈的真诚，至少我下意识撒谎的时候，我会稍稍地再提示自己，再约束自己一下，因为散文作家的情感不能出问题，如果这时候你的内心是冷漠的，笔下就很容易枯竭。

有一次我在一个写作辅导班的时候，有一个学员有点迷惑，他就问我，他说你在写作散文的时候，到底是追求表达的诚恳——态度重要，还是追求写作的独特风格重要？这有点近于问道和义哪个重要。

我觉得这两者不能够彻底地剥离，因为散文写作的基础是真诚，你如果掌握的所有词汇，都是挖掘自我、探索世界的工具，假如你做不到诚恳，你增加的这些词汇，有可能增加的是你和世界隔开的屏障。

散文不是个人赞美诗，不是说给自己镀上一层金，然后向别人去展示一个伪饰的形象。所以我跟那位学员交流过，不要陷入这种认识的误区，认为表达上的诚恳和手段上的新锐不兼容，甚至天然排斥，好像诚恳就要写得朴素到简陋，好像就没有其他的，缺乏变化。

有的时候两者之间确实有一定程度的不能同步，但大多数时候，它们是一体的，只有认知上的成熟和勇敢，才能带来独特的、迅猛的感染力，才能抵达那种表达上的冲击力。

建立在诚恳之上的修辞是如影随形的，它不是一个外挂的坠饰，它可以像鱼鳞一样紧紧贴附在所有表达对象之上，鱼鳞贴在鱼身上，其实一点都不影响鱼的上浮下潜，不影响它去远方。但是你如果没有在真实、真相的基础之上，而是一个远离你表达对象的那种坠饰，它就容易脱落。

所以当语文老师告诉我们，写作要写真情实感的时候，我认为这是一个结实的真理。当然，我们的坦诚需要勇气，也需要智慧，甚至需要训练去表达。有的时候我们做不到一步到位，甚至有的时候我们必须有所妥协，但是只要我们努力比原来的自己诚实一点点，也会给文字带来明显的气象的变化。

散文写作除了是一个技术式训练，有时候也包括了品德上的修炼，当你消除了个人成见，满怀尊重和关爱地去了解他人，这时候你的情感反而不枯竭，就不是一个在自我封闭中的、在隔绝状态中的对文字的自我繁殖。

不管是对自己还是对他人，在散文写作的时候，越诚挚越深入，文字就越能绽放出特别的光彩，如果泛泛而谈，就很难让读者的情感和思考产生擦痕。

那些最迷人的文字可能是令人惊讶的、惊喜的，或者是令人迷惑的、令人迷恋的，或者是令人疼痛到眩晕的，或者是令人蓄意回避的、念念不忘的，总之它有情感上的深度，有情感上的力量，就这样的文字才能够完成对自我、他人和整个世界的探索。

当然，我们写作调动自己情感、打磨自己情感的时候，可能会疼痛，但是这个过程也能让写作得以成长，文字得以具有更强大的力量。

我一直说写散文真诚很重要，那怎么样真诚？

当然是尽量地进行准确的表达。

准确是写作的起点，也是终点。初学写作的时候，准确是不希望被他人误解，你持续地训练自己的写作，你所希望的准确，是表达出常人心中所感口中所无的东西。就是说从准确到更准确，这个准确是需要进阶的。

具体地说，我们怎么样把情感表达得丰富而准确？接下来散文作家塞壬和黑陶，会和大家进行详细而具体的分享，包括在情感、在语言方面的一些创作经验，他们都会跟大家做一些具体的交流。

我还想说的是，写作中会持续地遇到一些困难，希望大家不要灰心。因为电灯在最初的实验阶段，也是只能短暂地闪烁，经过爱迪生的实验以及后来材料上的改进，这种持续的努力，最终让这个世界被持续照亮。

我们写作，有的时候会自我怀疑，觉得很灰心、很受挫，没关系，只要我们一直走，我们脚下的路会被我们内心的光源所照亮，我们会通过对自我情感的开掘、阅读写作的训练，包括对他人经验的借鉴，让自己表达得更丰富、更有意思、更能够吸引他人，也让自己变得强大。非常希望在未来的写作道路上与你们相遇。

| 嘉 宾 课 |

如何提升散文的美学境界？

李修文

湖北省作家协会主席

鲁迅文学奖得主

·戏曲的修辞美学，是他文脉中的一部分，从青年小说家到《疯狂的外星人》的电影监制，再到揽获鲁迅文学奖、百花文学奖等奖项的散文作家，中国古典美学始终弥漫在其作品之中。作家李洱称其呈现了中国文学的一个探索方向——重建中国的抒情传统，"李修文通过山河，通过江东父老，与历史建立了一个通道，我们看到了古典美学在传统中的复活，看到了苍茫的民间精神的续接。"

代表作：《山河袈裟》《致江东父老》《诗来见我》

第一节：散文的美学特征

大家好，我是李修文，欢迎来到《南方周末散文写作课》，下面由我和大家来做一个分享，主题是"如何提升散文的美学境界"。

我先自我介绍一下，我大概是从 15 年前开始散文写作，在散文方面，这些年陆续出版了《山河袈裟》《致江东父老》《诗来见我》等几部散文集，也获得过鲁迅文学奖的散文奖。

那么围绕散文的美学境界，我会和大家分享三个部分的内容，分别是：散文的美学特征、散文的境界特征，以及提升美学境界的三种方法。

接下来我们就先来说第一部分的内容，散文的美学特征。

一、散文是一种有"我"的写作

散文的美学特征在我看来首要的一条，就是散文是一种有"我"的写作，正是因为"我"之不同才构成了"我"所描述的世界的不同。

　　散文写作和小说写作有一个非常大的区别，小说在相当程度上更像是一座法庭，在法庭里每个人都要发出自己的声音，以确保这一座法庭的公正。可是散文和小说，一个非常重要的区别就在于，散文更多的是发出"我"的声音，有的时候甚至要大过其他人的声音。

　　那么很显然散文在相当程度上它既是客观的，也是一种主观性非常强的文体。在主观的世界当中所构建出来的那样的一个"我"的色彩，才是我们说的一篇散文的生命力。就像王国维讲的，"以我观物，故物皆著我之色彩"。

　　胡适先生谈到"自由"这样一个命题的时候，也曾经讲过，所谓自由就是由自己来做自己的主。那么我们都知道散文是一种非常自由的文体，在这样一种自由的文体当中，一个不同于他人的"我"，不同于他人的美学如何得到体现？写好"我"、凸显"我"，就是散文文体首先对一个作者的自我要求。

　　在我看来，在这样一个"我"的凸显当中，有一个问题是至关重要的，也就是真实材料当中的"我"和美学世界当中的"我"这两者的区分、这两者的定义。

　　我们太多的初学者受制于某一种新闻意义的真实材料当中无法自拔，似乎散文就只能像日记一样去描写我眼前所见到的事物。但是我请大家扪心自问，我们的感受、我们的体验、我们的身份，我们在履行责任当中不断地角色转换,是不是包含着某种复杂性?而这种复杂性其实也构成了我们作为一个真实的个体的部分。所以散文在我看来绝对不只是说,它能够发挥一些描绘基本事实的作用,那样一个更复杂、更暧昧、更丰富的"我",往往可以通过散文这种文体得到非常准确的表现。

我经常接到一些关于散文真实性的提问,在我看来,散文的真实性应当在一种更深入的层次去理解它。

我举一个例子,我曾经写过一篇散文,叫作《三过榆林》,讲述了我在陕北的榆林城外和一个盲人同行的故事,我和这位盲人同行的时候大雨瓢泼,可是我身边的这位盲人告诉我,他的头顶上没有落雨,我们现在也并不是走在榆林城外,我们现在其实是走在北京的长安街上。

大家注意,在这个时候,显然盲人所描述的事实并不是我的身体所能够感知到的事实,也不是他的身体所感知的事实,他其实是生活在一个想象的世界里。后面我才知道,实际在这个世界上,有很多盲人为了对抗自己苦楚的一生,会不断地在头脑中虚构一个不存在但又"真实存在"的世界。

这个世界作为物质的、物理的存在,它不存在,可是作为想象力的存在,它一直存在于一个盲人的头脑当中。不如此,他如何过活呢?他正是靠给自己虚构的一个无比接近真实的世界,他在这个"真实"的世界里获得了支撑。

所以在我所感受到的世界和盲人所虚拟的世界当中，当我来写作的时候，我宁愿放弃我自己的认知，去进入这位盲人的感受当中，我愿意像他一样去颠倒黑白、去指鹿为马，去像他一样在一种疯狂的想象当中，塑造他所描述的世界，只因为这样一个世界对于他来讲才是无比真实的存在。

我之所以举这个例子，就是想提醒大家，真实，尤其是散文或者说文学写作当中的真实，这个概念远远比我们亲眼所见的要复杂得多。

我们说世界之大，写作的要义或者说写散文的要义，就在于在各种各样的庞大的生活洪流当中，在那些凸显出来的一个关口、要害和细节当中，去辨认出那样一个清晰的自我。正是因为"我"的加入，世界的样貌、世界的色彩、世界的气味才会变得不同。所以在我看来，写散文，它的第一要义就是，每一篇文章，"我"打算给这个世界提供一个独属于自己的什么样的视角。

我曾经还写过一篇散文叫作《铁锅里的牡丹》，讲我在西北的一个小镇子上曾经遇见过一个年轻人。西北有一个说法就是把开水叫牡丹花的水，大家可以想象，在一口铁锅里，水开了之后，煮开了的水花，就像一朵一朵的牡丹在盛开一样，所以西北人将开水叫作牡丹花的水。

我在写这篇文章的时候，实际上在相当程度上被铁锅里盛开的牡丹花意象所打动。当一对穷苦的父子感受不到这个世界在春天里所盛开的花朵的时候，年轻的父亲为了让自己的孩子亲眼看见花朵，抱着他的孩子趴在一口铁锅面前，去看铁锅里煮沸了的水花。它不是一朵一朵真实的牡丹，但它同时又是我们日常生活、我们每个人所受的苦，在苦水当中盛开的牡丹。那么我们只有相信我们受过的苦里一定能够开得出这样的牡丹，我们才能够理解或者说当时的我才能够理解，为什么一个年轻的父亲会始终笃定地相信，他受过的苦是值得的，他为什么会在夜半三更抱着自己的孩子趴在铁锅面前去盯着那样一口煮沸了的开水。

所以散文的写作在相当程度上实际上是"我"去相信，而不仅仅是说"我"去看见。

二、散文是一种有"世界"的写作

我们接着说散文美学的特征，第二个最显著的形式，我觉得散文是一种有"世界"的写作。

很多朋友都喜欢英国一个散文作家叫毛姆，毛姆讲过一句话，散文是在教养当中得以建立的。我们到底在哪里获得教养？我们显然不可能仅仅通过阅读，仅仅通过室内的枯坐就可以获得教养。人的教养往往是要通过某种特定契机才能够唤醒，唤醒自己的正信，端正自己的态度，以此获得教养。

所以在相当程度上，一个散文写作者实际上是要靠自己的亲身丈量,才能够换来独属于自己生命体验的一些词汇。

我写作散文有一个非常大的契机,我很长时间写不出来小说,于是我也没有什么目的,就去了西北漫游。等我到了西北,反复地踏足那些山川、冰川、戈壁、沙漠之后,当我再来写作的时候,我会突然发现,作为一个南方人,我在过去写小说的时候所喜欢的那些字词,一个一个都消失不见了,而我在西北所感受到的那样的一种景物,这样的一些词汇,货真价实地来到了我的眼前,来到了我的笔下。是为什么?是因为这些词汇都被我一一经历了,那么在相当程度上,我只需要做我所看见的世界的一个转述者,做好一个记录者。

我来了,我看见,我说出,这实际上就是散文写作的一个非常有效的方式。

我曾经在冬天11月份租过一辆车从兰州出发,横穿了整个河西走廊,武威、张掖、酒泉、敦煌,又过了玉门关,去了大柴旦、小柴旦,到了青海湖,然后又过了青海的橡皮山、日月山,历时一个多月,最后我也写过一篇散文叫作《青见甘见》,记录我在青海和甘肃两个省的遭遇。

我之所以想拿这一段经历出来跟大家分享,就是这一部散文实际上在我的整个散文写作的历程当中,占有非常重要的位置。过去在相当程度上,我的写作实际上是我的想象力,或者说我对这个世界展开审美的产物,那么从这篇文章开始,我所写下的就是我踏足过的、我的身体丈量过的世界。

我所写下来的飓风。我曾经长达一夜身处在这样的庞大的无边无际的飓风当中无法自拔。当我写到阿克塞，是因为我长途跋涉来到雪山下的阿克塞，一个哈萨克族人的自治县的时候，我感觉到我就像是回到了我的第二个故乡。它不是我的故乡，可是在那个刹那之间所产生的归属感，我相信它会深深地植根于每一个人心中。那是经历过漫长的苦旅之后都会产生的自然感受。当真切的、真实的烟火气在你的眼前展开，当那些呼儿唤女的声音响起，当那些炊烟袅袅四起，你会觉得，你在这个地方，在大地上，重新安营扎寨了。

那么好，我们接着往前走。离开阿克塞，来到荒漠戈壁上，那些荒漠戈壁逼迫着你不得不重新来挑选自己的词汇，当我要去描述它们的时候，形容还是有意义的吗？比喻还是有意义的吗？我觉得已经没有意义了，因为你眼前所见的，无非是戈壁石、飓风、风车、枯枝败叶、芨芨草、骆驼刺，这些极为贫乏的事物充斥在你的眼前，也充斥了你的内心。

你在这种极端枯燥的环境里，不断地要去说服自己往下行走的意义的时候，实际上我们崭新的筋骨就正在长成，这种崭新的生命体验一定会帮你带来一种崭新的美学，贯彻到你的生命当中。

所以我也正是在茫茫戈壁当中深切地理解了《所罗门之歌》里的那句话，叫作"在旷野里才有神"。在茫茫戈壁上，我们前不见古人，后不见来者，我们的内心有没有可能涌起一种巨大的追悔之感：我到底在哪里浪费了我的光阴？我们甚至也有某种壮怀之感。可是这种壮怀其实又是没有对象的，我们显然不可能马上去建功立业，但是就像我刚才说的这种恰到好处的追悔，实际上也是清理、洗清我们的身体、我们的感官的一条道路，它带给了我们崭新的体验。

整个西北的游历，实际上对于我的写作来讲，是有脱胎换骨之感的。

所以毛姆说好的散文是建立在教养当中的。教养说的绝不仅仅是阅读，教养更多的是我们和世界的厮磨、和世界的周旋、和世界的刺刀见红。

实际上我们切入这个世界的步履有多远，往往我们获得的教养就有多深厚。有一句话叫作"好散文往往是尽人情体物情的"，如果我们不是像张承志老师那样踏遍西北的河山，在西北的河山里把那些土坷垃一样的人，从烟尘、从迷雾当中拽出来，我们怎么可能最后像滴血认亲一样把他们认作我们的兄弟？我们如何得以进入这些土坷垃一般的平民们的内心世界，去和他们共情，去体验他们所体验过的苦，去走他们接下来要走的路？

我们只有把我们的世界打碎和世界融为一体的时候，那些基本的物情，那些最基本的人情，才有可能成为我们的教养。

三、散文是一种致力于构建"我"与"世界"之关联的文体

接下来跟大家分享我的第三个看法,散文是一种致力于构建"我"和"世界"的联系的文体。

河山广阔,世界浩荡无边,他们都在塑造我,反过来其实我也在命名他们。我通过什么去命名?那就是通过我的写作。

世界毫无疑问已经越来越碎片化,可是越碎片化的世界,越是需要一个作家不断地去构建自己、发明自己,使自己成为一个完整的世界。

那么到了那个时候,我们会发现碎片化的世界也因为我的凝聚,而再次成为一个整体。

尽管这是我们今天的世界面临的独有的处境,但是作为一种文章的传统,在中国的传统文学里,这样的例证实际上比比皆是。我们中国的文人所构建的往往是一个超级文本,我理解中的超级文本就是他的作品和他一生的行状、他的为人处世、他的美学、他对这个世界所产生的志愿和抱负,完整地和他的作品一起构建了属于这个人的世界。

所以说诗人、诗人,是因为诗的背后往往站着一个人,是诗和人的合力,才构建出了一个独特的中国式的超级文本。

所以河山塑造我,我再重新去命名河山,这样的创造力,在我们的文学传统里实际上是比比皆是的。我特别喜欢的诗人苏东坡,苏东坡

一生看起来颠沛流离，一个完整的他自己分裂成了不同的自己。有的时候在黄州，有的时候在惠州，有的时候在儋州，在黄州和惠州、儋州时处于他生命的低处，他给我们提供了那种从人生的苦水里超拔而出的经验。

那么在他做过太守的杭州、密州、湖州，他用他大量的对于日常生活的热情，总是能够轻易找到一种无限的生机，通过他的描述提供了一个饶有趣味的、特别可亲可敬的世界。

可是最后我们会发现，低处的苏东坡和高处的苏东坡，亲和的、可爱的、有生趣的苏东坡，和不断在放逐当中、不断在自我建立、在说服自己重新变得完整的苏东坡，构成了一个文化地标意义上的苏东坡。

尤其是在今天，我们讲世界越来越碎片化的当下，散文在相当程度上，我觉得是可以具备这样一种功能的。它在清理自己、梳洗自己的同时，实际上让自己和这个世界可以平起平坐，让碎片化的世界得以在一个人的生存、感受和体验当中成为世界，重新变得完整。

我特别喜欢李敬泽老师的一部散文集，叫作《会饮记》，《会饮记》在我看来每一篇文章都像一间一间的客厅。就在今天这样的时代，当我们每个人都幽居在各处，每个人都在卧室里，执迷于自己的一己之感的时候，或者在我们的书房里，执迷于自己的囚笼无法自拔的时候，我们是不是可以通过我们在日常生活当中的分裂的体验，我们发明的叙述方式，重新建构起一间属于我们的客厅。在我们的客厅里有人来有人往，但是我们各自的体验聚集在一起的时候，实际上在文本上用白纸黑字建立起了一座公共的空间。

我们看李敬泽老师的很多文章，可以讲叫作上天入地，那么多碎片被他举重若轻地最终凝聚在了一起，实际上我觉得这考验着一个作家非常重要的两个能力：

第一个能力就是我们深入日常生活细节的能力。

毋庸置疑，在今天这样一个世界，我们在许多时候都仅仅是一个过客，走马观花，但是随着我们深入这些具体场景的可能性的增强，我们有没有一种可能，把每一个分裂的自我，经由我们写作的召唤，重新让它们凝聚在我们当下的体验当中，重新使我们成为一个完整的自己？这可能是我们今天去回观我们日常生活的时候，一个非常重要的角度。

其次，我觉得这种处理材料的能力，这种吞吐生活的能力，实际上是极其考验一个作家的完整性的。

一个好的作家往往像一头巨大的、沉默的鲸鱼，他潜伏在日常生活的深处，他在吞吐着那些不断经过他的事物，但与此同时，他又变成了一个处理器——世界有多么地宽阔，世界有多么地复杂，经过我的吞吐，经过我的处理，最终我回馈给这个世界、端出来给这个世界的我眼中的景象是什么样的，我觉得非常地重要。

我们经常说一个好的作品，它的内部实际上要涌动着这个时代的人格力量。那么这些集体人格的形成，有赖于每一个作家个人的吞吐、个人的处理。如果说我们能够在这样一种碎片化的存在当中，重新构建自己，重新发明自己，我们就可以说，我其实在这样一个碎片化的世界里，也成了一座山峰，我的这一座山峰和世界实际上在相当程度上，至少在审美上，是平起平坐的。

第二节：散文的境界特征

说完了散文的美学特征，我们再来说一说第二个部分，散文的境界特征。

我特别喜欢王国维有一句话叫作"词以境界为最上，有境界则自成高格"。

什么是境界？我取宗白华的文论之说，境界一般而言分成三个部分，从直观感想的描写，到活跃生命的传达，再到最高境界的启示。

我们也分成三个部分，第一个部分关于直观感想的描写。

一、直观感想的描写

在我看来散文是最能寄托平常人与平常心的文体，正是千万个平常人聚集在一起，或者说是分散开来，各自迸发出的生命能量，恰恰构成了一个时代的人格的力量。

描述这种人格力量，还是那句老话最管用，就是所谓"修辞立其诚"，"诚实"的"诚"，"诚"就是如实，只有如实才能如是。

这一句话看起来很简单，但实际上要写出来非常难。因为我们每一个人生活在这样的一个世界上，尤其是当我们进行描述的时刻，我们经常会下意识地被所谓的道德的正确性或者历史的正确性所左右，像王鼎钧老先生这样的经历更是如此，年纪轻轻经历国破家乱，然后自己的一生牢牢地被定在历史的洪流当中，随波逐流。

在每一段历史的不同时期，作为一个个体，都会受到当时背景和各种条件的作用，甚至有可能会产生某种偏颇之感。可是我们今天看老先生的几部作品，泥沙俱下、大河深流，人的命运和时代的命运比翼齐飞，不惊不乍，他既没有为自己在时代流动中的那些不由自主感触伤怀，同时他也并没有夸大灾难对于一个人本质上造成的影响，某种饱含着对他人、对这个世界的怜悯的公正之情，是老先生的文章给我留下的最深刻的印象。是的，和小说一样，散文里也有一个公正的问题，美学的公正、叙事的公正，只有在公正的前提之下，诚实才能如实地显现。

所以我们有很多写作者，有的时候会思虑过度，有的时候会用情过度，有的时候可能你思辨的程度，大过了整个文章的美学，这里实际上都有一个叙事公正性的问题。某种程度上讲，在我的理解当中，其实我觉得"修辞立其诚"的"诚"字，并没有非常好地作用于你的笔下。

如果我们足够诚实，这个诚实会带领我们摆脱各种各样的道德的束缚、历史的束缚，那么多似是而非的正确性的束缚。最终我们的文体、我们写下的每一个字，才能够将世界的公正和客观带给大家。所以散文的境界说起来可能是一件高悬的事情，但实际上任何高远的事物，它往往要切实、要切近，它和最切近的事物联系在一起，它一定要在最切近的体验和感受当中建立自己的存在。

看起来是一个直观感想的描写，它说起来很简单，是吧？如实地把它写下来。但这个问题里包含着非常多的困难，因为我们有太多的时候被某种道德正确所左右、所牵扯，而散文是一种相对如实地去反映我们生命状态的文体，这种生命状态，往往是和我们日常的生活细节如影随形的，这种如影随形，在许多时候会影响我们"修辞立其诚"的"诚"字。

所以我想提醒大家注意，直观感想的描写，看起来简单，实际上我们应该竖一个靶子，或者说要有一个敌人，一切不诚实的东西，都是我们的敌人，那些看起来庞大的、无比正确的事物，在很多时候往往会成为影响我们如实描写的一个绊脚石，进而也影响我们境界的建立。

二、活跃生命的传达

宗白华先生所讲的境界的第二层,叫活跃生命的传达。

在这一点上,我特别想举司马迁《史记》的例子来作证。司马迁为什么要写《史记》?他在他的自序里曾经讲过一句话,《史记》大概的本意就是要为一人一事作传,为他那个时代的那些奇特的人和事情作传,为人的生命作传。他的行状、他的生命力为什么奇特?那就是因为他拥有极为充沛的生命力。

所以在相当程度上,活跃生命的传达也触及了我们每一个写作者写作的一个根本的宗旨,就是为那些世界上充沛的、不同于他人的生命,独属于他个人的体验,却同时能够印证他人的存在作传,为了这样的生命去作传。

每一个人的生命体验实际上都是不可能被他人所完全取代的,不能被取代的这个空间,恰恰就是承载我们境界的空间。

境界从何而来?境界往往在向死而生处,在你的生命突然被奇异的缘分和光亮所照亮的那一瞬间,当我们身在病痛当中,我们说服着自己就此安定,安顿自己的心身。当我们面临生死攸关之时,我们有没有可能在这样一种生命的关头,寻找到支撑我们生命的一些动能?当我们开始寻找,当我们开始说服,当我们开始建立,我想这就是每一个人生命的境界,更是我们写作的境界。

古往今来，重新发现自己的生命境界，在重新建立起来的生命境界里，进行自己美学的建构，最终有大成就的作家也比比皆是。

在中国古代，我特别喜欢大诗人、大散文家柳宗元，每每看他的文章，我都会特别感动。柳宗元并不能说是一个脾气性格很好的人，某种程度上他是特别执拗的，有一点近似于王安石的性格。但是这个人用情甚深，当刘禹锡要被发配到比他更远的地方时，他考虑到刘禹锡的母亲还活着，甚至跟朝廷上表要和刘禹锡对调贬谪的地方。这样的一种义薄云天，这样的一种兄弟之情，实际上是极其动人的。

那么读他的文章或者读他的诗文，常常使我感动的就是这个人的境界。这个人的创作生涯显然分成了两段：第一段，是以政论文见长的青年时代；当他年纪轻轻被发配到广西时，我们看见他的文风为之一变，变得格外地沉郁、苍凉。

杜甫的某一些风格，化作命运的一部分，来到了柳宗元的境界当中。我们很容易看清楚，在柳宗元来到柳州之后（甚至之前他到了永州），他的作品往往分成两个部分，第一个部分，就是写了那个时代的山水。为什么要写那么多的山水？其实不光是简单的寄情，而是在发现、安顿自己身体与灵魂的新世界。当我心怀着愤懑，心怀着不愿被放逐，来到一个崭新的、陌生的穷山恶水当中，我如何在这样一片土地上继续生存下来？我要和这一片土地上的草木建立什么样的深切联系？我必须重新认识它、认知它、熟悉它，并且亲近它。

所以我想，这就是柳宗元在贬谪到南方穷山恶水之后，写了大量的关于南方风物、南方山水的文章的一个最根本的动因，是他要安顿自己的灵魂，他的灵魂在这种安顿当中得以自成高格。在安顿了自己的同时，也鼓舞了和他同时被贬谪的一些同道，甚至安慰了流落在当时大地上的各种各样的孤苦的灵魂。也就是说其实在他活着的当时，他的境界，他文章的境界，就已经感染了同时代的人。这就是境界，对于一篇文章、对于一个人人格最终的建立，所起到的巨大的作用。

我们同时还可以看见柳宗元的作品，有一部分作品里他写下了特别多的普通人，这些普通人和他在穷山恶水里所遭遇、所见识的那些草木一样，从此以后要成为他的伙伴。

所以境界，并不是空穴来风，并不是远在天边。境界的建立往往就在我们身边，就在你我他当中，正是这些普通人和自己的联结，正是因为我自己走向这些普通人的步伐是如此地亲近，是如此地笃定，是如此地下定决心和他们成为铁板一块，我的境界才有了真正落实了的去处。

所以我们看见，经由对原本不熟悉、并不亲爱的土地一再深入亲近，柳宗元文章的境界为之扩大，为之雄浑，摇身一变，一个悲怆的、扎根于南方土地的、时刻思念着家乡的，但同时又是以天下为己任的形象（并且这种以天下为己任的情怀，找得到清楚的出处和来历，就是普通的山水草木和民众）清晰地袒露在了我们的眼前。

三、最高境界的启示

我们再来接着说境界的第三条，最高境界的启示。

我想我们现在在说的最高境界其实不是一个标准答案意义上的最高境界，在相当程度上，它实际上是独属于我们每一个人的美学意义上的境界。每个人经过自己的道路，经过自己的努力，通向了个人的心目中的至高至远之处。至高至远之处，其实它是不同的、因人而异的，有的像化境，有的像禅境，但最终这个境要化于人，要成为我们每一个人自己的胸襟、格调和气度。我想这就是境界作用于写作，作用于我们每一个人生命的最终的作用。

明代有一个画家叫李日华，他曾说过，"黄子久终日只在荒山乱石丛木深筱中坐，意态忽忽，人莫测其所为"。意思是啥呢？我哪怕终日在荒山乱石和森木丛林当中端坐，人们猜不透我的所思所想，而这种猜不透本身就构成了我个人活在这个世界上的一个境地，所谓万物心丹如有慧。我端坐于此，但觉得世间万物和我都有心领神会的机缘。

另外一个画家米友仁说，他觉得他画画就像是海中泊然无着染，有一点像佛教讲的不染万境。我在人情世故的汪洋大海里端坐，但实际上我又和这个世界上不尽的缘分关联甚少，看起来不着一物，这个世界上的一切正在诞生的新的机缘，和我也没有什么关系。我自己度自己，自己和自己周旋，自己成为自己。

你看这是典型的两种不同，一种是当我端坐于此，世界万物和我有关，还有一种是当我身处在汪洋大海当中，我也认为我的身体、我的体验实际上是不着万境的。这两者没有孰是孰非，也没有孰高孰低，它都是一个成熟的作家，在通向自己理想的物理居所、精神居所上的选择，所谓境界所在的地方。

我们很多人都很喜欢史铁生的一篇文章，叫作《我与地坛》，非常淡薄的文字，非常清淡的描写，可是为什么最后带给我们那么大的生命的震撼？我相信文章当中最普通的地坛，这样一个最寻常的居所，实际上经由作者的描述，经由他对作者生命的深切的介入，已经变成了一个宗教般的庇护所般的所在。

所以境界，它一定是在我们的生命体验当中深深地扎根，作用于我们的生命，我们的生命因此而获得了新的意趣、新的生机，带给了我们新的启示，我想这个才能够真正成为令人信服的一种境界。

我还特别喜欢散文家张岱，写《湖心亭看雪》的那位，我们就可以看到这个作家笔下的境界是如何建立的。

这个作家在描述他笔下的对象的时候，特别容易把他所要描述的对象空间化。他的文章许多时候都像痴人说梦，像白头宫女在闲坐说玄宗，当然他比闲坐说玄宗又多了一丝情感的强度。可是我们会看见这样一个前世今生、国破家亡寄于一身之人，他会非常细致地写西湖上的湖心亭，他也会细致地写下倾颓的废园、倒塌的戏台，正是在这一个一个对前朝景物的描述当中,时代被空间化,而被切割成各种各样的空间的时代,经过他的描述,成为一个寄托我们的生命,让我们得以安身立命、得以追怀前朝旧梦的空间,最终在今天这个时代能够形成某种对我们的生命的鼓舞。

这是一种生命的能量。眼看他起高楼,眼看他楼塌了,这确实是我们每个人在这个世界上所感受到的寻常之物,但正是在这种变化当中,正是在作者对于这种变化的习惯和承受当中,一个时代的美,一个时代的沦落,如此纤毫毕见地被记录下来。前世幻梦,时至今日仍然能够鼓舞我继续往下活,我想到了这种地步,这样的一种前朝遗迹,在相当程度上和我们的生命发生如此攸关的联系之后,它实际上就成了安托我们生命的一种境界。

第三节:如何提升散文的美学境界

在了解了散文的美学特征、境界特征之后,最后我们再来说一说如何提升散文的美学境界。

按照我自己的创作经验,我大致归纳了三种方法。

其实境界这件事情说起来也简单,境界既是一个人肉身在世界上的呈现,也是这个世界投射到我们的心灵之后所产生的镜像。

再说得具体一点,所谓境界,实际上首先就是写法,写法上的不同意味着境界的不同，写法上的高低呈现出了我们所谓境界的高低。

一、大事化小

第一种实际上很简单，就是把大事写小。

家国天下世事纷繁，看起来都非常地庞大、庞杂，无穷无尽，但是因为我们在写作，就像我之前所说的，因为我的个人经验具有他人所无法替代的独特性，在此意义上说，再大的家国和天下，实际上，当我开始写作，便寄于我一人之身。

大事化小，往往可以使我们更加清晰地去呈现一个时代内部的机理。它的质地往往可以得到我们的性味，得到我们的意趣，呈现出一种不同的写作结果。

比如张爱玲，我们都知道张爱玲生活的时代实际上是一个非常动荡的年代，她所写到的上海的生活，写到的个人的生活，实际上是一个离乱的大时代的组成部分。我们看张爱玲写她的旗袍，写她如何用度，写她如何坐轮渡，写她如何精心地对付她的日常生活。

正是因为这种对于日常生活的构建和描摹，一个时代的独特性，就非常明显地袒露在了她的笔下，我们才知道，除了历史当中所写下的兴亡胜败，还是有人在坚硬地捍卫着自己的平常日子，有的时候甚至都算不上捍卫，它可能是一种顺受，是一种接受，但正是这种接受，构成了那样一个时代独特的风俗史、生活史，同时也构成了那个时代的人们是如何度过他的生活的这样的一种铁证。

我想，一个作家只要在某一个部分，起到了一个证人的作用，他写下的作品在一定程度上被人们视为一种证据，证明了那个时代或者一部分生活，作家实际上就已经取得了很大的成功。

我们再看沈从文的散文，他和张爱玲所置身的时代是一样的，可是写作者一个最大的使命就是提供出某种独特性的同时，能够试图去构建一种完整性。

对于那个时代的很多作家来说，沈从文是独特的，沈从文在那样一个战火纷飞的年代里，写了一个桃花源般的边城的存在。他的《湘行散记》，实际上在我看来是一种有行动力的文学，他这种行动力又不是像我们今天的非虚构，或者像那个时代的记者一样，去强烈地介入他所生活的时代，但是他的写作仍然有其介入性，可是这种介入性在我们看来，是体面的、温文尔雅的、适度的。为什么这么说？

因为他用他的生命，用他独特的个人美学，介入了那样一个时代，时代因为他的书写被撕开了一道口子，或者说呈现出了隐秘的一角，而正是这隐秘的一角，给这个时代增添了除历史当中那些材料之外，更加丰富、更加丰厚，甚至是更加蓬勃芜杂的景象。

所以所谓的大事化小在沈从文身上、在张爱玲身上，我觉得都体现得特别地明显，他们都不是那种强有力地呼喊着口号，然后冲锋陷阵的作家，他们不是这样的，他们其实都是丈量过自己，用自己一己之身的独特感受和这个时代暗通款曲，随波逐流，可是正是在这种随波逐流当中建立了真正的命运感。

他是真切地活在他的世界里的人，他既没有去改造这个世界，也没有被动地去承受这个世界带给他的所谓的压迫，而是用一己之力，用他的独特的个人美学，在不断地塑造着这个时代。这个时代因为他的书写变得非常不同，所以我想这个其实就是很多作家善于把特别庞大的、高远的事物写得具体，所带来的一个非常好的结果。

所以我个人特别欣赏这样把大事写小的作家。

二、把小事写大

第二点就是把小事写大。

尤其是近几十年以来，在小说叙事占据核心位置的前提下，散文看起来无所不包、无边无际，但实际上大家下意识地、习惯性地把它视为一个小型的文体。

我个人觉得散文实际上不是小型的文体，在相当程度上，散文是一件利器，是非常有力的工具，是建立一个时代人格力量的非常有效的途径。那些庞大的世界，那些高远的价值，往往通过个人的书写，才真正地附着在了每一个人的具体的生存之上。

我写过一本书叫作《诗来见我》,我自己在日常生活当中经常会产生这样的感受,当我颠沛流离,行走在我们国家的夜路上的时候,我经常会觉得我仍然行走在杜甫、白居易、元稹这些人行走过的夜路上,我遭遇过的风雪,他们也遭遇过,我产生的那种凄惶之感,实际上在他们的笔下已经无数次地写到过,尤其是像杜甫这么伟大的诗人。

我觉得每一个中国人,只要你在真切地生活,只要生活本身还能够给你带来触动,你几乎就逃不掉杜甫所有的生活经验。为什么说我们说他是诗圣是诗史,在相当程度上他是普通人的菩萨,一切普通人受过的苦,仅有的狂喜,流过的热泪,实际上都被杜甫铸造在了他的那些最凡俗的文字当中。

我们每一个人都能够在杜甫的存在中,或者在他的书写当中,看见自己的存在,所以他几乎是普通人心目中的一尊菩萨。

尤其是当我人到中年后,杜甫的作品越来越深切地化为某种具体的处境,来到了我的感受当中,我觉得我从来没有走远,也没有走出过杜甫的作品,这个时候我就自然地产生了一种连接:古人的心意、古人的道路和我们日常生活之间的关联到底何在?我们今天的个人生活,有没有可能通过我的叙述,去激活中国古人的一种道路?我们在今天日常的辗转和沉浮当中,到底能不能够产生像古人一般的心意、心智和抱负?

所以我明显觉得这是一座桥梁。在遥远的古代和纷繁的当代之间,如果说我们有志于作为一个处理者，作为一座桥梁来连通一种情感，建立美学上的联系，并且给出自己在今天这个时代的处理，它就有可能呈现出一个不一样的文本。

我想跟大家分享的，这就是我写《诗来见我》的一个前提，这个前提就证明了我刚才跟大家所交流的"小事一定要写大"。

当我流连在全国各地的那些穷乡僻壤，当我睡在全国的小旅馆里，杜甫写到过的大雁、雁阵，那些想回家而不得的人们，那一只在旅店床底下鸣叫了一夜的蟋蟀，他们很显然成了我此时此刻的伙伴，他们就构成了我的日常生活本身。

而我书写这种日常生活本身，就包含了古人的存在。当我有志于作为一个处理者的时候，古人的生命、古人的体验、古人的书写，实际上也成了我的书写的一个部分，我的经验里也包含着他们的经验。所以，在相当程度上，《诗来见我》这本书，是特别想去打通中国古代和当代生活之间的藩篱。

我们再看《浮生六记》。《浮生六记》实际上是一部非常杰出的散文作品，他写了一对年轻的夫妻，从相识一直到分离，生老病死，夹杂其间。一个时代对两个年轻人所造成的影响，乃至命运上的碾压都非常地充分。

可是我们看见这个作者并没有对那样的一个时代是如何侵扰了他们的清梦而大惊小怪。他只是把他的眼光，盯着两个人的闺阁之事，两个人的生老病死，两个人的一饭一蔬。可是一饭一蔬，在那样一个本身就飘摇不定的时代里，它会怎么样？它是不安全的，它是会风雨飘摇的，也就是说我们专注、我们所效忠的对象，实际上在一个大时代里变得不安全，而我又成了时代的一个未亡人。

我、我的生命和我的生活就像沈复和芸娘一样，他们互成彼此，他们对对方做到了无比地专注和忠诚，可是这种专注和忠诚在一个大的时代里，注定是不能周全的，这种不能周全的过程就构成了我们叙事的路径，而它的前提是我们必须忠诚于我们所感受到的那些事物和对方。

我们把《浮生六记》通篇看下来就会发现，实际上有一个隐隐的在场的主人公，他既在场又不在场，除了芸娘和沈复之外，就是那个时代。那个时代一直是一只巨兽，他不断地操控着两个人命运的周转，可是他又不在场。当然，它的文字非常地亲昵，有的时候也非常地繁复，语言的调性也非常让人着迷。可是我想提醒大家的是，这样一种质地，这样一种美学，它之所以得到呈现，是因为它不安全。为什么会不安全？是小人物的命运置身于大时代的不安全。所以我们看见两个不能自主的人的一生，实际上他的背后站着一个非常大的角色，这个角色就是那样的一个时代。

所以我想这也在另外一个侧面证明了把小事写大，它对一个文本的重要性。

三、正视当代处境

提升散文美学境界的第三个办法，我想我愿意将其视为一种对各位有志于散文写作的同道的提醒，我就不再具体举例子，它更多的是一种态度。我想提醒大家，我们应该一起来正视散文在今天面临的当代处境。

此时此刻实际上是千年一遇之大变局。在时代的剧烈变化之下，它也遭受了非常严重的危机。在这样的一种背景之下，它必须呈现出新的写作的主体性，唯有新主体才能够承载新境界。

在我看来，首先我们要去继承中国文学传统里的这种创新能力。

我们今天所看到的传统，它不是贡品一般的存在，它在它那个时代往往是离经叛道的，它是充满了颠覆性的，正是这种颠覆构成的自我革新、自我革命，这样的力量持续到今天，那些自我改造、自我革命的结果才变成了我们今天所珍视的这样一种传统。

艾略特曾经有一句话，我个人非常喜欢。在表达传统与个人才能之间的关系的时候，他说，往往因为我们的加入，传统才悄悄地往前挪动了它前进的步伐。传统不是一成不变的，传统往往因为新人的加入而获得崭新的生机。我们个人写作和我们的传统实际上往往是相得益彰，齐头并进的。所以在今天这样一个时代，我们的散文到底要不要去针对这个时代所发生的变化而产生巨大的变化？比如说我们今天通常意义上讲的所谓非虚构写作的行动力，在我看来就能够给散文写作带来非常大的启发。

包括我们每一个人的生存环境越来越戏剧化，因为这个世界在变得越来越戏剧化。在这种戏剧化的背景之下，人们下意识里对于戏剧化场景情绪的渴望，它构没构成我们这个时代最真实的情绪来源？如果已经构成了的话，我们写作的某种真实性到底还要不要坚持过去传统意义上的那样一种界定？

我们看到的那些哲学家的札记，那些碎片般的札记，在今天是不是也有极大的可能来作用于我们的散文？是为什么？是因为我们每个人的生存也在越来越碎片化，我们只有在碎片化里辗转浮沉，才能够变成自己的神，所以今天我们心目中的神灵它实际上是破碎的，并没有一个完整的、神圣的、掌握着劳作的全过程的这样一位神灵在等着我们去膜拜。我们的神今天四分五裂，这和我们每个人的存在，我们的肉身的感官感受是一样的。

那么这样的一种文体的特征，当我们今天再来写作散文的时候，它们是不是有利于我们重新处理、重新组合之后，写出一种我们理想中的在今天这个时代应该诞生的散文，来构建今天这个时代散文的一种新的主体性？在我看来，这种新的主体性势必要去抢夺其他文体的主体性，势必要去打通文体与文体之间的那些藩篱，那些在我们看起来不可被撼动的东西。

所以在相当程度上,我提醒大家去重视今天我们散文写作的主体性,实际上我是倾向于未知,我们不要再去管散文应该是什么样子,因为我们每个人都要写作,而不是为了一个文论、教科书上所界定的散文的概念去写作的。对于今天的散文在这样的时代里会发生什么样的变化,我不知道,我倾向于我们用我们的写作不断地去冒犯,不断地去革新,不断去奠定今天这个时代新的散文应该有的样貌。

所以我也特别愿意怀抱着这样的一种志愿和大家共勉。

| 散 文 课 |

第一讲 散文课选材模块

傅 菲

百花文学奖得主
三毛散文奖得主

·写作二十余载,他深入山林草木、写花开、写鸟鸣,也回望故乡,谱写乡野小人物的心灵史。鲁迅文学奖得主李浩称,"从日常和平常入手,从生活的具体和层叠的烟火入手,傅菲建立起了可贵的诗性和让人惊艳的陌生"。作品常见于《人民文学》《钟山》《花城》《中国作家》等刊,已发表散文作品400余万字,出版散文集30余部。

代表作:《元灯长歌》《深山已晚》《我们忧伤的身体》

第一节：判断好选材的四个标准

文友们，大家好。我是散文作家傅菲。欢迎来到《南方周末散文写作课》。首先，我想与文友们探讨的主题是"如何挖掘有价值的素材，让散文血肉丰满"。

先向文友们做一下自我介绍：我是个散文作家，主要专注于自然与乡村领域，至今发表400余万字散文作品，常见于《人民文学》《钟山》《花城》等杂志，也出版了《深山已晚》《元灯长歌》等30本散文集，获过百花文学奖、三毛散文奖、方志敏文学奖等奖项。我日常的工作是传统媒体编辑，写稿编稿是我的职业。

编稿中，最常见的问题便是题材雷同，比如写老屋、写故乡的小巷、写小时候捉泥鳅等等。

当然，这些题材不是不可以写，而是在散文写作趋避同质化、追求异质化的今天，这类作品容易陷入千人一面、似曾相识的尴尬境地，很难提供独特的美学价值和情感共鸣。

写一篇散文，好比建一栋房子，套用木匠师傅的话：烂木头撑不起房子。同样，平庸的选材也撑不起一篇好散文，就像苏联教育家马卡连柯说的："只有正确地解决了材料的问题，才谈得到写作技术的问题。"

但散文的难题之一，就在于持续开掘题材。要解决这个难题，并非易事，它需要写作者非凡的洞察力和思考力。

我也曾陷入题材开掘的瓶颈。刚开始写作时，我写了大量语言唯美的乡村抒情散文，但我发现，这是一种耗才华、虚空化的写作，这样写下去，会直接写死自己。我搁笔了。

直到我患上重度失眠症，并把这个经历写了出来，我才找到新的题材开掘方向——从具体的生活中，直接检索素材，借此表现人的生活、精神、困境等。在那之后，我以身体写生命意识，完成了散文集《我们忧伤的身体》，这是目前国内唯一以身体显性器官和隐性意识为选材的散文集。

再后来，我前往福建省浦城县荣华山下生活，开始了自然文学写作，并在离开荣华山后，再次走向自己的出生地，以长居村民的身份调查、访问，写出了《风过溪野》《故物永生》等多部乡村散文集。这是我写作以来，发生最重大的转变——从书房走向大地、走向人民。

对于我来说，散文是一种越写越让人敬畏的文体，它就像缓生树，很缓慢地、很艰难地生长——需要大量的积累。

这二十多年，从乡村到自然，从风物到动物，我也在不断尝试开掘题材，在选材方面，也总结了一些心得，希望分享给文友，包括：

什么样的选材是好选材？

如何收集素材？如何筛选素材？

如何用选材推动散文的纵深？

这一部分，我们先来聊聊第一个问题：什么样的选材是好选材？我总结了好选材的四大标准。

好选材的第一个标准是，必须是独辟蹊径，言他人之未言的。

列子著书常言人之所未言，气伟而才奇简劲宏妙。通常我们把"言他人之未言"作为衡量文章品质的标准之一，也就是所谓的"发现"。好的散文，常有可贵的"发现"之处，如果能发现那些"人人心中有，人人笔下无"的内容，这就是新意。

那什么是言他人之未言的好选材呢？

可以是抵达他人未曾抵达的深度，也可以是有他人未曾言说的角度。抵达他人未曾抵达的深度，就是对特定的或某一个领域的事物，别人尚未开掘或开掘不足，但你却有更深的理解和体悟，这样的选材，会帮你开掘出有深度的主题。

以写母亲为例。大家可以先思考一下，如果让你写母亲，你会怎么写？是写母亲对我们的关爱？对家庭的奉献？还是她们身上坚毅的品质？我想我们和母亲之间，会有很多这样感人的素材。

那我们来看看，李修文老师的《致母亲》，是怎么选材的。

母亲是平凡而伟大的。李修文老师开篇写得摧骨蚀肠：

> 农历大年初七，夜深了，小雨不止，阳台上的花倒是开出了几朵，不知道从何处传来一阵男子的哭喊声："妈妈，妈妈！"我隔着窗子向外看，四处都黑黢黢的，终究一无所见——这是武汉因为瘟疫而封城的第八天，我早已足不出户，所以，我注定了只能听见哭声，却看不见哭声背后的脸。
>
> ——我从来没有像今天这样强烈地想念母亲。

接下来，作者写了自己的母亲：

> 少年时，月光下，我守在稻田的边上眺望着母亲，她将通宵不睡，连夜收割完整片稻田，就算她与我相隔甚远，微风也不断送来了她的汗味；大学毕业后，第一次回家过年，年过完之后，我要再去长春，临别时拒绝了她的相送，但是我知道，她一直跟在我的背后偷偷送我，我一回头，她便跑开了……我一步不停，四处游走，但是，处处都站着母亲。

但作者的笔墨并没有止步于此，而是引申出来，写了苏曼殊、白居易、蒋士铨、周寿昌、李贺、李白等历史文化名人笔下的母亲，由此表达出这样的文化母题：母亲既是人类繁衍生息的母体，也是文化赓续的母体，也是芸芸众生爱的母体。

李修文老师以"剥笋式"的写法，层层递进，"剥开""母亲"形象这个母题，从情感层面，递进到文化层面，再推进到人类母体，最后落回个人感情。这种层层深化，层层推进，不断地推动散文的纵深。

我们读了非常多的有关母亲的文章，但这样的选材和写法，是独树一帜的。这就是言他人之未言，达到了别人未曾抵达的深度。

这样写的好处是结构上环环相扣，流淌在文字间的情感九曲回环，在主题不断深入的同时，意旨一脉相承。

可以说，选材的纵深感，是非常重要的。我也会和大家一起探讨如何用选材推动散文的纵深。

除了抵达别人未曾抵达的深度，用他人之未用的好选材，也可以是找到一个独特的视角，言他人之未言。

比如写松树，很多人首先想到的就是"青松挺且直"，如果再往这个角度选材，就很容易有陈腐之气，陷入雷同化。

我也写过一篇关于松树的散文，《谁知松的苦》，我是这么写的：

他每年都要来割脂，在旧三角形上，往上割，割更大的面，四至十月，提着桶来采集树脂。每割一刀，树身会颤抖一下。这是松树在痛，只是它的痛喊声，我们听不到。

我放弃了常规的写法，而是写松树遭受的苦难，饱受虫害，还被人割松脂，这其实就是一个独特的视角。

那我们要怎么找到这类有独特视角的选材？我总结了三条经验：

首先，你可以从生命历程中，萃取独特的经历。

以史铁生老师的《合欢树》为例。"母亲"无意间种下合欢树，经过精心培育，合欢树长得高高大大。作者"我"记录了在十岁、二十岁、三十岁所发生的事情，写出了"母亲"的生命轨迹。这样的选材，很容易切入读者的内心。

史铁生老师由于疾病的原因，在轮椅上生活。他的生命历程是非常独特的。他的散文，如《病隙碎笔》系列，大多使用这个方法选材。

可能有的文友会说，我觉得自己的生命历程，并没有什么独特之处，这该怎么办？

其实，哪怕是平凡的生活，如果我们能换个视角挖掘，就能发现独特的选材。

比如，你可以从日常中，发掘平凡背后的意义空间，可以是历史、经济、政治、哲学等不同学科视角下的意义空间，也可以是人性、生命、母爱等永恒母题下的意义空间，而要挖掘到这些空间，和每个人的境界、文学修养有关，同样平凡的日常，境界和文学修养高一层，感悟的东西自然会开阔很多。

比如韩少功老师写的《山南水北》，是很典型的一个例子。这本书所选取的素材，选自他在岳阳乡下老家隐居的生活，写种地，写村民，写乡下的月亮，等等。但在朴素的选材中，作者融入了深邃的哲思。哲思就让他这段平凡的经历变得独特。文学的至高境界，就是进入哲思的境界。

湖南作家李颖的《断食者》，同样用的是这种选材方法。文章从"母亲"七十大寿第二天突然断食这一事件开始，但并没有把"母亲"断食前后的所有生活素材都打捞上来，而是以"母亲"断食为视角，围绕"生命"这个母题，不断往下挖，挖掘了"一家五口"曾经的生活、"母亲"体检和确诊的经历、断食后的生活与尊严、周遭环境的变化与塌陷的当下生活等素材，以此挖出世相这口深井，写出了生活之艰难、生命之坚韧，开掘出"母亲与众生""母亲与生命"的深度思想内涵。这是一个作家"掘土为井"的能力。

所以，当你觉得日常素材很平淡时，不妨试着从不同的学科视角，或是不同的母题视角，去发现日常背后的意义空间。

找到有独特视角的选材的第三种方法，是逼视自己的过往，挖掘内心隐藏的生活。

在散文写作中，大部分作家会忽略自己在成长或生活中所遭受的内心困厄和不堪。写这样的题材，需要作家极大的勇气。

一个散文作家,经常要做的一件事就是梳理自己的过往,逼视自己的内心。这样做,会挖掘出很多被他人忽略或是被遮蔽的素材。

比如,在90后散文作家连亭的《个人史》中,文中的"我",自小体弱多病,被人欺负、鄙视,这让"我"心灵备受伤害,所以"我"的身上基本没有同龄人惯见的活泼、时尚,不懂游戏、关爱、消费。"我"甚至不知道自己的生日,不知道自己的来历,不知道为何孤零零地生活在村野中。

作者在选材上,就着重于挖掘自己与别人不一样的生活,比如入学、读书、"祖父"因肺病而死的过程、"我"硕士毕业之后的就业所遇、工作所遇等。

"我"的个人史,就是一部成长的受难史,也是一支光明灵魂的赞歌。每个人都是时代之下的一粒沙。这是一篇不可多得的好散文,也是一篇选材有自己独特视角的作品。所谓自己独特的视角,就是以自己的世界观或人生观来阐述自己所认识的世界。

好了,说完好选材的第一个标准,独辟蹊径,言他人之未言,我们再来看看第二个标准——选材必须是鲜活的。

鲜活就是鲜灵活泼、鲜明生动。换句话说,就是不死板、不陈腐。这样的素材,能让文章具有强烈的生活现场感。

可能这么说还有点抽象,我举个例子。

比如写暴雨这个主题,如果你写:

天乌黑黑，狂风大作，暴雨倾盆……

这样写，那读来难免会索然无味，因为没有形象感，没有把暴雨的动感写出来。

我写过冬天的暴雨。我是这样写的：

> 北风，源源不绝地刮过，从山尖越过门前的土路来到我院子里，咆哮怒吼而来，像滔天的洪水掀起巨浪，摧枯拉朽，势不可挡。到了深夜三点多，雨噼噼啪啪，循风迹而至：先来了一个小脚的妇人，在院子里踱来踱去，手上似乎还拿了笤帚，轻轻地扫了落叶，扫了一个多小时，干净了。再来了一个擦地板的人，更年轻一些，擦得很用力，用竹板刷唰唰唰，摩擦声均匀，有舒缓的节奏，擦地人还喘着粗气。最后来的是敲钹的人，吧，吧，吧，吧，吧，一直站在我窗前敲——我起夜，拉开窗帘，看清了这个不舍离去的人，他全身披着水珠串缀的幕帘，油亮，跃动一种荧光，隔着玻璃，我感觉到他脸上噗噗直冒的阴冷之气。

我从风起笔，通过风的声音写风的猛烈，风带来了激烈的雨。但我并没有急着写雨，而是写雨势。我以动写动，拟人化落笔。写这篇散文，我是在山中生活，全程观察了暴雨来临的过程，细致地描写了下来。

读这样的文字，你会有身临其境之感。你看，文章是不是一下子就灵动了？所以说，鲜活的素材如同新鲜血液，让文章充满生机。

那我们要如何找到鲜活的素材呢？我给大家分享三个主要方法：

一是深入生活，以攫取现实生活中令人印象深刻的瞬间；二是要对笔下的人物和事件深思熟虑地理解，以攫取富有感染力的细节。

以散文家塞壬的《无尘车间》为例。

2020年春天，塞壬隐匿作家身份，应聘东莞的一家电子工厂，以黄红艳的名字，在流水线上扎扎实实工作了一个月：穿便装、吃食堂、住女工宿舍、不准离开厂区。这篇文章包括面试、体检、培训、车间生活、封闭的厂区生活、工作矛盾、工友的情感世界、工友的逃离等章节。每一个章节的选材，都来自现实生活的现场素材，写出了疫情之下的现代工厂运行，写出底层工人的挣扎、困境和努力，以及工人的私密世界。

比如她写工厂环境：

> 无尘服是蛙式连体的。从中间开链，先套裤子，然后再从袖里伸直双臂，拉上拉链，竖领直顶下颚。鞋是连袜式，侧拉链，它包住裤腿，在小腿肚那里绑紧。长发要盘起，箍上发网……一整套上身后，只有眼睛露在外面……

再比如写工友被拉长当众羞辱后的反应：

> 她扭过脸来，居然是笑着的：没什么的，你第一天来吧，让她骂骂就完了……又不扣钱。她再次笑笑，还拍了拍我的肩膀。

但当工友得知"我"因为上班的铃没响，打卡迟到了七分钟，要被扣掉七十块全勤奖金时，所有人都在痛惜：

> 我师傅许晶晶眼神全是焦灼：你七十块钱没了。她看着我，仿佛这是一个天大的灾难……整整一个下午，跟我在工作上有接触的人，全都是那句话：你七十块钱就这么没了？

如果没有深入生活的观察，没有对人物的深入理解，只是坐在书房里，这种压抑的工作氛围、工友们面对羞辱时的淡然、面对扣钱时的焦灼，或者说，这种人在现代企业制度下的困境、人在机器面前的卑微、人的机器化，是写不出来的。

所以，要获得鲜活的选材，大家一定要融入生活，到第一现场去，去感知，去观察，去体验。来自第一现场的素材，是最鲜活的。

三是在远离第一现场时，作家需要为书写对象注入丰沛的想象力。

在《盆地的深度》一文中，我写一个数十年前的提灯师傅，在提

灯师傅出场时,我是这样写的:

> 看起来,他刚刚从天边归来,带着归来者深重的念想与大地千里的开阔。他带来了马群奔腾的群山,带来了充沛的雨水和越来越长的白昼。他的眼睛溢满向晚的露水。他鸽子一样的眼睛,蒸腾着水汽。他素白的眉毛微微下垂,孵化两朵积雨云。他跺着脚,挥着袍袖,摇铃声啉啉啷啷,响得越来越急切,他头上圆尖的斗笠一抖一抖地旋转。他旋转,盆地也旋转,天空也旋转。他的草鞋落在地面上,溅起干燥的灰尘。鸟呼噜噜,飞回了山冈的树林。

我就注入了丰沛的想象。通过想象,写出了他生命的开阔,儒雅拙朴的形象。

以上就是好选材的第二个标准——鲜活。我们再来看好选材的第三个标准,必须是贴近生活又贴近内心的。

怎么理解呢?我们一一来看。

先说贴近生活,简单来说就是你要关注当下的生活状态,但同时要注意,选取的日常生活素材,要符合生活逻辑、符合自然逻辑。

这听起来似乎很简单,但当你真正读散文、写散文时,会发现并非如此。

以乡村散文为例。现在,中国写乡村的散文不少,河汊、炊烟、静谧的黄昏、低矮飘忽的雾岚，都是散文家钟爱或倾诉衷肠的对象。但我厌恶这样的幻象化。原因是写作者以怀乡的姿态出现，没有贴近和深入泥土，蔑视底层人的生存状态和内心的挣扎，不了解底层人的荒凉和痛苦，以至于作品显得虚假或精神贵族化。这样的乡村题材写作，是凌空蹈虚的。

所以我每年至少花费四分之一的时间进行乡野调查，在我看来，要获取贴近生活的选材，得真正俯下身去，用深入、平视的立场，去观察、理解你的写作对象。

那什么又是贴近内心？

散文有自己的"磁场"，那就是一个散文家的血气和精神内核。散文的选材，如果不能体现作家的精神指向，那它就失去了生命气场。所以，贴近内心的选材，就是要贴近、要体现作家的精神内核。

比如这段写新疆阿克苏林果的文字：

在这瓜果飘香的季节，走进丰收的果园，累累的果实挂满枝头，一片殷红。亲身体验摘苹果的快乐，第一次仔细观赏苹果片上晶莹剔透、形如椰树的美丽"冰糖心"，品尝这份甜蜜，分享收获的喜悦，耳边油然响起那首经典老歌——《边疆处处赛江南》。

这样的素材，很浅显，是表象的描写，像导游解说词，与内心无关。

我们再以陈年喜《活着就是冲天一喊》为例。

陈年喜一直在煤矿从事挖煤工作，对底层工人的生活有切实的体验。在这本书中，他的选材并不宏大，反而显得有些鸡零狗碎。

他写打孔、抡锤、爆破，写爆破声中喝酒、荒凉的生活环境和人的微小欲望，写吃饺子，写回家的路。

比如他这样写自己的头发：

> 五天前骑摩托车回老家，在经过母亲现在住的房子时，她远远地看到了我，虽然眼力很差了，还是看清了我的头发，说了句：头发咋又白了。她的孩子中，我是头发最白的一个。孩子们都有自己的生活，很多生活是看不见的，只有头发永远明摆在头顶，隐无可隐。

他写自己回家，假如写自己变得又白又胖了，作为读者，会作何想？选取白发的这个素材，起到了对命运的暗示作用。

即使写大生大死，他也写得很克制：

> 王二是死在我手上的，也是死在他自己手上，我不该不小心窜了孔，他不该把导火索弄得太短。我醒过来时，右耳再也听不见了，从此世上的许多话语，别人只能靠手来说出，我靠眼睛来听。

为什么这些选材，让人动容呢？

因为他的每一个文字都是从内心迸发出来的，浸泡着汗水，冒着生命卑微又危险的火花，他的选材都透着他的生命气场——即使举步维艰，也要有生活的尊严和勇气。

这样的散文，就会走进读者的内心。

最后我们来说说好选材的第四个标准——必须是可以引起共情的。

我们刚刚说过素材要贴近内心，要带有作家的个人气息以及精神指向，但仅仅表达自己还不够，再往前一步，好的选材，还需要引起读者共情。引起不了共情的素材，会给读者"僵硬"的感觉。

以我的《元灯长歌》为例。这是一篇记录我祖父的作品，从我祖父元灯丧妻丧弟丧父开始写，写了他在民国时期、新中国成立初期以及改革新时期的生活。

我的祖父，对于读者来说，是一个陌生的人，如果我只是写祖父个人化的经历，那就很难引起共情，毕竟谁会愿意没有缘由地去花时间了解一个陌生人呢？

所以，在写《元灯长歌》时，我没有把我的祖父当作一个孤立的人来写，在选材上，我注重了这几方面：

一是时间线上发生的大历史背景下的个人生命片段，二是与时代高度契合的个人生活经历，三是不可替代性的家族事件。

这些素材，将各个时期的氏族大事、家事，杂糅在一起，展示了百年以来家国由衰至兴的历程。把家史当作地域史去写，文章就不再只是与祖父相关，而是与时代相关、与历史相关、与个体生命相关，从而引起强烈共情。

所以，你在选取素材时，不妨也再多问问自己：这个素材有现实意义吗？与时代契合吗？能引起读者的共鸣吗？

我写《元灯长歌》，从动荡的民国时期写到改革开放的新时代，写祖辈父辈两代人的人生，其实就是写国家百年来的伟大变化，也是写祖辈父辈对他们时代的交代。每一个人都要对自己的时代有所交代，哪怕是微小的人物。

以上就是这一部分的全部内容，我简单总结一下，这一节我们讲了好选材的四个标准：

第一，必须是独辟蹊径，言他人之未言的。

第二，必须是鲜活的。

第三，必须是贴近生活又贴近内心的。

第四，必须是可以引起共情的。

我在这里留一个小任务：找一篇你写过的散文，分析选材是否符合这些标准。

第二节：如何收集素材，让文章鲜活出彩？

上一部分，我与文友们探讨了好选材的四个标准，并且给大家布置了课后小任务：找一篇你写过的散文，分析选材是否符合这些标准。你们完成小任务了吗？如果用心分析了的话，你可能会发现，有的选材真的很鲜活、很出彩，但有的选材似乎暗淡无光、可有可无。

那面对这些没那么出彩的素材，你不妨再回忆一下，当时为什么会选择它？是收集的素材太多，眼花缭乱，让你无从下手？还是因为素材短缺，搜肠刮肚才找到，所以勉强填补进文章？

其实，这也是很多初写者常常面临的窘境。

"米"太多了，不知道怎么"下锅"；"米"太少了，又无法"下锅"。

但我想，如果在写作前期就能做好素材的收集和筛选工作，或许能减少大家在这方面的烦恼。接下来，我会和大家分享怎么收集和筛选素材。

我们先来说说如何收集素材。我给大家总结了两大维度、六种方法。

一、用"选材三分法"架构文章的完整度

第一大维度，是从散文的完整度出发，也就是我们收集的素材，要

足以将我们想表达的主题完整并且血肉丰满地呈现出来,这也是最基本的要求。

具体怎么做呢?我经常使用,并且非常有效的一套方法,叫"选材三分法",也就是围绕人物、核心意象和母题来收集素材。我们依次来说说。

第一种方法,是以塑造人物为中心收集素材。

这个方法通常使用在以人物为主要叙述对象的散文上,用一个通俗易懂的名词可诠释,就是"抽丝剥茧"。

叙事散文通常需要塑造人物,尤其是以记人为主的散文,因为以人物为经线,以事件为纬线,就是它们的主要结构之一。这样的散文名篇,也非常之多。比如朱自清的《背影》、鲁迅的《记念刘和珍君》等等。而人物是通过素材叠加的方式塑造的,这就需要写作者抽丝剥茧地去收集素材,使笔下的人物"血肉丰满"。

那要如何抽丝剥茧地寻找素材?找哪方面的素材?又要怎么找到这些素材呢?

以本人的散文《画师》为例,这篇文章从收集素材,到动笔写,我花费了5个多月的时间。

2020年6月,我在朋友圈看见一张照片,照片是一个曾在绢扇厂工作的中年人在画人物画。这张照片引起我的好奇。绢扇厂在上世纪八九十年代兴盛一时,因为空调和电风扇的普及,这类绢扇、纸扇厂家接连倒闭。我感兴趣的是，在扇面上画画的画师，后来干什么去了呢？人生会发生什么变故呢？

我想深入去了解这个画师。当时，我拟定的素材提纲是：

画师是因为什么缘故去学画画，当上画师的？他的师傅是个什么样的人，除了传授技艺之外，对他还有其他什么影响？绢扇厂倒闭之后，他干什么去了？除了喜欢画画之外，他的生活情趣是什么？

后来，我知道他免费为几十个人画过遗像，这段经历深深触动了我，这也是一个无人触及的写作题材。我如获至宝。于是又展开收集了以下素材：

在摄影技术普及的时代为什么会去画遗像，为什么还有人画遗像？第一次画遗像的过程和感受是怎样的？给亲人，比如自己的母亲画遗像的过程和感受又是怎样？有哪些死者的遗像，令画师终生难忘？作为直面死亡的人，对死亡的理解是什么？对生命的认识是什么？画师如何看待自己的职业？画师对待生活的态度是什么？画师的愿望是什么？

这是一个直面死亡、直面生命的主题。

大家可以看到，我在收集素材时，都是紧紧围绕画师这个人物的经历，虽然两次的提纲不一样，但基本都是从这三方面入手：

第一，人物的内在逻辑。一个人行事，不是无缘无故的，他的动机是什么、为什么有这样的动机、用了什么手段、有什么样的结果等等，人物是需要用这样的内在逻辑去塑造的。所以当时我很想知道，为什么画师会去学画画，他是怎么当上画师的，为什么会去画遗像，又为什么还有人画遗像。

第二，人物的性格，比如我想知道他的师傅是什么样的人，后来也发现了师傅和顺与家人不辞而别的故事。

第三，能体现人物更深层思想的素材，比如我列提纲时，提到了他对死亡、对生命、对生活的理解，就是想挖掘人物背后的思想。

也许刚开始我们对人物的理解、能想到要收集的素材，都比较表层。没关系，我们可以借此去了解这个人物，在收集素材的过程中，如果发现一些让你意外的、令人惊喜的素材，再顺着这个素材去挖掘，就像在《画师》最初的提纲设计中，我的重点是写徒弟从事根雕，技艺传承，但后来发现他画遗像，我觉得这个角度逼近了死亡真相，直达哲学主题，于是收集素材的方向也发生了变化。

这是"选材三分法"的第一种方法，以塑造人物为中心收集素材。

"选材三分法"的第二种方法，是以核心意象为中心收集素材。

这个方法，我们也用一个通俗易懂的词语诠释，叫作"层层展开"。

它通常使用在以物体或地域为主要叙述对象的散文上，如风物类写作、地域文化类写作。像史铁生老师的《我与地坛》、梁琴老师的《书院三章》、梁衡老师的《中国枣王》、祝勇老师的《再见，马关》等等。

我们以史铁生老师的《我与地坛》为例，看看以核心意象为中心，通常要收集哪些素材。

地坛是一个历史文化贯穿于现实生活的地方,它始建于明嘉靖九年（1530）,明清两朝的帝王都在这里祭祀"皇地祇神",而这里,也是史铁生生活的地方。所以,《我与地坛》中的核心意象"地坛",其实融汇了神秘文化、思想皈依、精神栖息和当下的现实。

史铁生在收集素材时,也是抓住了这几个点,他从地坛的历史、时间对地坛的剥蚀,写到"我"的出生与到来,以及"我"失去双腿后,"母亲"对"我"的爱,再写到"我"在地坛所见的四季之美和到园子里来的人,最后通过"漂亮而不幸的小姑娘",反思生命。

如果仔细剖析,我们发现,围绕"地坛"这个核心意象的素材,其实有清晰的脉络,就是"历史→现实→返回内心→现实→最终抵达内心"。

所以,在运用以核心意象为中心的方法来收集素材时,我们可以从这些方面着手：

第一,突出历史文化厚重感或特殊性的素材,就像史铁生在《我与地坛》中,也写了地坛的历史,它是皇家庙坛,朝代更迭数次,地坛仍在；但我们不能光写历史文化,还要找到历史文化与现实的勾连,以及对人或者对历史进程的影响。这样,核心意象才会与我们、与当下产生关联。比如地坛是作者生活的地方,是普通市民的休闲公园,史铁生写我在园子里经历的生活、看到的四季、见到的人,这就是从历史到现实。

第二,我们还要重视人在历史文化现场的感受,比如史铁生在园子中反思生命;再比如余秋雨的散文集《行者无疆》,里面的每一个历史遗址,他都去了现场勘察,写下了内心感受。

好了,这是"选材三分法"的第二种方法,以核心意象为中心收集素材。接着我们再来说第三种方法:以母题为中心收集素材。

一篇散文,尤其是长篇幅散文,可能有许多个主题,但这些主题是从一个最大的主题裂变出来的,那么这个最大的主题,就是母题。像张锐锋老师的散文《古灵魂》,里面有数百个主题,比如孩子、老师、盗墓者等等,但母题只有一个,就是"古灵魂"。做个比方,母题好比主根,生发出来的小主题好比根须。

当一篇散文,人物纷呈,时空交错,纷乱庞杂到感觉无从下手时,就可以用母题法来收集素材,这个方法也用一个词语来诠释,叫作"原点散射"。母题就是原点。它和抽丝剥茧、层层展开的不同是,所选素材在题意上,是平行的关系,而抽丝剥茧、层层展开在题意上,是递进关系。

当下很多名篇,都是用这个方法收集素材。比如李敬泽老师的《〈黍离〉——它的作者,这伟大的正典诗人》,肖复兴老师的《我跳舞,因为我悲伤》,周晓枫老师的《巨鲸歌唱》《弄蛇人的笛声》,塞壬老师的《悲迓》,熊育群老师的《生命打开的窗口》,等等。

我们就以《生命打开的窗口》为例,来看看以母题为中心,需要收集哪些素材。

这篇散文讲述了"我"得知"母亲"病危、病故的消息后,前往家乡奔丧的故事。这是一个特别的生命事件,但母爱也是一个非常难写的老旧题材。世界上,有哪个作家不写母爱呢?

那面对这样一个特别又难写的题材,作者是怎么收集素材的呢?

熊育群老师是把"母亲的一生"作为原点,进行散射,找到了母亲的童年、婚后养育四个孩子、与疾病抗争、母亲离开后的场景等等素材,这些素材都是平行的片段,但作者没有任由它们散乱在不同的时空,而是以"病故"作为叙述的原点,用奔丧串起了这些素材。

所以"母亲"是收集素材的一条明线,事件的过程是收集素材的一条暗线,这些线索将文章分为了六节,每节其实就是一个散射面:先写了"我"坐火车回家奔丧,然后倒叙,写到"我"得知"母亲"病危和病故的消息,再写葬礼现场的风俗、出殡,最后写到"母亲"的一生,以及"我"对"母亲"的想念。

作者在每一个散射面,捕捉动人的细节,注入丰沛的情感,最后上升为生命的哲思,读之回味无穷。

所以,我们在用母题法收集素材时,也可以先列出小主题,按小主题选材,就像在《生命打开的窗口》中,作者也围绕"母亲的一生",找到了很多个散射面。但要注意,小主题虽是独立的,但立意要深远,收集的素材不可以太浅显。

此外,我们还可以把母题细分出脉络,按照脉络去收集素材,比如刚提到的熊育群老师的案例中,他实际是围绕"母亲的一生"这个母题,找了一条时间线,并沿着这条时间线,收集了一系列素材。这里我们要注意的是,脉络要清晰、逻辑性强,要符合生活的原生状态,收集的素材就要求实求诚。

以上是收集素材的第一大维度,从文章的完整度出发,可以以塑造人物为中心,也可以以核心意象为中心,还可以以母题为中心收集素材。

二、以"三个强化点"突出文章的个性化

如果能紧紧围绕这几个中心收集素材,我想你至少不会在写作时还觉得"无米下锅"了。

但如果你想在这个基础上让文章更进一步,我还想从另一个维度,和你分享几种收集素材的方法。这个维度,是从散文的个性化出发的。

文学是讲究个性化、异质化的艺术,散文也不例外。所以,在收集散文素材时,我们也要有意识地去突出写作的个性化,强化自己的标识。

具体怎么做呢?

第一,散文是散文家的生活史,选材时,要强化自己的生活地域

和生活经验。

在所有的文体中，散文是唯一要求作家具有自己烙印的文体。那么生活的地域，自己的生活经验，都是作家自己烙印的重要部分。比如说，刘亮程老师和李娟老师写新疆，他们为什么不写广东、上海？艾平老师写呼伦贝尔，江子老师写赣江，他们为什么不去写东北？因为散文家大部分作品是写自己赖以生存的生活之地、成长之地。郑云云老师写自己绘画制瓷器，胡冬林老师写长白山的森林，为什么呢？因为他们所写的，都是他们现实中的生活。

所以在收集素材时，可以有意识地去收集那些可以强化属于自己的东西的素材。

以塞壬老师的名篇《悲迓》为例。

悲迓是楚剧的一种腔调，称悲迓腔。悲迓这个词，本身就带有悲苦、悲楚、讶异的意思。塞壬写悲迓腔，写唱悲迓的人，写自己的同学和家人，当然也写自己远离家乡的生活。

这些素材，都是塞壬熟悉的、独有的，但又是别人生疏的、无法复制的，这就是在强化属于自己的东西。为什么说是塞壬独有的呢？因为悲迓是古楚文化留存下来的地方腔调。

所以，在收集素材前，我们不妨先梳理自己的生活资源、地理资源，比如收集地方文化史料、非遗资料，并利用闲余时间去实地参观和考察；也可以去了解当地的山川地貌，以及栖息其中的稀有动植物和广有分布的动植物;还可以了解当地重要的民俗,尤其是婚嫁、丰收、祭祀,以及宗教和地方戏曲对这个地域的影响;像美食、主要物产,及制作美食的方法和生产物产的方式等等,也都可以了解,从而找出那些自己熟悉的,别人生疏的素材。

第二,散文是散文家的心灵史,选材时,要强化自己的认知领域。

不知道文友们会不会自问这样一个问题:为什么要写散文?当然,每个人的回答不尽相同。这个问题,既是态度,又是目的;既是选择,也是追求。我提出这个问题,与散文的本质有关。散文的本质是表达散文家的世界观,也就是散文作家需要向世界表达自己的看法。散文是离作家最近的文体。

为什么说最近呢?因为无论是何种散文,所表达的都关乎心灵。古今中外的任何散文名篇,都是为心灵而写,启迪心智。

所以,在收集素材时,关于心灵的素材拥有优先地位,并要强化自己的认知领域。有自己的深度认知,写出来的散文才不会惺惺作态、扭捏做作。

以胡冬林老师的《青羊消息》为例。作为一名自然文学作家,胡冬林的"自然意识"或者"动物意识",使他总是站在自然和动物的立场去反思人类行为。

比如只存在于民谣和传说中的青羊,在他心里一直是介乎现实与幻想之间的动物,当他连续登了几座山崖,终于第一次看见青羊时,他是这样写的：

> 它们的毛长而密实，像披着一层厚毡毯，使身体略显膨胀，像个方木箱。毛色在暖色调石棚的映衬下呈寒凝的青苍，周身的毛在寒气中闪烁着银蒙蒙的光泽，颈后沿脊背至尾基铺下一条若隐若现的紫黑毛色，似一抹浓墨融入烟青，颏下有白斑，从深灰暗影中跳出，灿若银雪。最动人的还数那双琥珀眼，睫帘长密，幽幽澈澈，疑惧交加中透出些许野气。

他并没有写自己的内心感受，但读完这段文字，作为读者的我们，会从他细腻的文字中，惊叹青羊的美。这么美的野生动物，我们怎么忍心去伤害它们呢？这正是作家胡冬林要告诉我们的。

这段对青羊第一印象的素材，就让我们感受到了胡冬林的心灵，那是对大自然、对野生生命的浓烈情感，也是对它们深深的忧思和无处不在的痛感，而这也是作者对这个领域有了深度认知后，才能迸发出来的情感。

所以，要强化自己的认知领域，在收集素材上，就要避免自己的知识盲点，千万别霸王硬上弓，不然会出笑话。对有认知的领域，还需要熟透地了解，进一步"反刍"和"消化"，形成一个自己的知识系统。

第三，散文是散文家的气质体现，选材时，要强化自己的精神品质。

散文是最可以体现作家气质的文体。史铁生老师因为双腿瘫痪,病痛多年,他的作品有一种对生命的深度思考,阴郁而豁达。周涛老师是军人,常年生活在边地新疆,作品开阔而富有烂漫的气息。于坚老师具有国际视野,从文学史的角度对待自己的写作,他的作品开合很大,信手拈来,如浪卷。

作家的气质会投射到散文的品质上。那么我们尽量收集、选取可以衬托自己气质的素材,强化自己的精神品质。当然,这是一个比较高的要求。想把散文写好,在这方面可以多下点苦功。

以周涛老师的《巩乃斯的马》为例。一般作者写马,可能会收集马拉货的素材、人与马友爱的素材,写马的负重精神,写马与人的友爱情感,等等,但周涛老师没有,他在巩乃斯观察一个马群时,是这样写的:

> 我喜欢看一群马,那是一个马的家族在夏牧场上游移,散乱而有秩序,首领就是那里面一眼就望得出的种公马。它是马群的灵魂,作为这群马的首领当之无愧,因为它的确是无与伦比地强壮和美丽。匀称高大,毛色闪闪发光,最明显的特征是颈上披散着垂地的长鬃,有的浓黑,流泻着力与威严;有的金红,燃烧着火焰般的光彩。它管理着保护着这群牝马和顽皮的长腿短身子马驹儿,眼光里保持着父爱的尊严。

周涛老师长期生活在边疆地区，又是军人，他散文的气质就是洒脱、奔放、热烈、思绪飞扬，具有强烈的浪漫主义和深邃的忧思。所以他写马时，揭示的是马作为人类朋友的特殊品格：奔放雄健而不凶暴，优美柔顺而不懦弱，表达了一种对不受羁绊的生命力与进取精神的向往与渴求。这就是周涛老师的气质：威严、俊美、烂漫、开阔。马就是周涛老师的化身。

除了这三个强化点，最后，我还想给大家一个小提醒。散文是有精神风骨的一种文体，忌讳平庸，忌讳作家的时代观出现糟粕，忌讳素材的粗俗，忌讳把"下三滥"当作"下里巴人"，忌讳流于表面的抒情，忌讳沉溺于"自我"而不见众生世界。我们要善于捕捉时代的精神，善于发现爱的力量，善于挖掘生生不息的生命情怀。

那当我们收集好素材后，又要如何筛选素材呢？下节课，我会和大家聊聊，如何筛选，实现选材的应用价值？

在本节的最后，留一个小任务：试着梳理一下自己的生活资源、地理资源等，挖掘那些自己熟悉、别人生疏的选材，开始构思你的散文选题吧！

第三节：如何筛选素材，实现选材的应用价值？

之前，我们讲了收集素材的两大维度和六种方法，文友们可能会疑惑:收集了那么多素材,哪些素材是可以用的,哪些素材是可以舍弃的呢?

这是一个非常好的问题,我们要知道,同样的素材,有时候因为取舍不同,呈现出来的效果也会天差地别。对散文家来说,找到一个好题材不是一件容易的事,如果因为素材筛选不当,而让文章大打折扣,那就太可惜了。

所以,散文家需要做的,是挤尽所选材料的最后一滴"牛奶",把材料的应用价值发挥得淋漓尽致。

现在,我就和大家聊聊,要怎么筛选,才能让收集来的素材发挥出更大的张力和价值。

我把整个筛选素材的过程,总结成了一个原则和三个步骤。

首先,要用哪些素材、不用哪些素材,我有一个大的原则,就是素材与素材之间要有一个环链,让文意环环相扣,让文本更加流畅。

一篇好的散文,需要用很多小素材,组合出悠远的情境。那么把不同的素材组合在一起,不是靠生硬的拼接,而是要让素材如弯曲河床上的水流,流到哪个河段,都合乎自然。这种合乎自然就是流畅,否则就会产生阻塞感,让人读不下去。要实现这个流畅度,就需要我们筛选出那些有黏合性的素材,也就是素材与素材之间要有很强的关联度,并且服务主体题意的指向性也很明确。

大家要注意,有关联度、服务主体题意,这两点要同时满足,才算是有黏合性的素材，很多人经常忽略这一点。

比如有一篇散文，是写一个叫周朝福的奇人，这个"奇"是神奇的奇、奇怪的奇。

作者写了"我"在叶家村暂居，认识了周朝福。周朝福像野人一样生活。"我"离开叶家村后，再也没见过周朝福，听说周朝福得了神经病。

初看，这些素材好像有黏合性，都跟周朝福有关。但仔细分析，你会发现，这篇文章的重点应该是"奇"，可选取的素材并没有完全体现出来，所以读起来会觉得素材的应用有些零乱。

假如是我来筛选素材，我会专注于周朝福是如何奇的，尽可能把他与常人不一样的东西写出来。他的奇，对他自己及家人造成了什么影响？对周围的人造成了什么影响？让人不适的地方在哪里？是什么遭遇，让他与众不同？

所以，当面对一大堆素材不知道怎么筛选时，我们不妨问自己几个问题：这些素材是不是紧紧围绕主题展开的？素材与素材之间是否有足够的关联度？如果删去这个素材，会不会影响故事的发展？要是不影响，那它与其他素材的黏合度就不高，可有可无，果断舍去。只有这样，我们才能筛选出黏合性最高的素材，让文章更加流畅。

即使素材之间没有黏合性，我们也要创造一个媒介做为黏合剂，让素材与素材黏合。作家郑小琼的散文《铁》，在这点上，就处理得非常出色。

这篇散文主要写了作者"我"在乡村医院,见过非常多的贫穷病人,"我"从内地来到东莞打工,进入五金厂生产各种铁器,经历了工友被机器轧断了手指一事,"我"对机器产生了恐惧,又无法摆脱,而这一系列素材,被"铁"这个物质紧紧黏合在一起。

比如写贫穷病人在疾病前的无奈时,作者会说:

> 我对铁的认识是从乡村医院开始的……疾病像尖锐的铁插进了乡村脆弱的躯体,我不止一次目睹乡村在疾病中无声啜泣……疾病像幽魂一样在乡村的路上、田野、庄稼地里行走,撞着一个人,那个人家里通亮的灯火便逐渐暗淡下去,他们挣扎、熄灭在铁一般的疾病中,如铁一样坚硬的疾病割断了他们的喉咙,他们的生活便沉入了一片无声的疼痛之中。

再比如,作者进厂打工,因为手指受伤被工友送进医院,看到原来有那么多和她一样的人,作者写道:

> 六人的病室里,我的左边是一个头部受伤的,在塑胶厂上班;右边一个是在模具厂上班,断了三根手指……我看着被血浸红又变成淡黄色的纱布,突然想起我天天接触的铁,纱布上正是一片铁锈似的褐

黄色。他的疼痛对于他的家庭来说，如此地尖锐而辛酸，像那些在电焊氧切割机下面的铁一样。那些疼痛剧烈、嘈杂，直入骨头与灵魂，他们将在这种疼痛的笼罩中生活。

通读全文，你会发现作品中充满了机器、零件、翻卷的铁屑与锈迹，作者把对铁的认识，与遭遇铁或铁器的过程，胶合在一起写。"我"受到铁的伤害，铁在身体上所留下的伤痕，铁对人精神的顿挫，把"我"与铁，紧紧粘连在一起，形成叙述的黏合剂。

铁既是物质属性的金属，也是工厂劳动者的代名词。作者层层推进，把物质属性的铁，通过隐喻的处理方式，往非物质属性的铁抬升起来写，写出了精神质地。

大家也可以找这篇散文来好好读一读，体会这些素材，是如何在"铁"的黏合下，充分发挥出它的应用价值的。

说完了筛选素材的大原则，我们再来看看，具体要怎么做，才能优中选优，筛出最适合某个段落的素材，让素材的价值最大化？在这里，与文友们一起分享一下，我筛选时的三个步骤。

第一步，建立素材梯度，层层筛选，择优而选。

我们为一篇散文所准备的素材，事实上是有梯次的。基础素材准备了哪些？突出的素材有哪些？精华的素材有哪些？那么我们写的时候，要把素材筛选一下，把必需的素材全部用上，把辅助的素材部分用上。

这就是层层筛选。

那所选的素材，怎么去判断它是基础素材、突出素材还是精华素材呢？

在我看来，基础素材有一个基本的标准：可以突出主题或者突出人物塑造，可以集中反映主题的核心意蕴。

而突出素材带有写作者明确的特征和气息，彰显和深化文章主题，同时又可以彰显作者的文本的异质化。

精华素材则具有独特性，令人过目不忘，升华文章主题，表达作者的思想深度和境界。

没有选出精华的素材，那么文章就显得很拖沓、庞杂，"枝枝叶叶"太多，遮蔽了"主干"。把精华素材、突出素材选足了，文章就显得简练饱满，意蕴十足，清清爽爽，也就实现了选材的应用价值。

我写过两篇有关野牛的散文，一篇为《野牛奔跑》，另一篇为《野牛之殇》，当时就是用素材梯度的方法，才最终完稿的。

野牛是罕见的野生动物，属于国家一级保护动物。《野牛奔跑》是写野牛充沛的生命状态。《野牛之殇》写野牛被人猎杀。我是先写《野牛之殇》的，觉得写得太残忍，却没写出野牛的生命状态。我放弃了，另起炉灶，写了《野牛奔跑》。

怎么写野牛出场，我从野牛的日常生活层面，选了两个素材：第一个素材，是野牛在山上，被人发现了；第二个素材是野牛跑下山，毁坏庄稼了。

我又从笔下塑造的人物松阳所经历的生活层面，选了两个素材，分别是：听说山上有野牛，松阳去看野牛；松阳在去看野牛的路上，突然被野牛伤害了。

想了这两个层面的四个素材，我却迟迟没有下笔，总觉得不对劲。这四个素材，都具备合理性，但说不上哪里不对劲。问题出在哪里呢？

一天，我和村里人聊天，说起了野牛和山麂。村里人说，电站的水渠里有黄麂和野牛在饮水时，落水溺死。我灵光一闪，就选野牛落水溺死这个素材。

为什么选这个素材呢？

第一，前面四个素材都是常见的、普通的，但牛是会游泳的，水再深也不惧怕，怎么会溺死在这里呢？所以这个素材是不寻常的，会引发好奇；

第二，野牛的习性体现出来了；

第三，稀有动物死亡容易引起人的关注和悲悯。

这是最优、最精华的素材。

所以，当面对一堆庞杂的素材时，不妨先给素材标好梯度，择优而选。

第二步，多做选项，适合为优。

当我们标好梯度，发现能表达同一个主题且在同一梯度的素材有好几个，难以取舍时，怎么办呢？

我的建议是，每个素材都写一遍，找到那个最合适的。

我们来看一个案例，作者是这样写的：

> 我疑心我的女儿虫的眼睛里新长出了一层阴翳。因为我发现她看人和物，远不像过去那样清澈、活泛，而是充满了成年人的忧心忡忡。她总是不由自主地皱起眉头，好像在很费力地等着前方的影像一点点地变得清晰。我担心她是患上了近视。可她的回答是否定的。她说她们前不久还举行了体检，她的视力是1.5。
>
> 我的女儿进入九月之后就开始发生了许多变化。她不再读小说，不再像过去，动不动就在饭桌上摆出一副与我讨论马尔克斯、博尔赫斯、卡尔维诺、奥威尔的架势。她也不再爱看电影，虽然过去，她是一名资深的影迷，对世界电影明星、奥斯卡金像奖、戛纳电影节什么的如数家珍。她拥有两大本包括莱昂纳多与贝鲁奇在内的影星们的签名照片，那是她向全世界的影星们写信索要的成果。她不再与动物们亲近，闯入家中的蟋蟀和路上的蚂蚁，她再也不闻不问，远不像过去，她迷恋与生物有关的一切，正经研习过数十本关于生物学的书籍，熟悉无数动物的生活习性，出门在外，一个蚂蚁窝就可以让她待上半天……

这是江子老师的散文名篇《高考记》的开篇。

据江子老师私下说，为写这篇散文，备受煎熬。煎熬到什么程度呢？光这个开篇，他写了20多个。最后他选择将开篇锁定在女儿的神态变化、兴趣变化。因为即将高考的孩子，所有的变化就集中在神态、兴趣的变化上。江子老师一把抓住了"高考人"的"神魂"，也让素材发挥出了最大的价值。

我写《焚泥结庐》时，也在各个素材之间纠结，写过四个开头，最后留下这个：

一只蓝蝽突然在青石门槛打转，翅膀吱吱吱吱地急速振动，转了几分钟，突然停了下来，四脚朝天，一动不动。我父亲低声嘟囔：一只老得飞不了的虫。似乎这是一个不好的征兆。我父亲转身去了荣岩家。太阳像一张淋湿后晒干了的黄表纸，柔柔皱皱。

我为什么留下这素材做开头呢？

第一，它暗示了季节，入秋了，虫开始死亡。

第二，它写出了死亡是瞬间的，定下了全文悲凉的格调，且由物及人，具有象征性。

第三，出现了叙述主体"父亲""荣岩"，直接铺陈叙述对象。

素材是众多的，但素材放到适合的位子上，就会彰显出优质。

即使是同一个素材,不是随意用在哪个段落,也不是随意用在哪个人物身上。就像衣服,同一件衣服,并非适合任何一个季节,并非适合任何一个场合,也并非适合任何一个人。但一件衣服,肯定会有适合的季节、适合的场合穿。在适合的季节、适合的场合穿,就是实现了衣服的应用价值。

所以,多写几个版本,以筛选出这个位置最适合的素材,是最笨,但也最有效的方法。

如果你通过这两步,已经筛出最适合某个段落的素材,那我们筛选的过程,到这儿就可以结束了。

但有时候,我们也会发现,怎么筛,都有一些精华的、突出的素材,难以取舍,这时候,就需要继续第三步——多选题意,照单全收。

一篇散文,很难装得下作者所需要表达的所有题意,但素材又足够丰富,舍弃哪一部分素材都是极其浪费的,这时候,我们不妨试着在一篇文章中,用不同的主题,将这些素材都分类呈现出来。

什么意思呢?

当代散文与传统散文,从主题的角度说,有非常大的不一样。传统散文只有一个主题,如胡适、梁实秋、周作人、刘白羽、袁鹰等名家的散文,都是一篇一个主题的。

而当代散文可以是一个主题,也可以是多个主题,还可以是无主题。如周晓枫、张锐锋、宁肯、庞培、于坚等名家的散文,全是多主题的。我们没有办法用一个主题去概括他们的散文。张锐锋老师的《祖先的深度》《皱纹》都是数万字一篇的，有的单篇散文甚至十数万字。

我们说现代性，在散文上，首先就体现在篇幅上，其次才是表达上，最后落实在内容上。篇幅就是容器。史铁生老师用一千字能写出《我与地坛》吗？贾平凹用一万字能写出《商州初录》吗？于坚用三万字能写出《建水记》吗？答案是否定的。

在素材足够的前提下，即使不同的素材所指向的题意不一样，可以把素材进行分类，以章节的形式，一个章节表达一个题意，N个章节表达 N 个题意，合成一篇大文章。沈从文的《湘西散记》，贾平凹的《商州初录》《商州又录》，于坚的《建水记》，张锐锋的《古灵魂》，都是非常值得我们学习的。就多题意的中长篇幅的单篇散文而言，周晓枫的《弄蛇人的笛声》、庞培的《乡村肖像》等等，都是典范之作。

当然，这是建立在素材足够的情况下，可如果确实有精华素材，但现有的素材又不足以支撑一篇散文，怎么办？

我的建议是，从这个精华素材出发，建立一个素材系统，为下一次写作未雨绸缪。

好的选材可能是独有的，但不是单一的，会衍生出相关的素材，从而形成一个素材系统。选材挖掘得足够深，素材就会具有"繁殖力"，写出初始的素材，再写衍生出来的素材。

所以，一旦发现了精华素材，哪怕不多，也不要放弃，我们可以逐渐搭建它的素材系统,用在下一次写作中。

我的散文《米语》就是通过搭建素材系统而创作出来的。

这篇文章是通过写普通的大米,来写农民的生存。米是一个主体选材,但这个选材,要怎么撑起一篇饱满的文章呢?

于是,我从米出发,找到了一些主要素材,三个与米有关的人物,米馃叔叔为了餐餐吃上大米,耕田累死在田里;乡人聚餐,碾米房老人的儿子吃得撑死了;为了吃上米饭,杀猪佬的老婆出卖身体。

米对于这些人来说,似乎不仅仅是粮食,而是命。

但这些素材,还只停留在个体上,要怎么样才能用个人的故事,唤起大多数人的共情,让这些素材的价值充分发挥呢?

于是,从这个点出发,又衍生了一些素材,比如"我"的梦想是有个大谷仓,堆满了谷子。现在,超市直接送货,家中连个米桶也没有。再比如,现在减肥的人,拒绝米饭,米成了原罪。

这样,有关米的故事,似乎就与我们每个人都有了关联,他们为米而拼命,我们却拒绝米饭,这种对比将情感张力拉到了最大,让我们观照到了农民的生存,也观照到了自己的生存。

确定了主要的素材后,在描写主要素材时,也会衍生出一些小素材,比如收割、晒谷的景象,米在人类史上的尊崇地位等等,这样在主体选材之下衍生大素材,大素材又衍生小素材,形成了与米有关的素材系统,就像人的神经系统一样。最终完成了《米语》这篇作品。

以上就是这部分的全部内容，我总结一下：

我们讲了如何筛选素材，实现散文的应用价值。

我们的基本原则是筛选那些有黏合性的素材，让文意环环相扣，让文本更加流畅。

而筛选时，我们可以从这几个步骤出发：

第一步，建立素材梯度，层层筛选，择优而选；

第二步，每个素材都写一遍，多做选项，适合为优；

第三步，筛选过后，仍有难以取舍的精华素材，如果素材足够丰富，我们就多选题意，照单全收，写一篇多主题散文，来实现素材的应用价值；如果素材不足以支撑，我们也不要放弃，可以逐渐搭建素材系统，为下一次写作未雨绸缪。

到这里，我们已经了解了好素材的标准、收集素材、筛选素材的方法，接下来，我们会来讲讲，如何挖掘素材，让选材推动散文的纵深，这也是在对大家的散文创作提出更高的要求。

第四节：如何用选材推动散文的纵深？

之前，我们讲到了收集、筛选素材的方法，选材就如同开矿，找矿的人，带着探矿仪，四处寻找矿产，去高山去草原去戈壁去大海。找到矿了，再细找矿脉，尽全力去挖矿。选取素材，尤其选取可深度、可持续挖掘的素材，绝非易事。

但好的散文，又需要有纵深感，也就是有广阔的、深邃的空间，比如精神空间、感情空间、文化空间、地理空间、美学空间等等。没有空间的散文是死的，如一具朽木。

不少写作者，忽视散文的纵深，甚至还没形成纵深的概念，更谈不上如何去构建了。那么现在，我们就一起来分享用选材构建散文纵深的四种方法。

第一种方法，是用可赓续性的选材，推动文本移动。

赓续就是延续、连续。把散文比喻成河流的话，结构是河床，可赓续的选材就是水流。选取的素材具有连续性、延续性，可以推动文本移动，形成既有广度又有深度的空间。

那什么才是可赓续性的选材呢？

以我的《似斯兰馨》为例。

这是一篇叙事散文，写民国时期的革命者民安，在我故乡郑坊镇从事秘密革命活动，因朋友出卖，被国民党军抓获，被点了天灯的故事。

初稿写了1.8万字，开篇就用了约4000字的篇幅，写民国时期的革命者民安在元宵节那天突然从外地回家，在饭铺掌柜正恩家喝酒，接着写民安与正恩女儿的交往。但读起来总觉得与现实生活没有连续性。

如何把历史中的人物与当下生活勾连起来，以达到"历史在我生活中"的目的？我搁置了一年多，也没想出修改的方法和角度。我陷入了困境。

一天，我和家父谈论家中老木柜的来历时，他谈起了油漆匠马英明给这个衣柜做油漆的往事，而马英明的父亲就是当年执行枪决民安的国民党兵，在枪决当天，他同情民安，反杀了国民党军官，结果被抓起来枪毙了。

听到这段故事后，我豁然开朗，对原稿做了大篇幅的修改，我没有直接写革命者民安，我也把民安与正恩女儿的部分完全删除了。因为这个部分，与从事革命工作无关，也凸显不了民安这个人物，不能表达什么深的主题。这个部分就无意义了。

我从"我"送"年迈的父亲"去探望病危的"马英明伯伯"开始写起。在写作方法上，这叫缘起。缘起，带出了系列的素材。素材之中套出下一个素材，下一个素材再套出另一个素材，一直套下去。这就是可赓续的素材。

可赓续的素材，有一个非常明显的特征，就是有一条清晰可见的线，牵动着文本延伸。

在这里，我标记出《似斯兰馨》的素材线：雨中，"我"送"年迈的父亲"去探望病危的"马英明伯伯"→"马英明"来"我"家做油漆，与"父亲"相识→"父亲"对"马英明"谈起木柜的来历，谈这段来历，其实也是在谈革命者民安的牺牲过程→然后提到"马英明"在给木柜上油漆时总是哭得异常的表现→"马英明"与"父亲"以兄弟般的情谊交往→"马英明"在木柜上题写"似斯兰馨"的过程及"似斯兰馨"的含义→"马英明"病逝后,他儿子来看望"我父亲",并表明"马英明"就是逃出虎口的英烈后人。

这样写,优势就是脉络非常清晰、完整,叙事有节奏,主要人物与次要人物的关系既相辅相成地塑造了出来,也有条理。

选取可赓续的素材,以达到文本移动、延伸的目的,构建更有广度和深度的散文纵深,是叙事散文选材的常见方式,有很多名篇均采用了这样的方式选材。如周晓枫老师的《你的身体是个仙境》,如江子老师的《高考记》,如庞培老师的《五种回忆》,等等。

大家也可以读读这些散文,去感受一下可赓续性的选材,在叙事散文或人物散文中,是如何推动文本移动的。

第二种方法,是用可燃爆性的选材,推动空间起伏。

山脉有众多起伏、延绵的山峰,没有起伏,就没有纵深。散文也是这样,文似看山不喜平,有了空间的起伏,它的纵深处才会更令人印象深刻。

所以我们需要用到可燃爆性的素材,点火爆炸就是燃爆。燃爆有绚丽的火花。筛选出来的素材燃起了读者的心灵火花,就出现了高潮,也就是文本中的高峰。一个个高峰制造出文本错落有致的起伏形态。

当然,我们并不要求每个选材都具有可燃爆性,但优质文本必须要有令人难以忘怀的高潮出现。

那什么样的素材才算是具备可燃爆性？它们又是如何推动空间起伏的呢？我们来看两个案例。

第一个案例是鲁迅先生的《从百草园到三味书屋》，2500余字，记录了鲁迅先生对儿时的回忆，有百草园的童趣，也有三味书屋的约束，所以全文"百草园"是一个叙述面，"三味书屋"是一个叙述面，从叙述面，分切出局部点，以点选材，比如写百草园时，就运用了百草园中的植物、昆虫、长妈妈的故事等素材。

在我看来，在文中的一系列素材中，至少有4个燃爆点，分别是：长妈妈讲赤链蛇的故事；冬天在百草园里用筛子捕鸟；三味书屋里，高而瘦的老先生读古文；趁先生读书入神时，用"荆川纸"蒙在小说的绣像上一个个描下来。

当作者细数了百草园里的动物、植物后，笔锋一转，给你讲讲这个园子的传说，当百草园进入枯燥的冬天时，又给你讲讲冬天里用筛子捕鸟的趣事，当你以为童年会一直这么无忧无虑时，就给你讲讲三味书屋里严厉的老先生，你以为学生们在先生的管教下会循规蹈矩，不，他们又会趁着先生不注意，在指甲上做戏、在纸上画画。

你看，每当叙述进入平缓处，或者当你以为故事就会这么发展下去时，作者总是会给你一些意料之外的素材，这个意料之外，就是一个燃爆点，让你为之一振。也是这些"意料之外"的素材，构建起了一个起伏的情感空间，写出了孩子自由的天性和老先生管教下的压抑，这就是文章的纵深所在。

我们再来看看余光中先生的《听听那冷雨》。

雨,是作家常写的自然景象。那要怎么选材,才能写出"雨"的纵深感呢?

余光中先生选择把生活的地域揳入"雨"中,他写惊蛰后,台北的雨,写历史中的杏花雨,写美国的雨、中国大陆的雨、日本的雨、马车时代的雨,又回到日常生活中的雨。

虽说通篇写雨,写愁,写离怨,写得唯美优雅,但余光中先生勇敢涉足,有意让作品的社会意义、美感价值经历洗礼和考验。余光中先生1928年出生于南京,1949年随父母迁往香港生活,后转入中国台湾生活,一直在境外漂泊。特殊的经历,让他选择了7场不同时代、不同地域的雨,而这7场雨,也正是文中的可燃爆性素材,它呈现出了空间的置换、时间的置换,作者前半生的分离与乡愁、现代历史之痛、家国之痛、人生之痛,都蕴含其中,让文章的情感空间丰富无比,这是它的纵深所在。

从这两篇例文中,我们可以大致总结出素材的燃爆点具有以下属性:

第一,意料之外,这样可加深读者的记忆。

第二,与所处的时代、与社会的复杂性相勾连,让我们从微小的素材,就能窥见更大的精神世界。

同时,这些燃爆点,是有自己空间的,或情感的,或语境的,或蕴意的。小空间组成大空间,最后构建起文章的起伏。

用选材推动散文纵深的第三种方法,是用描写代替叙述,增加文本的饱满度。

我们通常说:这篇散文写得饱满。饱满既是指作者在文字中洋溢出来的情感,也是指素材的丰富性和完整性。而丰富、完整的素材,是构建散文纵深的基本要素,因为选材会不断叠加,以此推动散文的纵深。

但要把文本写得饱满,并不容易,即使是相同的一个素材,经验丰富的作者会写得摇曳多姿,初写者会写得枯燥乏味,原因在哪里呢?剔除语言的因素,根本原因是经验丰富的作者在应用素材时,会不断细化素材,注重细节的打磨,使得素材呈现出更大的丰富性和张力。

而要训练自己细化素材的能力,大家不妨尝试一下,用描写代替叙述。

通常来说,叙述就是用简练的语言陈述事实、交代前因后果,而描写呢,需要我们用生动形象的语言,去刻画人物的状态、事情的细节等等,比如写一个人物,有肖像、有神态、有动作、有心理、有行为习惯的固有方式、有说话的语气、有处事的个性,这就是描写。

叙述对一篇文章来说,当然也很重要,它能够快速推着故事情节往前走。但初学者很容易通篇叙述,缺少细节,这样文章会非常单薄。

比如有一篇散文是写一只丧子的哀伤母狗,这篇文章由两个片段组成:第一天,"我"经过菜园的樟树下,一条母狗对着"我"狂吠,一条小狗从草丛爬出来向"我"表示友好。第二天,"我"又去菜园,发现小狗死在地上。"我"把小狗埋了。母狗非常哀伤。

事情的经过确实是交代清楚了,但这篇显然没有写好,致命伤在于作者没有细化素材,母狗和小狗呈现的过程十分简单,甚至语境都还没营造出来,作者的情绪和情感还没调动起来,文章就结束了。

如果能补充进一些描写,比如:

菜园的环境;母狗和小狗的外形特征,是家养狗还是弃养狗;母狗生下了几只小狗,在什么时间、什么地点生下的;为什么母狗带着小狗经常出现在菜园;母狗与小狗亲昵的状态;小狗为什么会死;小狗是怎么死的;小狗死后的状态和母狗哀伤的状态;小狗死后,母狗表现出来的行为状态;"我"埋狗的过程和内心感受。

如果有了这些,那么这篇散文就丰满了。

所以,把叙述语言转为描写语言,其实是在牵引着我们去思考,要让这个人、这个场景、这个故事更饱满,究竟还需要细化哪些素材?当我们有了细化素材的意识,再让叙述和描写交织,那文章不仅会饱满,还会有节奏感。

当然,也有几乎通篇都是描写,但也写得非常到位的散文,比如草白老师的《带灯的人》。

这篇散文是写"我的祖母",选材上,没有选生活的大事件,而是围绕"祖母"在老年时,与之发生的微不足道的小事件,用细节叠加细节的方式，写女人的一生。

比如开头，作者是这样写的：

> 祖母的一生致力于制造炊烟，即使在年老体衰、摇摇晃晃的暮年，还习惯像先人们那样生火做饭。古人用木和金燧火、用石头敲出火，祖母用的是火柴，那种涂着红色易燃物的火柴头，很方便制造出火花，也很容易因受潮而覆灭。当火柴逐渐退隐，打火机取而代之，祖母娴熟地用打火机点燃松针、麦秸秆、铁狼萁，或许还有烟蒂。她习惯在喂柴的时候吸烟，火光和烟雾在她脸上聚拢起来，又慢慢散逸开去。

如果是叙述，那可能一句话就结束了，"我的祖母习惯生火做饭，喂柴时会吸烟"。但这样写，人物就很单薄，可当作者以针脚一样细密的描写代替叙述时，"祖母"的体态、动作、神态、不求人的自尊心、孤独的日常生活、对老式生活的留恋，都呈现了出来，文章一下子就饱满了。

再比如写"祖母倚窗休息"，这个简单的画面，作者却通过一个个细节叠加，构建了一个安静、略带凄凉的、极具审美的场景。作者是这样写的：

> 从前，檐下有燕子呢喃，后院有哑巴学语。现在，家人、哑巴和燕子都离开了。窗户被垒起的木柴封住，只够漏进一些微光。光线落在陶罐、酒瓮、瓶子和碗钵上，也落在油腻腻的毛状灰尘上，它们板结成团，不轻易挪动位置，衰老的人早已学会与其和平共处。某次织网或诵经的间歇，祖母倚靠窗前休息，将花白的脑袋无限靠近外面的声响和光，但绝不探出头去。她不想被注视、呼唤和谈论。

你看，本来简单的6个字，"祖母倚窗休息"，通过不断细化的素材，那种光影交织的画面，是不是仿佛就在眼前？

而为了描绘出这幅静物般的肖像画，作者是如何细挖素材的呢？

我们可以看到，草白老师至少从这几个角度细化了素材：

一是环境描写，有声音，燕子呢喃，有画面，窗户与光线，作者也着重于对光线的细腻描写；有对比，从前燕子呢喃、哑巴学语，现在连燕子和哑巴也没有了，是凄凉中的凄凉；还有由远及近的视角，先是窗外，再是被封住的窗户，最后落笔在窗内的器皿、灰尘。

二是动作描写，祖母靠在窗前，但绝不探出头去。

三是心理描写，她不想被注视、呼唤和谈论。

从景到人到内心，这些细节不断叠加，把一个倔强、孤独的老人的形象表现得淋漓尽致。这种写法，大家在平时的练习中也可以参考借鉴。

但还要注意的是，通篇都是日常的细节描写，容易让人疲倦，我们仍然需要穿插一些非普通的日常素材。

如果我们通读《带灯的人》，就会发现作者草白以倒叙、插叙、直叙、铺叙的方式，用"祖母"的体态、性格、艰辛的生活等碎片的素材，构建了"祖母"一生的"长廊"，也同时构建了文本的"长廊"，这条长廊忽明忽暗，叠影重重，回声四起，但这条长廊，并不是笔直的，它有"转角"，有"曲度"。

比如"祖母"腿脚不便之后，生活出现了意外；依赖电视了解外界生活，也能倔强地安顿生活。这些非普通的日常素材，以插叙的方式叙述，产生了"转角"的效果。再比如"祖母"老年，有一盏灯陪伴，因而对其产生执念。在行文的最后，才表达出来，凸显标题"带灯的人"，使该文产生了非常漂亮的曲度，如拱桥一样，展现在读者眼前。

草白老师用描写代替叙述，用细节叠加细节，不断地为这条"走廊"构建"长度""曲度""转角"，以此达到构建尽可能大空间的目的。

以上是用素材推动散文纵深的第三种方法，用描写代替叙述，增加文本的饱满度。

最后，我们来说说第四种方法：用碎片化素材，通向更广阔的哲思。

所谓的碎片化，是相对系统化来说的，就像我们上一节说的素材系统，以及这一节提到的赓续性素材，它们都是衍生式的，一个素材引出另一个素材，可以按照时间线衍生，可以按照人物线衍生，也可以按照叙述线衍生,这都是系统化的素材。

而碎片化素材,是连缀式的,素材与素材之间可能是弱关联,但这些看似无关的素材,如果能找到一条主体叙述线串联,将迸发出更强的力量。

以孙莳麦老师的《对岸》为例。

这篇文章各部分的素材,单看关联度都很弱,有"我"因为"男友"的事情与"母亲"争吵的素材,也写了"我"与"母亲"去给"父亲"上坟,想起了"父亲"和"父亲""患癌"的生命状态,还写了"我"的名字里,蕴含的"父亲"对"我"的冀望,等等。

但在作者的情感推动下,这些看似没有关联的素材,都化作了对生命的感受、对自我的探寻。文章最后用3节的篇幅,写了因为男友的出现,因为"父亲"的离去,因此"我"渐渐理解"母亲";在成长中,"我"所理解的"两性世界",人与世界的妥协和坚持;"我"北上求学,明白了"人"与"人"互为彼岸,每个人都是汪洋中的一条船。

所以,读到最后,我们会发现,《对岸》的每节都是独立的素材片段,统筹到一起,却阐述了关于爱情、关于亲情,以及关于自我的认知。

这是一个富有哲学意味的主题,但孙莳麦老师并不是以随笔或札记的体例去展开讨论的,而是以叙事散文的体例去写,她通过"人与人"相处的关系去写,分八节,每一节都是一个叙述角度,层层深化,构建延绵的纵深。

这样的写作，是有难度的，但散文不仅仅是素材的累积，也是难度的叠加，我们提倡"有难度的写作"，首先就表现在素材的丰富性、独特性、逻辑性，其次表现在素材应用的创新性、和谐性、现代性，进而体现出美学、性情、思想。对于散文写作者来说，这样的写作是非常可贵的。学有余力的同学，可以试着挑战一下。

以上就是这部分的全部内容，我们分享了用选材推动纵深的四种方法，分别是：

用可赓续性的选材，推动文本移动；

用可燃爆性的选材，推动空间起伏；

用描写代替叙述，增加文本饱满度；

用碎片化素材，通向更广阔的哲思。

可以这样说，散文的纵深以结构为支撑，纵深的价值由选材实现。从选材的角度看，纵深的价值就是文本探索的价值。

在最后，留一个小任务：不妨试试这几种方法，去探索散文的纵深吧。

到这里，选材部分的内容就结束了。通过我的分享，相信文友们掌握了很多有关选材的知识点。在这里，祝福文友们找到好素材，选出好素材，并得心应手地应用，发挥出素材的最大价值，写出好散文。

| 散 文 课 |

第二讲 散文课结构模块

庞余亮

鲁迅文学奖得主

·16 岁考入师范,18 岁当乡村教师,但有一个写作的生命和灵魂。散文集《小先生》便记录了他和孩子们共同成长的 15 年,被誉为中国版《爱的教育》,并荣获鲁迅文学奖散文杂文奖。他的作品也"蕴含着生命力量的不屈抗争",第一本自传体亲情散文集《半个父亲在疼》,穿透世间的阳光和灰尘,赢得无数人间儿女的眼泪。

代表作:《半个父亲在疼》《小先生》《小虫子》《小糊涂》

第一节：三个关键点，重新认识散文结构

大家好，我是庞余亮，欢迎来到《南方周末散文写作课》。首先，我分享的主题是：如何搭建散文结构，达到"似散不散"之境？

说起散文，我想很多人的第一反应是，散文就是"形散而神不散"，不需要什么所谓的结构。

这也是我17岁开始写作时的认识，结果却在散文创作上走了很多弯路。

16岁那年，我考上了扬州师范学院，同时疯狂爱上了文学创作，但是专业是与中文系毫不相干的思想政治教育专业。凭着一股热情盲目写作，然后就是盲目投稿，按照报纸后面的地址向报纸投稿。几乎每天都写，隔三差五，都去邮电局寄稿，然后再从邮递员那里悄悄领回鼓鼓囊囊的信——肯定是退稿。这是第一年的事。第二年退稿是稍微少了，第三年的用稿占我投稿的十分之一。

有了一定的发表量之后,我开始总结经验,发现被编辑老师"动"过的散文和我的原稿的确有高低。为什么被编辑老师"动"过的散文效果就特别好呢?我决定把发表的稿件和原稿对比,发现修改得最多的是我的开头,虽然只是这么一点结构的调整,但前后的效果,可以说是高下立见。所以我在后面的写作中,加强了对散文结构,特别是对开头的训练。

还有一个方法,我把被退回的稿件又重新写了一遍,再写之后,对比着找原因,又找到我散文的其他毛病。那时候在乡村写作,就像是搞地下工作,因为热爱,所以就坚持下来了,《半个父亲在疼》《小先生》中有好几篇,都是反复写了好几遍的散文。

从今天开始,我会和你聊聊散文的结构,包括:重新认识散文结构的三个关键点、九种散文结构形式、拆解散文结构的三种方法以及训练结构意识的底层心法,从破到立,从认识结构,到拆解结构,再到学会训练自己的结构能力,循序渐进,希望对大家有所帮助。

接下来我要讲的是三个关键点,重新理解散文的结构。

一、"形散而神不散"≠不讲结构

我要讲的第一个关键点,也希望大家避开的一个误区是,虽然散文讲究"形散而神不散",但这不等于散文不需要结构。

来看一篇我最近读到的散文，是作家江子的《燃爆记》，这是一篇关于母亲的散文，作者笔下的母亲"总是一副满腹怨气的样子。她这一辈子，好像很少有满意的时候"。

正是这样的怪脾气，母子之间，父亲与母亲之间，有了沉默中的误会。儿子的情感天然倾向了父亲，尤其是到了父亲生病的时候，作者四处给父亲求医，可一旦父亲不见好转，母亲就会责怪他，矛盾更加激化。作者的亲情在沉默、隐忍和坚韧中，在几次争执中，显得那么脆弱又那么珍贵。

但最后，过完年要离开母亲家时，即便当地已经禁止燃放鞭炮，母亲依然要偷偷放鞭炮给我送行，这个小小的"违法"行为，实在是令人拍案叫绝，尤其是突如其来的爆炸凸现了母爱的宿命。

读完之后我和江子通了电话，他讲这些素材在他的心中酝酿了好久，如果仅仅是沉默和误会，那就是永远的隔阂。小小的"违法"，把母亲情感深处的滚烫的感情爆发出来了，深深打动了我。这是情感的胜利，也是结构的成功。

相比之下，这几年大量被忽略、被掩埋的散文，实在太随意。每每看到这样的散文，都会想到古人"敬惜字纸"的教训，而我们实在是浪费了太多的字纸、太多的素材，这背后的通病都是不重视结构。

表现基本是三种：

第一，不重视开头。

这是很多游记散文的毛病。如果认真寻找，完全可以找到一个散文的好开头，但作者总是喜欢东拉西扯，写到一半，才回到主题上来，艺术魅力被打了一大半的折扣。

第二，不重视剪裁。

大多见于叙事散文中，因为素材太多，作者恨不得把所有的素材全部堆放在文章里，一件衣服本来是两只袖子，因为舍不得剪裁，搞出了三只袖子，甚至四只袖子和五只袖子，反而影响了最初的效果。

第三，不重视结尾。

很多说理的散文，说到最后，要么突然断气，要么是突然高八度，穿上与主题毫不相干的高跟鞋。如果说开头是散文成功的一半，那后面的一半就是结尾了。不重视结尾，比狗尾续貂更加得不偿失。

批评别人是因为我曾经走过弯路，年轻时我在写作上犯过的错误不止以上这三种，但在散文结构上犯下的错误基本上是这三种。

随意性导致了散文的"散焦"、"失焦"和脱靶。究其原因，似乎是着了"形散而神不散"的魔。

那究竟什么是"形散而神不散"呢？

"形散而神不散"其实源于60多年前《人民日报》副刊"笔谈散文"专栏的散文争论。

在这场讨论之前，已经有许多作家讨论过散文的特点，作家李广田说"诗必须圆，小说必须严，而散文则比较散"。他说写散文，"就像一个人随意散步一样"。他的这种说法叫做"诗圆文散"说。

作家师陀先生后来则为了"散文的散"写了篇《散文忌"散"》,文中说道:

> 散文并不是要写得散,而是和其他文体一样,要写得集中紧凑。你可以写景、叙事、抒情、发议论,也可以时而叙事,时而写景,时而抒情,时而发议论,尽你的能力,把风景、人物、议论组织在一个题目下面,但要分层次,要有步骤,就像我们日常做工作,一步一步接近目标,把意思说明白,一篇文章也就写成了。八股文讲究起、承、转、合,作为文章作法的一种,本来不坏,坏就坏在它专讲形式,又规定成为唯一的形式,全不管内容。我们应该反过来,先讲内容,有了内容再研究形式,量人裁衣,有了具体的人才谈得上如何打扮他。

现在看来,师陀的《散文忌"散"》重点注重的就是散文的结构,散文写作者必须注重散文的结构,但不要变成专门的形式主义,为形式而形式。

师陀的《散文忌"散"》发表之后,陕西作家萧云儒先生跟着写了一篇名为《形散神不散》的文章,其中提到"师陀同志说'散文忌散'很精辟,但另一方面'散文贵散',说得确切些,就是'形散神不散'"。

神不散,就是中心明确,紧凑集中,不赘述。形散是什么呢?"形

"散"指散文的取材十分广泛自由，不受时间和空间的限制。形散还指它的表现方法不拘一格。组织材料，结构成篇也比较自由。

历史的钟摆总是这样，一会向此，一会向彼。五个字的"形散神不散"论，散播出去，有了另外的误区，也就是散文只强调"散"，强调自由，失去了边界和疆域。不需要"结构"的散文到处可见，再加上散文作者的不自律，不强调散文的结构训练，就导致了散文结构的涣散和崩塌。"散"成了散漫、松散、凌乱、失序。再好的句子也成了"群龙无首"的"乌合之众"。

但其实，形散而神不散是指散文有大自由。形散，是指散文的广阔性。它的选材是广阔的，你可以像梭罗写《瓦尔登湖》那样写人间景色，可以像鲁迅写《朝花夕拾》那样写人生况味，你也可以像沈从文写《湘行散记》去写芸芸众生。生活有多广阔，散文就有多广阔。

散文的界限也是无边的，诗歌和小说无法抵达的，散文可以抵达，比如卢梭的《漫步遐想录》，比如苇岸的《大地上的事情》。这两本散文杰作几乎包容了一切，抵达了诗歌和小说无法抵达的地方。

更了不起的是，它摆脱了小说沉重的肉身，同样，它也远离了诗歌的不确定性。比如佩索阿的《惶然录》、比如史铁生的《我与地坛》，记事、状物、说理，什么都可以构成散文。似散不散，既散又不散。但要对得起这样的自由，必须有其散文的"自律"。这"自律"就是要重视结构。

这就是当下散文写作的原罪之"形散而神不散"。

这原罪是一种误区，要写好散文，就必须澄清这个误区，尊重并练习散文结构，才能真正抵达"神不散"。

二、好散文是需要讲结构的

说完了重新认识散文的第一个关键点——"形散而神不散"不等于不讲究"结构"，接着，我们来说说第二个关键点：不着结构痕迹的散文佳作，往往隐藏着精妙的结构。

我先举两篇大家熟悉的散文，让大家体会一下。

这两篇散文都是写荷花的。

一篇是汪曾祺的《荷花》。

汪曾祺的散文属于才气逼人的散文，但也是特别"狡猾"的小说。我第一次读《荷花》，就觉得汪曾祺这《荷花》写得好，像拿着一支毛笔这里一道，那里一笔，完全没有结构，是随意而成。因为文笔太好了，我几乎是每年都要读一次这篇《荷花》，享受这篇《荷花》吹来的清香荷风，这样再来写作，文笔就像被水洗了一般，但越读越觉得这篇《荷花》的结构实在太了不起了，而且是非常精确的好结构。

《荷花》总共310字。平白如话，就像闲叙家常一般。文章是这样写的：

我们家每年要种两缸荷花，种荷花的藕不是吃的藕，要瘦得多，节间也长，颜色黄褐，叫作"藕秧子"。在缸底铺一层马粪，厚约半尺，把藕秧子盘在马粪上，倒进多半缸河泥，晒几天，到河泥坼裂有缝，倒两担水，将平缸沿。过个把星期，就有小荷叶嘴冒出来。过几天荷叶长大了，冒出花骨朵了。荷花开了，露出嫩黄的小莲蓬，很多很多花蕊，清香清香的。荷花好像说："我开了。"

荷花到晚上要收朵。轻轻地合成一个大骨朵。第二天一早，又放开。荷花收了朵，就该吃晚饭了。

下雨了。雨打在荷叶上啪啪地响。雨停了，荷叶上面的雨水水银样地摇晃。一阵大风，荷叶倾倒，雨水流泻下来。

荷叶的叶面为什么不沾水呢？

荷叶粥和荷叶粉蒸肉都很好吃。

荷叶枯了。

下大雪，荷花缸里落满了雪。

你看，这短短的310字，非常口语化、生活化，似乎是想到哪儿说到哪儿，充满不经意，但哪里是不经意呢，里面的结构布局太巧妙了，起码有三个大结构隐藏在里面。难怪贾平凹表扬汪曾祺"是一文狐，修炼成老精"。

《荷花》里的第一层结构，我给它取名为四条屏结构。

写了荷花的春夏秋冬四折屏风，其中：

详写春天这幅屏风，也是人类的童年，每个人的童年都影响着他的一生。但童年的记忆是最完整的，每一个名词，每一个动词，无不浸透欣喜和明亮。

浓写夏天这道屏风，夏天是人生的中年，自信而盛大，连雨水都是大颗大颗的，噼啪作响，但荷叶无所谓，倾倒雨水，对任何困难挫折都是不屑一顾的。

秋天的屏风则是荷叶粥和荷叶粉蒸肉。养生的秋天，实用的中年生活。

到了冬天的条屏，速度更快，字数更少。下满雪的荷花缸惊心动魄。

四幅屏风是四季，是人的一生。

《荷花》的第二层结构是更漏结构。

古时夜间凭漏壶表示的时刻报更，所以漏壶又叫更漏，那我们所说的更漏结构，在《荷花》这篇文章中，其实就是用每个时辰，串起了荷花的生长节奏，比如：

> 荷花到晚上要收朵。轻轻地合成一个大骨朵。第二天一早，又放开。荷花收了朵，就该吃晚饭了。

在这句话中，表现二十四个时辰的水滴声时隐时现。水滴声表现在荷花上，晚上收朵，早上放开，到第二天晚上，再收朵。

这个更漏结构在文中是隐形的，属于纬线般的结构，写了荷花从早到晚的二十四个时辰，开放，收朵，正好也是人的一天。

《荷花》的第三层结构是水墨画结构。

从荷缸之空写到荷缸之满，然后再由荷缸之满写到荷缸之空，由开始的荷缸里之黑绿红再写到荷缸之白。

310字的佳作里写尽了人生的况味。

汪曾祺是大作家，也是大画家，是诗人，更是结构主义大师。

这散，不是散漫的散，既要用墨如泼，又要惜墨如金，既要撒得开，又要收得拢。这篇《荷花》真正做到了自由的形散与结构的精妙相统一，一点也不随意，每个字都有目的。

同样的散文结构主义大师当数朱自清。他的《荷塘月色》，是一篇不到1400字的散文。但作者一直在走动，是"形散"，但是"神不散"。游刃有余，方寸不乱。结构精巧，焦点都在。这篇文章，也至少隐藏了三个大结构。

《荷塘月色》的第一层结构是水面的波浪结构：从不平静到平静，再到不平静，最后到另一种平静。

一个纠结的中年人，如何用荷塘月色解开自己的纠结呢？因为这几天不平静，作者才想到去看荷塘。看了月色下的荷塘平静了，但是因为想得太多，又不平静，最后回到家，又平静了。

像微风吹过水面，像柳梢拂过心头，没有大波澜，但有不断荡漾开的涟漪。一颗不安宁的心就随着涟漪起伏不定，又慢慢安定。经历了，又什么也没经历。这样的微妙之美，既是朱自清散文的修辞之美，更是朱自清散文的结构之美。

《荷塘月色》的第二层结构是生活光影结构：光是"生活的尘世"，影是"理想的月夜"。

作家写"影"写得越是轻盈，越是在写白天的沉重和无奈。什么都可以想，什么都可以不想，便觉得是个自由的人。白天里一定要做的事，一定要说的话，现在都可不理。但热闹是它们的，我什么也没有。一条路，一个人，月光下的荷塘，没写出来的白天才是生活的影子。

《荷塘月色》的第三层结构是中国折扇结构，也可以说是"桃花源记"式样的折扇结构。

桃花源是中国人的梦想，荷塘月色就是作家的桃花源。《荷塘月色》的结构就是《桃花源记》的结构。一部中年男人的出走史、妥协史和归来史。出走是寻找桃花源。桃花源给了他无限的慰藉。他又带着心中的桃花源回归。从入世到出世再到入世，仿佛折扇的展开和收拢。

三重结构，令《荷塘月色》的艺术魅力无穷，常读常新。

这两篇好散文，我每篇都读出了三个结构，而且这六个结构的名字都是生活化的。

中国屏风。中国更漏。中国水墨画。水面波浪。水面的光影。中国折扇。

有结构的好散文多么自由，又是多么浑然天成。

三、散文不仅需要结构，而且结构还有强弱之分

值得一提的是，好散文不仅需要结构，而且结构还有强弱之分，结构的强与弱会让散文作品在时光的淘洗中分道扬镳。

这也是重新认识散文结构的第三个关键点。

散文结构强的作家，比如鲁迅先生、孙犁先生，他们几乎每篇作品都像一棵大树，多年过去了，枝干清晰，枝叶就郁郁葱葱，就像优秀的江南园林。江南园林数不胜数，但是称得上名园的就那么几个，因为名园都是讲结构的。

著名园林城市扬州有个瘦西湖公园，里面有个著名景区"吹台"，又名"钓鱼台"。它是位于瘦西湖的湖心的一亭，四壁皆门，三面为满月洞门，称"三星拱照"。正洞呈正圆，内衔五亭桥，是横景。南洞是椭圆，内含白塔，是竖景。景中有景，画中有画。这一横一竖也是瘦西湖的精髓所在，一个小小的亭子，是我心中的天下第一亭，第一亭就胜在结构。我每次写散文，总是在想，我什么时候能够写出像"吹台"这样如此精妙结构的散文呢？

写作散文，就要珍惜散文，结构最大化，艺术魅力最大化。

在文学史上，有兄弟两人的同题散文的比较。鲁迅和周作人都写过老家的"百草园"，最了不起的是鲁迅的《从百草园到三味书屋》。而鲁迅的兄弟周作人也回忆过百草园，他在《鲁迅的故家》这本书里，围绕《从百草园到三味书屋》写了好几篇文字，有《后园》《园里的植物》《园里的动物》等好几篇。

周作人《后园》写得非常老练，没有一句废话，没有一处不准确。有没有结构？也有。按照记忆的线索，按照百草园的空间，娓娓道来。但和鲁迅《从百草园到三味书屋》相比较，就有了高下。

我认为其中的原因，一个是年龄，大了4岁的哥哥和小了4岁的弟弟对百草园的体验和感情不一样。还有一个是性格元素，哥哥有颗火热好奇的大心脏，弟弟隐忍，有个未老先衰的千岁老人的灵魂。还有一个更重要的原因：结构。鲁迅是散文大家，更是散文结构的大师。

每个作家都会写童年。其实人生就是两页纸：一页童年和一页非童年。非童年之书内容单调而芜杂，童年之书则是值得书写的。如果我们认真分析鲁迅先生的《从百草园到三味书屋》，就能读出鲁迅埋藏在《从百草园到三味书屋》的好多个结构。

第一层结构，是无穷的"百草"和有限的"三味"。

百草的丰盈、茂盛与快乐，就是童年的丰盈、茂盛与快乐。以百当万。长妈妈讲的神秘美女蛇，冬天闰土的父亲捕鸟，有关"三味"的

"三味"是哪三味,有很多种说法。但"三"已经表示数量很少很少了,从"百"到"三",这是生活的减法,也是童年跨入非童年的减法。减法很无聊,很枯燥。

第二层结构,是广阔的园子和严厉的书屋。

每个人都在被迫长大。百草园在周作人的笔下很真实,而鲁迅在百草园里找到《哈利·波特》的九又四分之三站台,也就是找到了那个充满想象力的广阔空间。

比如碧绿的菜畦、光滑的石井栏、高大的皂荚树、紫红的桑椹、低唱的油蛉、弹琴的蟋蟀,忽然从草间直窜向云霄的云雀、传说吃了就可以成仙的何首乌根等等,视觉、触觉、听觉、幻觉,到处都有让少年鲁迅进入另一个世界的"九又四分之三站台"。

而书屋那么严厉,童年的尾巴被割去。书屋的空间变得如此逼仄,越来越小,规则、教条和灌输,让书屋成为令脖子发紧神经紧张的模型和桎梏。

第三层结构,是两个夏天和两个冬天。

这也是鲁迅先生记忆的偏爱。百草园里有一个夏天和一个冬天,都属于彩色故事片。整篇又是精神上的夏天和精神上的冬天对比。百草园的生活就是精神上的夏天,盛大,灿烂。三味书屋的生活枯燥,完全像是黑白无声片。

第四层结构,是慢镜头的百草园和快镜头的三味书屋。

百草园的叙述速度特别缓慢，有大把大把的时光，吃的，玩的，梦想的，调皮的，游戏的。到了书塾那里，叙述的速度一下快了起来，快得没有趣味，快得丢失了童年。画在一张张纸上的童年最后也被卖掉了。

四层结构构成了共同的百草园和三味书屋，也是我们一辈子的百草园和三味书屋。鲁迅先生写出了我们命运的好散文。如果我们学到了《从百草园到三味书屋》中这4个基本结构，我们也能写出自己的童年之书。

以上就是这部分的全部内容，我给大家总结一下，我们讲了重新认识散文结构的三个要点：

第一，散文的形散而神不散，并不等于散文不需要结构，相反，重视结构，是对散文自由的尊重，反复练习散文结构，才有可能真正抵达"神不散"的境界。

第二，那些经过实践考验的散文佳作，看上去不着结构技巧的痕迹，实际上隐藏着精妙的结构。

第三，散文不仅需要结构，而且结构还有强弱之分，强结构能让散文的艺术魅力最大化。

何谓文章？文章 = 文气 + 章法。叶圣陶说过："好文章的作者是决不乱走的。"理由是："思想是有一条路的，一句一句、一段一段都是有路的。"

我们找到了"章法"的训练，找到了"路"，找到了写好散文的

"结构",就能够写出自己的物,创世界,重新命名,也能写出自己的情,写出情感的饱满度和感染度,同样能写出自己的理,好结构能让自己的理清晰、有力、有说服性。一句话,没有天生的散文家,更没有专业的散文家。

相信自己,每个人的一生起码有一篇好散文等着我们。

接下来,我就会结合这些案例,讨论我所总结出来的散文三大结构类型和九种散文结构。

第二节:九种结构法,从结构变佳构(上)

在更新了认知之后,今天我们就开始进入实战部分,我会和大家讨论三种基本的结构和九种结构类型。

很多人讲过散文的结构。一般散文可以按照时间顺序安排结构,比如记事散文。可以按照空间位置安排结构,比如游记散文。也可以按照事物物质和类别组织材料,或者以中介物组织材料安排结构,比如说理散文。还可以以作者的思想感情变化脉络安排结构,比如抒情散文。表现手法上,可以采用明暗两条主线的复调结构,或者多个事件特定的方式连起来的环扣式结构。

散文的自由性就决定了结构的多样性。但是多样性不等于没有规律可寻找。

我不是散文理论家,我把我这么多年学习散文和练习散文的经验总结了一下,尝试提出散文"三九结构式":

也就是散文的基本结构可以分为三大类,分别是:记事忆人时空经纬结构、状物绘景的多边形结构和抒情说理的灵魂映象结构。

而每一类结构中又可以分出基本结构、高级结构和最高结构三种不同层次的结构,加起来,就是九种。所以称之为"三九结构式"。

当然,所谓的基本结构、高级结构和最高结构,并没有优劣之分。一切依据作家处理写作素材最适宜的形式来表现。有些素材用基本结构就可以了,有些素材是需要高级结构处理的,有些素材是适宜最高结构的。所谓淡妆浓抹总相宜。

接下来,我们就分别看看这些结构类型和结构层次。

一、记事忆人时空经纬结构

首先是第一类:记事忆人时空经纬结构。

记事忆人的题材,占了散文创作的大比例。而记事忆人最恰当的表现形式,就是时空经纬结构:把事和人放在时空的经纬线中,或者,用时间的经线和空间的纬线编织成一张文学之网,通过时空经纬结构的方式"网"起需要表现的最有文学价值的事和人。

比如鲁迅先生的《为了忘却的记念》,就是时空经纬结构,经线是

"前年今日""去年今日""今年今日",纬线是"我"和几位烈士的相见、相识、相交。在时空的编织中塑造了烈士殷夫、柔石等人的光辉形象。

萧红《回忆鲁迅先生》,也是时空经纬结构。在近2万字的文字里,全是萧红记忆中的鲁迅先生的故事。看上去零散,但还是有经纬,整篇文字的经线是萧红在鲁迅先生身边的记忆顺序,纬线是年轻作家在鲁迅先生的日常关爱和美育启发下的慢慢成长,空间是由内而外的。

最后将用来怀念的经纬线系结在一起的是一个门牌号。1935年10月1日深夜,鲁迅先生执意将萧红送出门外,指着隔壁一家茶馆的牌子,又指了指自家的门号,说:"下次来,记住'茶'的旁边,九号。"

"九号",人和事全在"九号"的门内门外,结构奇妙,一下子收紧了所有的记忆,多么了不起的记事忆人的好散文,通过在记忆中的时空网,"网"住了鲁迅许多零散的生活细节,将伟大的鲁迅置身在日常生活的时空中,让他更加可敬,更加可亲。

这是鲁迅回忆录中的珍品,是中国现代怀人散文的典范,更是敬献于鲁迅墓前的一个永不凋谢的花环。因为感情的浓烈,时空的经线和纬线都焕发出纯金的光芒。

所以说,记事也好,忆人也罢,时空很重要。时空作为经纬,会"纺织"出好散文。那时空经纬结构也可以细分为三种:

第一,单向时空经纬结构,它是基本结构。

第二，折叠时空经纬结构，它是高级结构。

第三，无限时空经纬结构，它是最高结构。

1. 单向时空经纬结构

单向时空的经纬结构，最适合记事散文。叙述按照事情的发展顺序叙述下去，常常表现为：既有时间、空间顺序的外线，又有思想感情贯穿的内线。纵横交错，虚实相映。

这是刚开始写作散文最适宜的结构。如果用运动项目来说，它很像 400 米比赛，起点，奔跑，加速，冲刺，一圈，正好终点。目标坚定，不需要想得太多，不需要旁枝逸出。把想写的一件事，或者几件事写清楚，虽然有弯道，有直道，但总是按照时间的走向，叙述一直向前走。

在单向时空经纬结构里，时间是单向的，写作开始是事情的起点，结束就是事情的结束。不拖沓，虽然有可能容量小点，但是叙述清楚，准确有力，反而有以少胜多的效果。

其中，最为典型的就是许地山的名篇《落花生》。全文只有 500 来字，但是非常了得。故事全是按照时间的单向结构，包含了一大一中一小三个单向结构。

中等的单向时空经纬结构是：种花生→收花生→吃花生→议花生。

而种花生的过程，就是小的单向时空经纬结构，包括买种→翻地

→播种→浇水→施肥。

最大的单向时空经纬结构是:从理想之花到行动之果,也就是从母爱的播种到父爱的启迪——母亲的行动和父亲的话都是落花生。整篇构成了一个了不起的大象征。

初学散文的人,可以想象400米的赛跑方式,如何布置体力,如何安排素材,以这篇《落花生》为例,就能准确有力地写出属于自己的单向时空经纬结构的散文习作来。

2. 折叠时空经纬结构

相比于单一结构的时空经纬结构,折叠时空的经纬结构在文章中是由不同时空的多重记忆构成的。它往往适合回忆人。

这样的忆人散文好比1500米比赛。一般的跑道是400米。1500米是中长跑,必须绕3圈才行。3圈就不再是单向了。在回忆与人的交往中,时光不是单一的,而是重叠的,甚至是塑造出人物的形象,然后抒发情感。

一般折叠式的时空经纬结构首先会包含至少一个单向时空经纬结构,像一棵树的主干一样。主干是一个单向时空。其他时空就和主干的单向时空连接在一起。这样的折叠时空回忆出的人物会丰满、立体,文字就比单向时空的经纬结构更有塑造力量。

比如张洁的《拣麦穗》。

故事发生在几十年前一个贫穷的村庄，一个拾麦穗的小姑娘，因为贪甜，"爱"上了一个卖灶糖的老汉，当然这个"爱"是打引号的。而卖灶糖的老汉没有戳穿小姑娘的幻想，答应小姑娘"等着我长大"。小姑娘还学大姑娘的样子，给卖灶糖的老汉做了一个烟荷包。后来小姑娘长大了，懂事了。卖灶糖的老汉没有戳穿，继续带小礼物给小姑娘。卖灶糖的老汉老了，让小姑娘心疼。再后来的一个腊八，柿子很红，但是属于小姑娘的卖灶糖的老汉"去"了。小姑娘一直想念卖灶糖的老汉。

这是文中的第一个单向时空经纬结构：小女孩"我"在不断长大，卖灶糖的老汉在不断衰老。

但《拣麦穗》里面不是只有一个时空，作者还在开头和结尾加入了折叠的时空经纬结构。

开头时，作者这样写道："在农村长大的姑娘，谁不熟悉拣麦穗的事呢？我要说的，却是几十年前拣麦穗的那段往事。"这是作者站在现在的门槛上，回望过去那个又丑又没人疼爱的小女孩。而在结尾部分，是渐渐长大的我，常常怀念卖灶糖的老汉的时空。

由于开头和结尾的两个折叠时空，让"我"对卖灶糖的老汉的想念，拉伸得无限长，也让第一个单向时空经纬结构故事，变成了"我"人生的"麦穗"。

折叠时间经纬结构的写作对于生活积累的要求比较高。生活积累越厚实,越是能够完成折叠时空结构的散文。这篇《拣麦穗》绝对是个很棒的范本。

3. 无限时空经纬结构

说完单向时空经纬结构和折叠时空经纬结构,我们再来说说时空经纬结构中的最高结构,无限时空经纬结构。

在散文作品中,时间是一条河流,空间像河流中的岛屿。无限时空经纬结构里的时间和空间就不再是一条河流,一座岛屿,而是一座有河流、有岛屿、有森林、有果岭的大花园。驾驭无限时空经纬结构的作家就像曾经沧海难为水的国王。他在他的记忆王国里自由自在地进行十项全能比赛。他会田赛,他会径赛,都拿得起,放得下。无论是短跑、长跑,还是投掷、跳远、跳高、跨栏、撑竿跳高等,自由自在,炉火纯青。

在无限时空经纬结构里,时空可向前,也可以退后。记忆可以腾越,一支笔在无数条河流、在无数座岛屿中环流,在环流的叙述中,作家将他的意识、情感、思想,特别是独特的生命体验,变成了一篇十项全能的好散文。

从我个人的阅读习惯中,我特别喜欢阅读擅长无限时空经纬结构散文的作家,比如孙犁先生。

下面,我们分析孙犁先生非常短小的一段关于"丝瓜"的描写,非常非常短,全文仅有一百多字,却是无限时空经纬结构。孙犁先生在这篇短散文中,构建了一个了不起的大时空。

文章是这样写的:

> 我好秋声,每年买蝈蝈一只,挂于纱窗之上,以其鸣叫,能引乡思。每日清晨,赴后院陆家采丝瓜花数枚,以为饲料。
> 今年心绪不宁,未购养。一日步至后院,见陆家丝瓜花,甚为繁茂,地下萎花亦甚多。主人问何以今年未见来采,我心有所凄凄。
> 陆,女同志,与余同从冀中区进城,亦同时住进此院,今皆衰老,而有旧日感情。

但这短短的一百多字,却包含了三个时空经纬结构:

第一是往年的秋声蝈蝈和往年的每日采花。

第二是今年没有买蝈蝈,没有采丝瓜花,但丝瓜花繁茂,地上枯萎的花多。

第三是很多年前离开家乡,进入冀中区,和自己一起住进院子的同志也在一起衰老。

其实这里面还包括了没有说出来的时空:童年与蝈蝈。以丝瓜饲养蝈蝈,是童年的本领,也是童年时光的重现,否则也不会写"能引乡思"。孙犁先生写《丝瓜》时已是中年,写蝈蝈其实就是写童年。

每年陆家都要种丝瓜。丝瓜缠绕，丝瓜花在开，丝瓜花在落，秋虫叫，秋虫不叫，时空无限。

因为孙犁先生了不起的胸怀，因为丝瓜，也因为蝈蝈，也可能不因为丝瓜，也不因为蝈蝈。人生况味就在其中。

无限时空的结构，既复杂，又简单。复杂如大海，简单如一滴水，需要一颗强大的心脏和一支反复锤炼的笔。但是不要胆怯，只要机遇到了，我们都能写出举重若轻的无限时空经纬结构的好散文。

二、状物绘景的多边形结构

说完第一类结构类型，记事忆人时空经纬结构，接着我们来看第二类结构，状物绘景的多边形结构。

状物绘景的散文是散文中体量最大的，而且内容很多，基本上是按所看到的、所知道的空间位置安排结构。

状物绘景的散文就是作家用文字构成一台有温度、有心跳的"照相机"，希望读者都能够"看到"他所状的物，他想绘的景。但事与愿违的是，很多作家笔下的"物"和"景"，并不能让读者真正地"看到"。

因为感觉要写的素材多，无从下手，也无法消化，比如博物馆里我"看"到了一件叫"翠玉白菜"的玉雕，比如我看到了安徽黄山的日出和云海，因为作家笨拙的叙述，作家的"看见"就成了浮光掠影的"看见"。作家的"照相机"拍出来的，没有构图，没有焦点，没有光线，满图没焦点，最后读者什么也没有"看见"。

优秀的散文家就是优秀的摄影家。优秀摄影家为了一张照片，需要花很长的时间，等待好光线，也需要在拍摄"主体"之前，首先看"背景"，更需要分辨"好的景观"和"好的照片"这两者的区别，看上去很好的"景观"拍出来不等于"好照片"。

这三点就是状物绘景的散文结构构思，状物绘景的散文，如果是两条边的话，那状物和绘景就无法完成"摄影"构图。要摄影构图就必须构造出多边形的结构来，将需要描绘的景和物全放进去，这样的景和物就会焕发出文学的光芒。"多边"是指必须等于或大于三条边。

比如老舍的《济南的冬天》。老舍是个优秀摄影师，他带着我们看"济南"的目光是多边的。看全城的时候，从大到小"拍"了一张，然后再从山到水"拍"了一张，接着写景而兼及写人"拍"了一张，雪景和晴天"拍"了一张，水面和天空"拍"了一张。每一张都是一边，多边形的写法让《济南的冬天》越发迷人。

李乐薇的《我的空中楼阁》，同样是状物绘景的多边形结构，写小屋，有远拍，有近拍，有俯拍，有仰拍。李乐薇的独特之处就是她化成了小屋，小屋化成了"照相机"。小屋照相机有它独特的视线，或从小屋出发，最终又返回小屋。除了空中的多边、时光的边，作者还在结尾加上了声音的边："虽不养鸟，每天早晨有鸟语盈耳。"还加上了另一重宇宙边："无需挂画，门外有幅巨画——名叫自然。"无数个边框中的"小屋"，令我们的空中楼阁多出了绚丽的光晕。

再来看汪曾祺的著名散文《葡萄月令》。语言美，选材好，看上去是散状的，但起码有五条边。第一条边是葡萄的自然成长。第二条边是有关葡萄的种植、培育、采摘、贮藏。第三条边就是果园里服务葡萄的劳动者。第四条边是时间，从1月到12月。第五条边是"我"和我随遇而安的豁达的心态。这五边形，构成了《葡萄月令》里的五角星。这样一分析，就不再"散"，而是特别有结构。再加上汪曾祺先生语言的魅力，他手中不再是"照相机"了，等于是一台"高级摄像机"，有了这台全息摄像机，《葡萄月令》的状物绘景显得神采飞扬。

1. 三角形结构

同样，状物绘景的多边形结构也分为三个层次，其中最容易把握的就是设置三角（边）形结构。设置出来三个边，也就是时间、空间和"我"。有了时间之边、空间之边，再加上"我"，构成一个三边形。有了这个三边形，整篇散文就稳定住了。这种三边法特别适合写游记类的散文。

下面我们以吴伯箫的《难老泉》为例，来分析怎么使用三角形结构。

这篇散文是游记散文的典范。吴伯箫对山西、太原和晋祠的了解肯定非常丰富，素材一多，该如何处理，就成了问题。但他巧妙地用了三角形结构，整篇是由三边构成的大三角形，而在大三角形里又有无数个小三角形。

我们先来看《难老泉》里的大三角形。也就是第一个三角形，这是贯穿全文的三条边。

第一条边是与难老泉有关的山水和地理。

作者从山西写到太原，从太原的新城、新城中的迎泽路、迎泽桥，再写到桥那头的晋祠，最后写到晋祠里的难老泉。

当带领读者由远及近，到达难老泉后，作者就开始讲述与难老泉有关的传说和历史，这也是文章的第二条边。

最后，作者开始以难老泉为圆心，讲述难老泉附近的景色，比如作者写道：

从"难老泉"向前走几步，有水潭叫"不系舟"。

这也是文章的第三条边："我"的游览路径。

自然、历史、"我"，就构成了文章的三条边。

自然（水山地理）

历史（三千年）　　▲　　"我"（新中国）

不仅如此，在这个大的三角形里，还有无数个小三角形，比如《难老泉》的第一部分，也就是写与难老泉有关的山水和地理时，其实也有一个三角形，这个小三角形的三条边分别是：

第一条边：对老山西的印象。

第二条边：对新太原的描写。

第三条边：与新太原相联系的晋祠以及晋祠里的难老泉。

从第一条边到第二条边再到第三条边，作家像一个出色的导游，很自然地把我们导向了晋祠和难老泉的方向。

老山西

新太原　　▲　　**晋祠（难老泉）**

同样，大三角形的第二条边，与难老泉有关的传说和历史，也是由很多个小三角形组成的。

比如第二部分，写与难老泉有关的传说和历史时，开篇就用了晋水、晋国和晋祠（难老泉）这三条边。

晋水

晋国　　▲　　**晋祠（难老泉）**

再比如，写到晋祠里的晋祠三绝时，也有三条边，宋塑侍女、古柏齐年和难老泉及其传说，其中作者特意花了较多的笔墨在难老泉的传说上。

宋塑侍女
古柏齐年　　▲　　难老泉

到最后，写"我"的游览路线时，同样有一个小三角形：泉水灌溉争执、新中国的和谐灌溉、难老泉的新丰收。

泉水争执
泉水新用　　▲　　新中国成就

这些，都算是比较明显的三角形，但其实，《难老泉》里还隐藏了一个三角形：

第一条边是难老泉。

第二条边是"我"对难老泉的旧记忆。

第三条边是"我"对难老泉的新记忆。

难老泉

旧记忆 ▲ **新记忆**

可以说，每个三角形里都有难老泉，文学的泉水一直在下面流淌。在这里，我还想提醒大家一点，就是要记住，三边形的三边最好不等，也就是有的边详写，有的边略写，不等边的三角形会有更多的能量。

从这篇了不起的游记散文模板中，我们找到了这么多的三边，三边形是状物状景的最基本的形式，也是最容易掌握的一种结构形式。

以上就是这一节的全部内容，我总结一下：

这一部分，我们讲了三种结构类型前半部分，就是记事忆人时空经纬结构的三种结构，还有状物绘景的多边形结构中的基本结构。

这些结构，都是我阅读优秀散文的过程中破解出来的，因为时间和容量的关系，留了后半部分放到下一节分析，这样方便我们更从容地理解记事忆人时空经纬结构，这是大多数散文作者常常采用的基本结构。

给大家留一道思考题：用记事忆人时空经纬结构构思一篇散文。值得记录的人和事很多，很多记忆就慢慢隐入尘烟了，需要我们用一支神奇的笔把它打捞出来，因为在这个世界上，唯一可以拯救我们记忆的，就是自己的笔。

第三节：九种结构法，从结构变佳构（下）

上一部分，我们分享了三种散文结构类型的前半部分，就是记事忆人时空经纬结构的全部三种结构，还以吴伯箫先生的散文《难老泉》为例，介绍了状物绘景的多边形结构中最基本的结构。

接下来，我们继续来讲讲状物绘景中的高级结构和最高结构，以及抒情说理的灵魂映象结构。

2. 多边形结构（高级结构）

我们先来看看，状物绘景中的高级结构，我把它称为多边形结构。

多边形结构的散文不同于我们上一节讲的三角形的基本结构的散文。打个比方，三角形结构的散文家面前就是照相机，可以走动，但永远是受框架限制的，因为只有这一台照相机的视角。而多边形结构的散文，视角是多方位的，他的面前起码有两个以上的摄像机，俗话说就是机位，散文家有了两台以上的机位，用文字"拍摄"出来的作品就完全打破了三角形的固定结构，散文的自由度得到了很大程度的解放，视线的角度变化构成了散文的多边，而这样的多边，又构成了复调味道的散文。

优秀的多边形散文是极具挑战性的，有了这样的散文，世界就多了很多层次。在上世纪 90 年代兴起的新散文写作运动中，涌现出来的许多优秀散文都是这样的多边形结构,这种革命性写作扩大了散文的版图。

比如我非常喜爱的散文家周晓枫,每次读到她那辞采丰饶密集、视角特立独行的好散文,真的体验到了文学的美妙,全身心地钦佩。她的散文基本上都是多边形的结构。多边形的结构表面上是发散的,内部却是有章可循的。

下面我和大家一起尝试分析她的名篇《鸟群》。

《鸟群》分为A部、B部和C部。每部都是写鸟群,A部中的多边是土地、天空、树、翅膀、翅膀和自由、候鸟和留鸟。B部中的多边大约是鸟的爱情、鸟的作用、鸟与人的胃口、鸟与考古和进化。C部中的多边是围绕燕子展开的,包括家燕和秧田、金丝燕和燕窝、雨燕的绝对飞行、像雨燕一样绝对飞行的悲剧艺术家,以及人类的燕尾服。

整篇文章有无数个边:

大地。

天空。

鸟群。

人类。

文明。

最了不起的边是那个叫周晓枫的作家。

其实她在写《鸟群》的时候,已经长出了一对翅膀,她成了鸟群之王,像作家中的凤凰,用多个机位"拍摄"出了多边形的万花筒一样的《鸟群》。

作家苇岸同样是擅长多边形结构的散文高手。

苇岸对自然的热爱朴素而真切,他所描述的都不是重大题材,而是我们常常熟视无睹的,比如土地、麦子、蚂蚁、雄蜂、麻雀、日出、落日。

人与自然是共时性的存在,是对等的、对话的,处在恒在的交流状态。

共时空,共时性,苇岸在与他抒写的事物进行神奇的交流,这样神奇的交流,作者既是给予者,同时也是获得者,获得了多边的可能。

下面我们来分析这篇《大地上的事情》。这篇散文和《难老泉》完全不是一种气质,甚至,根本不能归类。在这篇散文里,苇岸也用许多机位"拍摄"出了一篇非常了不起的好散文。

《大地上的事情》的 N 个机位,也是 N 个边。

第一个机位,是蚂蚁。

第二个机位,是麻雀。

还有雪、麦田、太阳、星辰、喜鹊等机位,而第 N 机位,是传统农历中的时辰,这个机位隐藏在每一篇的字里行间。

N 个机位,就是 N 个边。再加上天才般的比喻句子,这篇散文就呈现出比雪花还灿烂的多边形。

三角形的内角之和是180度。

多边形的内角之和是（N–2）×180度。

这篇散文获得的角度就远远大于三角形的180度。

多边形散文的写作需要我们丢弃原来的概念，尽量使自己清空，这样，世界的各种光线、各种声音、各种事物就会以全新的面貌主动和你一起构成一篇盛下你文学理想的多边形散文。

3. 结晶体结构（最高结构）

说完状物绘景的高级结构，我们再来看最高结构。

散文写作也是人生修行的过程。我们经历过的事，我们想描绘的景色，最后通过散文写作，变成了白纸黑字。从三角形到多边形，这是一大进步。多边形结构再向前一步，就是结晶体结构散文，这也是我理解的，写景状物的最高结构。

因为散文结构都是根据我的阅读体验命名的，对于"结晶体结构"，我们得首先理解什么是"结晶"和"结晶体"。

结晶，是指物质从液态或气态形成晶体的过程，常常用于提纯物质。

而结晶体，是指原子、离子或分子按一定次序排列而成的具有规则外形的固体，它们都具有一定的对称性。

写出结晶体结构散文的作家一般拥有丰富的人生、艺术内涵，有独特的散文美学风格，他的作品不再满足于呈现他"看见"的三维空间，而是"创造"了一个了不起的多维宇宙空间，这个多维的宇宙空间，恰恰就是散文家从三维空间提纯出来的"结晶体"。

而所谓的结晶体结构散文，其实是天人合一的无数个各向对称性结构。

比如鲍尔吉·原野的《草木结霜》。

一会儿写草，一会儿自己也成了草，春天的草，秋天的草，山里的草，跑步时见到的草，都在纸上说话。看上去没有顺序，实际上是有顺序的。草开始不知道，秋天要披上白霜。草在泥土里打上绿印。草在绿里安家。草自由自在地生长。秋天到了，草停止生长，等待霜降，最后草变了颜色，枯掉的是草的躯壳，种子早已散开。结霜的草依旧顽强。跑步的我也是草。

这写的是草的一生，也是人的一生，人的一生同样也是草的一生。

所以，这篇最基本的结晶对称，就是草和人，但草不单纯是草，人也不单纯是人。当岁月的光芒照射在草和人的身上，结晶体就折射出彩虹一般奇妙的光芒。

我们再来分析散文家李汉荣的一篇佳作《无雪的冬天是寂寞的》，这也是结晶体散文的佳作。

与《草木结霜》不一样的是，这篇有一个结晶核心，是无雪的冬天。

而打在这个结晶体上的，是一束冷光，叫作寂寞。

作者用了13个段落，写寂寞的是小孩，寂寞的是中学生，寂寞的是恋人，寂寞的是诗人，寂寞的是那个在灰的路上散步的人，等等，最后写到寂寞的是"我"。

这一切都和无雪的冬天有关。似乎在写其他人，但实际上写的是"我"的变身，直到最后"我"站在童年曾经走过的小路上，等待已经逝去的母亲。到了这里，寂寞这束冷光变成了热泪，热泪结晶，这是一篇眼泪结晶体散文。

结晶体结构的散文也是状物绘景，天人合一。世界就是我，我就是世界。微观世界就是宏观世界。宏观世界全在我的一颗心中。我和世界一同温凉。如果我们继续修行，就能不断突破边界，打通多边，让多边形无限接近于圆。这样的圆就是月亮。月亮照过的文字，温润而安静。

这种结晶体散文常见于才子类散文家的作品中，比如鲍尔吉·原野、汪曾祺、车前子的作品就是如此。他们总是多才多艺，打通了界限的他们会在他们的散文实践中，写出水晶或者眼泪般的结晶体散文。

往往写作这样的散文，不像吴伯箫写《难老泉》那样要准备古今素材，也不像苇岸写作《大地上的事情》那样，要苦行僧般地去做"观察日记"，《草木结霜》的写作有"通灵"般的奇妙，但这不是唯心主义的，而是长期的苦练和保持一颗童心才能"巧遇"而成。换句话说，结晶体结构的散文写作需要"上苍"的恩赐。这"上苍"不是别人，而是你自己。

我一直期待我能写出这样的好散文,我也希望大家能够写出结晶体结构的散文来。

三、抒情说理的灵魂映象结构

到这里我们已经了解了记事忆人时空经纬结构和状物绘景的多边形结构,我们再来说说第三种结构类型:抒情说理的灵魂映象结构。

散文是书写心灵的文学体裁,心灵有多维多态多层次,抒情说理的散文也有多态多层次。记事忆人的散文中有事有人,状物绘景的散文中有物有景,基本上是"舟"或者"车"可行。而抒情说理的散文并不重"舟"也不重"车",而是侧重于主观的"情"和"理"。

散文中的"情"和"理"也不是空穴来风,基本上都是客观世界的映象,所以我把它命名为"抒情说理的灵魂映象结构"。这种结构的散文中,作家的心变成了整个宇宙。在作家心灵的宇宙中,客观世界和主观世界交相映象,构成了抒情说理散文异常开放的灿烂情景,所以它完全拓展了散文的边界。

以余光中的《听听那冷雨》为例。

雨是我们一生中必须经历的事物。据传史前地球上下过几百万年的雨。雨水里的人,会变得非常敏感而脆弱,就像一张容易受潮的纸。

诗人气质的余光中先生在人生的雨水中完全"异化"了,他的眼中,他的心中,全是中国的雨水,也装满了世界的雨水。

雨像一把钥匙,开启了作家漫游上下五千年时,那敏感而滚烫的赤子心。他调动了听觉、视觉、嗅觉等多种感觉方式,将少年生活的回忆、古诗画的意境和现实观感等汇聚在一起,勾勒出一个在冷雨中孑然独行的白发游子的形象。

雨水是真实的,更是想象的。客观世界和主观世界交相映象,在一滴雨水的镜像前,余光中看到了瞬间和永恒。

如果说余光中《听听那冷雨》中开启心灵的镜面是"冷雨",那么余秋雨这篇《苏东坡突围》的心灵开启镜面就是苏东坡。

苏东坡是余秋雨的偶像。余秋雨没见过苏东坡,但是他在精神上"见"到了苏东坡,所以《苏东坡突围》,完全可以作为《余秋雨突围》。镜像结构的散文很难写,但一旦镜面打磨光滑,镜面磨好了,镜像之内镜像之外,镜子内外就合二为一了。

《苏东坡突围》这篇散文是中年的余秋雨写的,写的也是中年的苏东坡。苏东坡因"乌台诗案"被贬官之后,他的政敌、私敌甚至一些泼皮无赖都一哄而上,诽谤攻击他的人格,东坡先生像一个被敌人围困在狭小空间的战士,忍受着精神与肉体的巨大痛苦进行突围。他与山水对话,与古人交谈,向文学领域进军,成就了自己,完成精神上的突围,同时也成就了作者余秋雨的中年突围。

抒情说理的散文与记事忆人的散文、与状物绘景的散文都不一样，它不是向外走的，而是向内走的，用一颗博大而从容的灵魂包容大千世界，穿透人生社会，寄寓人生百态，也可以称之为内化散文。

内化散文强调情和理，与之相匹配的是，作者必须有深厚的文化底蕴和文化积淀，这样的抒情和说理散文就特别有散文的艺术魅力。

同样，抒情说理的灵魂映象结构，也分为三个层次：

1. 单面镜结构（基本结构）

首先是基本结构，我把它称为单面镜结构。

单面镜，就是有一个镜子一样的中介物，然后散文按照这样的中介物组织材料、安排结构，也就是把中介物作为串联作者思想感情和材料的媒介。这样的散文比较好写，但不太容易出彩。需要很好的选材，更需要作者面对镜子的思考深度。

比如季羡林的《神奇的丝瓜》，就是以丝瓜为"镜子"，虽然写的是丝瓜，但重点不在丝瓜，而在于"神奇"，以及神奇背后的人生哲理，它的角度，和孙犁那篇写无限时空的散文《丝瓜》，完全不一样。

《神奇的丝瓜》故事相当简单，随意种丝瓜，丝瓜就这样长起来了，丝瓜往上爬，从一楼到二楼再到三楼，吸引到了作者的目光，担心丝瓜的重力，结果丝瓜不仅顺利长大，还在三楼102岁老太太的窗台上长出了两只瓜，再后来在作者一直担心的两只瓜之外，又长出了第三只瓜。想不到三只惊心动魄的瓜最后是自己摆平的，作者是"庸人自扰之"，世界是神奇的，生命是神奇的，丝瓜是我们的榜样。

这篇散文就是单面镜散文的最适宜结构：我站在镜子的一面，而漫不经心、安全长大的三只丝瓜就是镜子的镜面，我的人生感想，是由这面镜子映射出来的。

更简单地理解，就是我看到丝瓜，而产生了一系列思考，丝瓜作为我思考的线索，串联起整篇文章。

写作单面镜结构的散文切忌平铺直叙，这篇《神奇的丝瓜》除了单面镜结构之外，在叙事的时候直接用上了传统的"起承转合"模式。这也是可以学习的。

2. 双面镜结构（高级结构）

说完基本结构，我们再来看看抒情说理的灵魂映象结构的高级结构，双面镜结构。

它和单面镜结构有什么区别呢？在单面镜结构中，镜子只有一面，我们能非常直观地看到，作者站在镜子前，看到镜子里的画面后，所产生的感想。

而双面镜，我们可以把它想象成汽车的车窗玻璃，它一面是镜子，另一面是玻璃，车外的人，透过车窗玻璃只能看到自己，看不到车内，但坐在车内的人，可以清晰看到车外面的一切。

在双面镜结构的散文中,现实中的真实情境,就在车窗外,被镜子映射,你我都能看见;而作者藏在车窗内,他看到窗外情境后所产生的感受,也被一并隐藏,我们只能隐隐感受到,而不像单面镜一样能直观地看到,但这种被隐藏起来的、含而不露的情感,有时候往往更有力量。

所以,双面镜结构基本是新散文作家喜欢采用的复调结构,一般有明、暗两条主线,然后再加上环扣式结构,多个事件用一种特定的方式串联起来,这样的散文形式容积率相当高,透明的、坦诚的主观性叙述,令散文疆域变得宽阔而坦荡。

我们以刘亮程的《寒风吹彻》为例。

寒冷的冬天,作者在光线暗淡的屋内围抱火炉,散漫地回想一些人与事——从一次寒夜的经历、一个冻死的陌生人、在冬天死去的亲人和年迈的、艰难地抵御着冬天寒冷的母亲,直至黑夜完全降临。

这是散文的主要内容,但它所传递的内涵却是作家关于生命的抽象体验。

这种效果的获得,主要是因为文章使用了双面镜结构。

镜子的一面是"雪",是"冬天",是"寒冷",这是被镜子照见的,是自然真实情境的描绘,也是文章的明线。

而镜子的另一面,其实是三十岁的我,是在冬天死去的姑妈,也是年迈的母亲。它是文章的暗线,让读者从自然界的寒冬中,感受到了人生的寒冬，也让我们感受到了作家对生命中冷漠、孤单、衰老等感受的体验。

整篇文章写下的是一个冬天，是两个冬天，还是许多个冬天？是一场雪，两场雪，还是很多场雪？这样的考证不重要，重要的是吹向人间的寒风。以后寒风吹彻的寒夜里，那一个冻死的陌生人是谁？一切都不重要了。失去了原始镜面的叙事在双面镜的反复映射下呈现出奇妙的复调。三十岁的我是一面镜子，在冬天死去的姑妈是一面镜子，年迈的母亲也是一面镜子。一只火炉在镜面中自我复制成为无数只火炉。寒风吹彻，但吹不灭小小的火炉。

就像作者在文中写的，"落在一个人一生中的雪，我们不能全部看见。每个人都在自己的生命中，孤独地过冬。我们帮不了谁。我的一小炉火，对这个贫寒一生的人来说，显然微不足道。他的寒冷太巨大……一个人老的时候，是那么渴望春天来临……我知道这一时刻之外，我其余的岁月，我的亲人们的岁月，远在屋外的大雪中，被寒风吹彻。"

双面镜结构的散文对于阅读是有挑战性的，因为作家在这样的结构里埋藏了他的慧心，如果不仔细体味，是不会品味到双面镜结构灵魂映象散文之妙处的。

3. 镜梦合一结构（最高结构）

相比单面镜结构和双面镜结构的灵魂映象散文，抒情说理散文的最高结构应该是镜梦合一结构，也就是我们写的既是现实中的生活，也是想象中的生活，现实、回忆、想象相互交融。

散文与我们的生命是同步的。生命的深度决定了我们笔下散文的深度。抒情说理是抒生命的情、生活的理。少年时读庄周梦蝶，总觉得梦幻。越过中年的山丘，越来越觉得庄周梦蝶真实，是生活的真实，更是生命的真实。

镜梦合一的结构，就像于黎巴嫩的琥珀中，科学家发现了4只刚刚孵化的昆虫。这是大约1.3亿年前，当这些小动物刚刚探出头观察世界时，突如其来的树脂使它们的生命冻结在那一刻。这些昆虫就像散文写作者，我们的文字像树脂，因为我们祭奠上了生命的火焰，镜梦熔炼成了琥珀。

所以，镜梦合一结构的散文不多。必须期待散文家生命岩浆的喷涌，打通主观和客观、外部和内部，使其圆融，不再规范，而是独创，但特别和谐，可以在镜梦合一的散文中感受到作家的体温和心跳。

《红楼梦》就是相当了不起的镜梦合一结构。

而最典型的镜梦合一的散文就是经历了生与死考验的史铁生写出的《我与地坛》。这篇散文细讲起来，我们可以单独讲一章。

那这里，我先围绕镜梦合一结构，来简单拆解一下。

《我与地坛》分为七个章节，依次写了400岁的地坛和当年的我，包括健康的我和不健康的我，母亲和我园子的一天、一年和十五年，园子里的人和园子里一个漂亮而不幸的孩子,我和想象中的园神对话,我和我的梦。

下面,我以第七章节为例,这章有好几层镜梦合一的结构。

第一层,镜子是旧相册,勾起了作者的梦,而第七节中余下的内容,都是梦。

接着第二层,镜子是旧相册里的老柏树和祭坛。而梦,是老太太叙说"我"的童年故事,母亲寻找一个摇轮椅的孩子。

接着第三层,镜子是摇轮椅的"我"在祭坛的灯下看书忘记了回家,梦是从童年出发忘了回家的孩子。

接着第四层,是地坛里的那个奔跑的孩子。他是镜,他是梦,他是我,他是你,他是我们的一颗激烈跳动又疲惫无比的心,就像作者在文中写的:

"当牵牛花初开的时节,葬礼的号角就已吹响。但是太阳,他每时每刻都是夕阳也都是旭日。

"我说不好我是像那个孩子,还是像那个老人,还是像一个热恋中的情人。很可能是这样:我同时是他们三个。我来的时候是个孩子,他有那么多孩子气的念头所以才哭着喊着闹着要来,他一来一见到这个世界便立刻成了不要命的情人,而对一个情人来说,不管多么漫长的时光也是稍纵即逝,那时他便明白,每一步每一步,其实一步步都是走在回去的路上。"

到了这里，镜梦交响。回忆和想象交融，镜梦完全在滚烫的灵魂熔炉中合二为一了。

《我与地坛》的七个章节，起码有七个镜像，但不止七个梦。每个梦又是多义的、重叠的，像霞光，又像目光。经历生与死的过滤，全是透明的耀眼的璀璨。

如果再细究，《我与地坛》其实仅仅写了两个部分的内容：

第一部分：我与地坛——我眼中的地坛景物和人。

第二部分：我与母亲——我对母亲的怀念。

再往下分析：

我又分为三个我：没有残疾的我，不接受残疾现实的我，已经接受现实理解了命运走出阴影的我。

母亲分为两个母亲：在世的母亲和怀念中的母亲。

因为母亲博大的爱，地坛就像作家成长的子宫。地坛是生活中的地坛，也是史铁生想象中的地坛，镜梦合一结构使短暂的生命因为这镜梦合一的散文而永恒。

镜梦合一结构的散文很难写出，但我们可以常常仰望，仰望8848米的珠穆朗玛峰，我们就不再满足于低海拔的散文写作，就可以用毕生所学攀登散文的高峰。

以上就是这一部分的全部内容，我总结如下：

我们讲了三种结构类型及每种类型中的基本结构、高级结构和最高结构。

这些结构,都是我阅读优秀散文的过程中破解出来的,下一节,我会和你说说破解散文结构的三把好刀,掌握了这些武器,你也能源源不断地从优秀作品中汲取营养。

在这里,给你留一道思考题:三种结构分享完了,我们能否挑战一下自己,同一个素材,用三种结构来写,比如在记事忆人中出现过的景和物,我们是不是可以用状物绘景的结构写一篇?记事忆人中最动人心弦的元素,我们是不是可以用抒情说理的灵魂映象结构写一篇?

希望大家都能去尝试一下,因为第一,我们不能浪费命运和生活赐予我们的好素材;第二,我们必须写一些不是为了发表甚至可能失败的散文;第三,很多时候,把散文的可能性化为现实性的途径就是尝试,这就是自我挑战的意义。

第四节:三把"解牛刀",帮你破解散文结构

上一节,我们分享了散文的三种基本类型及九种不同的结构。我的专业不是中文专业,也没人教过我如何学写散文,这些结构,都是我通过读书破解出来的。

有句老话说得好,读书"破"万卷。而我常常推荐我的读书法,叫"死皮赖脸读书法",其实也是"破书"的一种。好的散文我总是要看

好多遍，甚至几十遍。这样死皮赖脸的读法，就是"破文"。

比如散文名篇《背影》，我肯定读了超过 30 遍。朱自清的《背影》中其实包含了我们上一节分享的三类结构。

第一，它肯定属于记事忆人时空经纬结构。

儿子在浦口车站准备北上，父亲放心不下儿子，一定要去车站送行。父亲担心儿子的旅途，拜托茶房，还越过站台给儿子买橘子。儿子满心都是对父亲的不满意，但是眼中还是烙下了父亲爬过站台的背影。

第二，它又含有状物绘景的多边形结构。

比如在描写车站的场景时，儿子让父亲回去，父亲要买橘子，然后是对月台栅栏的描写。父亲走到那边月台，须穿过铁道，须跳下去又爬上去。父亲还是一个胖子，走过去自然要费事些。那些因肥胖导致的动作变形，父亲的背影。接着又爬，买回橘子，告别，父亲的背影混入来来往往的人里。仿佛有台摄像机，多角度拍摄。这台摄像机就是儿子的眼睛，也是儿子的一颗心。

第三，抒情说理的灵魂映象结构。

这篇散文是纪实，同时又是梦境。站台分别之后，父亲的背影一直在他梦境里。比如朱自清在文中写道：

> 我那时真是聪明过分，总觉他说话不大漂亮，非自己插嘴不可，

但他终于讲定了价钱;就送我上车。他给我拣定了靠车门的一张椅子;我将他给我做的紫毛大衣铺好座位。他嘱我路上小心,夜里要警醒些,不要受凉。又嘱托茶房好好照应我。我心里暗笑他的迂;他们只认得钱,托他们只是白托!而且我这样大年纪的人,难道还不能料理自己么?唉,我现在想想,那时真是太聪明了!

这是儿子的羞愧,也是儿子的成长。

后来读多了,突然觉得,朱自清在写作《背影》时还有一个奇妙的结构,那就是加入了类似质量上"大和小的对比结构":

第一,无垠广阔的岁月和几年前的背影。在整个《背影》中,作者连父亲的面容都没有写,但大海般的岁月也无法淹没父亲倔强的背影。这是第一个"一大一小"。

第二,宽阔嘈杂的车站和小月台。小月台的栅栏外有几个卖东西的。月台太逼仄,须穿过铁道,须跳下去又爬上去。忽略车站之大,聚集月台之小,这是第二个"一大一小"。

第三,父亲的肥胖与月台的逼仄。在逼仄的月台里,不怕费事的父亲跳和爬都成了问题。这是第三个"一大一小"。

第四,父亲肥胖的青黑色身影与几只朱红的小橘子,这是父亲爱之心的象征。这是第四个"一大一小"。

大和小的质量是失衡的,但因为命运,因为爱,四个"小质量"和四个"大质量"产生了强大的势能,构成了一篇感人肺腑也无懈可击的名作。

这些结构,没有人教我,都是我通过死皮赖脸读书法拆解出来的,所以,光知道有哪些结构还不够,你还得成为会解牛的好庖丁,也就是要学会"破文",读破文章,拆解其中的结构,这样你才能源源不断地从优秀作品中汲取养分。

那要怎么拆解散文结构呢?我上大学的扬州有著名的"三把刀"。下面我就介绍,我总结出来的,拆解散文的三把刀。

1. 第一把刀:是用破题刀,找到散文的灵犀

我们都是没有散文老师的人,但是我们既然爱上了写散文,肯定有属于我们的"散文灵犀"。如何把这个"散文灵犀"喂养大,我们就要学会"破题"。找一本散文集,看到作家写的题目,不看作家写的内容。想一想:假如是我们写,应该怎么写?多做这样的练习,我们心中的灵犀就会出现。

比如我的散文集《小先生》。《小先生》收录的是一位小先生和一群孩子在一所乡村学校共同成长的故事。在记下《小先生》的第一个素材故事的时候,我根本没想到我能写出这样一本书,更没想到这本书前后会花近30年时间。1985年,师范毕业的我来到江苏兴化的水乡深处,成了一名乡村教师,经历了人生中第一个教师节。当时我18

岁，身高1.62米，体重44公斤，又长了一副娃娃脸，被学生们和家长们单称为"小先生"。我还记得我上第一节课，很害怕"镇"不住学生们，先是惊慌，后来是镇定：拯救了我的是学生们信任和期待的目光。作为小先生的我，反而从学生们那里学到了很多。

故事多了，我决定记下来，记在我的备课笔记的后面，就是只写每一页的正面，反面空着，速写学生们和同事们一个又一个小故事。在上课和记录中，我也在乡村学校实现了我的"第二次成长"。15年下来，备课笔记有了上百本，故事也有了几百个。这之后，我开始创作《小先生》。但是无从下手，我还是决定啃下第一个素材"生字"。于是，就有了第一篇《考你一个生字》。有了这个开头，《小先生》的初稿就完成得很顺利。

下面我们做一个实验。

比如现在给你个题目《比邻而居》，让你写一篇散文，你会怎么写？

这个题目应该是写城市里发生的故事。如果让我们写，最佳的办法是用时空经纬结构。把人、事、理编织在一起。可以用眼睛看，可以接触，可以发生争执、宽容、和解。比如《一面》《我的邻居某某某》《大嗓门的邻居》《邻居的花》《楼梯风景》《电梯风景》等散文，用的都是类似的写法。

但这个题目到王安忆老师笔下，却没有这么写，她写了邻居，但写的是没见过面的邻居,并且不是写一个邻居,而是写了十二三户邻居。她没用交谈,没用眼睛,而是用了她的鼻子。

文章是从一条未封的烟道开始,作者通过烟道里传来的气味,写了比邻而居的生活。

气味写作太难了,但王安忆老师写出了经典。如果让我们写,最多写酸甜苦辣的气味扰邻,然后关闭烟道。

但王安忆老师实在太了不起了,她写气味,写生活,写命运。描写第一家的气味,就一共拐了八个弯。

第一个弯,炒菜的味道。第二个弯,炖菜的味道。第三个弯,尝试堵住烟道。第四个弯,堵烟道失败,味道继续接收。第五个弯,熏艾和端午。第六个弯,生病的草药味和炖菜味道。第七个弯,病愈之后大补的羊汤味道。第八个弯,回到日常回到时令的一日三餐的味道。

通过这八个弯,她"认识"了这家素未谋面的邻居,发现"他家不仅爱吃急火爆炒的菜,也吃炖菜……他们常炖的有猪肉、牛肉、鸡鸭,除了放花椒、八角、茴香这些常用的作料外,他们似乎还放了一些药材……""一到钟点,气味就涌过来……一个钟点以后,就消散了。这说明他们的吃方面,一是有规律,二是很节制"。

也是这八个弯之后,作家接受了比邻而居的生活。

详写一个邻居之后,王安忆接着又写了一个喝咖啡和吃西餐的邻居,像二重唱。在二重唱之后,王安忆出人意料地又简略地写了两个邻居,第三位苏锡帮的甜味邻居。第四位不知道什么怪味道的邻居。为什么不详细写呢?因为作家已经敞开了心扉,理解了生活,与生活和解了。

与生活彻底和解的标志是艾香的再次袭来,这又是一年过去了。原来作家记录的是一年多的比邻而居,真是我们学习的好范本。王安忆动用了她的鼻子,串起了人间无限的风景。记得著名作家李敬泽说:优秀作家就是喜欢把地球的重心偷偷放到另一个地方。

如果和我们最初的构想对比,我们会发现有很多值得学习的地方,比如在破题时,比起用眼睛看邻居,用耳朵听邻居,用嘴巴说邻居,王安忆老师用鼻子嗅邻居的这种写法,可以说是"事半功倍",她找到了写现代城市生活中邻居群像的一种了不起的结构。

总结一下,这把破题刀的用法是:

看题目,拟结构。与名篇,做对比。找差距,寻不足。常常练,善构思。

知道了"破题刀"的用法后,我们再来做个小练习。

书房是常见的,几乎每家都有一个或大或小的书房,那如果给你一个《书房八段》的题目,你会选取你书房的哪八段来写?

选出八段倒不难,但如果让我们构思写书房,肯定要写上八篇长长的文章。

而李敬泽老师,就只写了八个小段落,包括:

第一，不大不小的面积。

第二，南朝向的阳光和老乞丐的琴声。

第三，我的有趣或者无趣的书。

第四，书房里的床。

第五，书房里的视听设备。

第六，书桌的故事。

第七，书房的其他物品。

第八，主人。

这八段，就像只是展示了八本书的书脊。有书房的人一定心领神会，省略的部分全在心中补充完整了。

它们也构成了七边形的结构。"主人"不是第八边，而坐在七边形的中央，甚至，可以把李敬泽《书房八段》当成蜘蛛网的结构。第八段的"主人"——安坐在八卦阵中央的嗜书如命的书生，诱惑我们爱上书，爱上书房。

这种简练的裁剪法值得我们学习。

这种留白让读者完成的写作法更加值得我们借鉴。

记住：

看题目，拟结构。与名篇，做对比。找差距，寻不足。常常练，善构思。

2. 第二把刀：用续尾刀，续上闪光的貂尾

说完"破题刀"，我们再来说拆解散文的第二把刀，用"续尾刀"，续上闪光的貂尾。

与"破题刀"不一样的是，第二把刀的方法是：看到了题目，也看到了开头，但不再往下看，试试我们能否用最恰当的结构，续上一条闪闪发光的貂尾？

"破题刀"和"续尾刀"，相当于短跑运动员的起跑和冲刺。没有好的起跑，完整的夺冠计划就破坏了一半；而没有好的冲刺能力，意味着前功尽弃。

结尾对于散文来说，实在太重要了。没有好的结尾，就相当于一段特别美妙的旅程，突然被阻断在一个无法通车的隧道前。如果随意结尾，那真的是做了无用功。

我的写作习惯是：如果没有找到合适的结尾，我会把写作停下来，等待好结尾的出现。

比如我有篇散文，叫《母亲的香草》。苍老的母亲，一天天衰老的母亲。衰老与化妆品之间是否有关系？怎么写母亲的化妆品？母亲的化妆品中有什么？有了开头，就像打开了散文的门。

我从母亲的蛤蜊油一直写到栀子花，然后又写了母亲钟爱的一种植物，叫"穿英"，但我一直不知道"穿英"的写法。这样的开头已经可以了，但是我还觉得缺少什么。后来，恰好得到了去北京鲁迅文学

院学习的机会，这篇散文就停笔了。

鲁迅文学院有个社会实践活动，是去庐山。我误打误撞去了庐山植物园，终于在一群植物中寻找到了"穿英"的学名：蘼芜。于是，我又重续了我的结尾，这样写道：

"蘼芜"是一种自古代就有名的香草和中药。是妇女专用的香囊的填充物，也叫"川芎"，是治女性偏头疼的中药。古乐府写过它。唐诗中写过它。宋词中写过它。《本草纲目》写过它。《红楼梦》的第十七回，"蘼芜"还出现在大观园中。可它，竟然是母亲的香草。它又叫"蕲茝""江蓠""川芎"。"穿英"，应该是"川芎"的串音。我还是喜欢它叫作"穿英"。"穿英"，多么像一个穿着补丁衣服扎着一条粗辫子清清爽爽的穷人家的好女儿。

这样续尾就比原来的处理提升了许多。母亲是文盲，我们也等于是文盲，这是命运的密码，也是宿命的悲剧。日常的"穿英"却有那样高贵的来历。这与母亲有关，又与母亲无关。构成了叙说的复调，也是结构的力量。

所以说，"续尾刀"，锻炼的就是我们"完整表达"的能力，如果缺失了这种能力，就辜负了我们的出发，也辜负了我们的素材。

那"续尾刀"要怎么练习使用呢？以宗璞的散文《柳信》为例。

我们看开头：

> 今年的春，来得特别踌躇、迟疑，乍暖还寒，翻来覆去，仿佛总下不定决心。但是路边的杨柳，不知不觉间已绿了起来，绿得这样浅，这样轻，远望去迷迷蒙蒙，像是一片轻盈的、明亮的雾。我窗前的一株垂柳，也不知不觉在枝条上缀满新芽，泛出轻浅的绿，随着冷风，自如地拂动。这园中原有许多花木，这些年也和人一样，经历了各种斧钺虫豸之灾，只剩下一园黄土、几株俗称瓜子碴的树。还有这棵杨柳，年复一年，只管自己绿着。

看到这样的开头，你会怎么写结尾？

我们分析一下，柳信，也就是柳树发芽带来春的信息。看到这个，我们一般想到的是冬天和春天，还有柳信和人的关系。

那么我们就可以使用状物绘景的多边形结构，像吴伯箫先生写《难老泉》那样，把有关柳树的知识，以及柳树和自己生命的关系写出来。

也可以使用抒情说理的灵魂映象结构，像季羡林先生写《神奇的丝瓜》那样写出柳树的顽强和神奇。

大家也可以在纸上列一列自己能想到的思路。列完后，我们再来看宗璞先生的写法。

她使用的是记事忆人时空经纬结构。

第一个时空,她写了少年以及中学的一首诗,那是非常明亮的柳信。

第二个时空,是四十年前,在抗战时期的南方,小花猫死去,埋葬在残冬的柳树下,悲伤中看到了柳信。

第三个时空,四十年后,母亲去世,接着是母亲喜爱的狮子猫被人打死。那是深秋,最黑暗的时候,看到了柳信。

第四个时空,清明时节插在门外的柳枝,还有母亲骨灰盒边的花瓶里。柳树生命力强,春夏秋冬,穿越轻与重,穿越小悲伤、大悲伤、永恒的悲伤,但还是会被每年一度的柳信之绿照亮。

宗璞先生这样的结尾多么有力量。用春天照亮冬天,以新生的喜悦拯救死亡的悲伤。宽阔,博大,结尾的柳信之绿照亮无垠的人间。

现在,我把"续尾刀"的操作方法总结一下:

看题目,熟开头。捂结尾,大胆想。顺结构,理文脉。不怕拙,多练习。亮貂尾,我能行。

我们也借用这个方法,再做一个练习,来看下苏童的《雨和瓦》。

日常岁月,雨是一种事物,瓦是一种事物,将两种事物放在一起,这样的写法就非常有意思。

比如《风和草》《夜和露》,都可以无限想象下去。

《雨和瓦》的开头,就短短一句话:

> 我从此认为雨的声音就是瓦的声音。

面对这个标题和开头,我们会如何继续写?

我们可能会使用抒情说理的灵魂映象结构,写青春的雨和生活的瓦。

其次我们可能会使用状物绘景的多边形结构,写经历的挫折之雨夜到觉悟之路。

《雨和瓦》,这个题目很平常,但是苏童写得惊心动魄。

在文中,我们跟着苏童的少年视角前行。

雨水的声音,雨水中的人,屋檐下躲雨的人,雨水中准备练习跳水的男孩,高潮是雨水中的音乐。

在雨和瓦制造出来的音乐中,心中最重的意象出现了,就是那个伏案缝衣的母亲。

实在太了不起了。

苏童用的是水墨画法,写少年,写童年,必须写到母亲。母亲是我们的起点,最黑的部分是母亲。最黑的部分,也是最明亮的部分。最明亮的部分,也是最疼痛最滚烫的部分。

在"续尾刀"部分,我无意中找到了三篇同样写母爱的散文,这是无心为之,却是无心插柳柳成荫了。宗璞先生和苏童先生的散文我们也会仿写,因为我们生命中也会遇到柳信,也有自己的雨和瓦。

3. 第三把刀：用隐首刀，反推伟大的开头

最后，我们再来看看拆解散文的第三把刀，用"隐首刀"，看是否能反推出伟大的开头。

写作是件非常奇妙的事，有时候，是开头闯进了我们的头脑里，有时候，却是结尾闯进了我们的头脑中。有了结尾，再想开头，这样溯流而上，会收获许多写散文的奥秘。

我们都读过鲁迅先生的《社戏》。因为选家的缘故，我们学过的《社戏》实际上是《社戏》的后半部。选家删除了前半部，留下了后半部。它有一个特别棒的结尾："真的，一直到现在，我实在再没有吃到那夜似的好豆，——也不再看到那夜似的好戏了。"

豆子和戏是这里面的两个核心元素。完整本里的《社戏》，是倒叙。先写在北京看戏，有两场特别不愉快的戏，然后再写明亮得像绝唱一样的童年社戏。结尾的童年是明亮的，开头的成年是阴暗的。这个结构也是欲扬先抑。

如果我们看完了全篇，就知道鲁迅十二岁夜晚的这场社戏是多么难得。鲁迅的十二岁，是他一生的纽扣。三场戏，两场阴暗一场明亮，每场戏都不可缺少。没有前两场的阴暗，就没有后面一场的明亮。从这个意思看，鲁迅是结构主义大师。

我的《小先生》中有两篇散文，都是先想好了结尾，再去写开头的。

第一篇是《跑吧，金兔子！》，第二篇是《寂寞的鸡蛋熟了》。我

在写作这两篇时,头脑中一直有只金兔子在奔跑,还有那只在煤油灯上煮熟的鸡蛋。但这两篇散文想了很长时间,也写了很长时间。

为了写金兔子,我必须写春天的油菜花。

为了写篮球,我必须交代泥操场。

为了写泥操场,我必须写乡村学校的简单体育活动,乒乓球和冬天打擦片。

这样的话,金兔子就这样跑出来了,得到了很多读者的喜欢。

《寂寞的鸡蛋熟了》同样是先有了结尾,我再想前面。

鸡蛋是在罩子灯上煮熟的。

罩子灯下有个刻钢板的我。

罩子灯,钢板,蜡纸。

刻钢板的我是在冬天,冬天的寂寞更为寂寞。

为什么寂寞?因为乡村学校。

因为乡村,有了鸡蛋。

寂寞的鸡蛋熟了。

通过结尾去反推开头,结构就这样搭建起来了,所以说"隐首刀"对于散文的结构非常有效果。

对于"隐首刀"这把刀,我也总结了一下:

好开头,成一半。隐文首,阅文尾。反推理,有挑战。细心觅,会有径。常自练,洞奥秘。

以上就是这一部分的全部内容，总结一下：

三把好刀——"破题刀""续尾刀""隐首刀"，实际上是三种破解散文结构的训练法，可以反复训练，反复仿写。要充分相信自己，不破不立，先破后立。

当我们把"破"文的三把好刀用熟练后：

属于你的散文灵犀——那心中的灵犀就会在构思中逐渐显影。

属于你的散文雪貂——那理想的貂尾在意外处闪闪发亮。

属于你的散文猛虎——那威风的虎头在文学丛林中吼叫。

既然有破就有立，下一节，我会和你聊聊，如何"立"住散文结构。

在这里，给你留一个任务：找出自己的习作三篇，给它做一个"小手术"，一篇重新构思，一篇换结尾，一篇换开头，你会收获意想不到的喜悦。

第五节：三大心法，"立"出散文最佳结构

前面几节，我们讨论了很多结构的技巧，包括三种基本类型、九种结构形式，也包括破解散文的三种方法。

有破就有立，在最后一部分，我想分享一些散文结构的"立法"，也可以说是一些心法。它们或许不像前几课技巧性那么强，但它们却是支撑我散文之路的非常重要的信念，希望与同在散文之路上的你共勉。

关于散文结构的"立"法或者说是"心"法，主要也分为三点：

一、拥有"立"的心：人人命中都有一篇好散文

首先，你要拥有一颗"立"住散文的心，你要相信，人人命中都会有一篇好散文。

这句话是我多年阅读和写作散文的心得体会。散文写作，与诗歌写作、小说写作的要求完全不一样，它是完全向大众敞开的。我手写我心，散文写作是为自己的生活开凿出一个窗口，也是在有限的人生中完成无限的自己，成为一个完整的人。

对于这点，著名作家毕飞宇说过类似的话："……写作无非是像树那样，往天上地下伸。每一棵树都是自己的父母，都是自己的儿女，它不会错。"

他的这篇创作谈叫《自己长自己》。我常常用这个创作谈来鼓励朋友们，也鼓励我自己，生活在这个广袤的大地上，每个散文作者都可以把自己当成一棵树，往天上地下伸，从自己的身上长出新的自己。每个人心中都有一亩田，只要有生活、有真情，用心写作，任何人都会在自己的心田上"长"出属于自己的散文。

比如有一个电车售票员，喜欢看书，他去书店看中了一本书，但是囊中羞涩，正在窘迫之际，有一个面熟的人买下了书，送给了这个

爱看书的电车售票员。这个电车售票员一直记着这个故事，这故事中的温暖一直鼓励他前进，也鼓励他写下了一篇非常了不起的散文——《一面》。这个电车售票员叫阿累，那个鼓励他的中年人叫鲁迅。

比如很多孩子心中都有母亲的形象，不管他是军人，还是画家，不管是作家，还是大学者，只要用心都会写出特别动人的散文。朱德元帅的《回忆我的母亲》、吴冠中的《我的母亲》、老舍的《我的母亲》、胡适的《我的母亲》，都是相当了不起的忆人散文佳作。原因很简单，母亲的故事，母亲的形象，早就在母子连心的情感中悄悄长成了一棵树。

也有人把很多人、很多琐事都写到一篇散文里。有一个书生，他们家的老房子旧了，光线还不好，就赶紧修缮了一遍，开了窗户，还在庭院里种了许多花草。然后，他就在开了窗户的老房子里读书，生活，娶亲。生活像流水一样，祖母去世了，母亲去世了，再后来，妻子也去世了。他又把老房子修缮了一遍，还在院子里栽了一棵枇杷树，然后离开了老房子，再回来，老房子还在，枇杷树已在庭院里长得很高很高。

这篇散文叫《项脊轩志》，写这篇散文的书生叫作归有光。这篇散文700多字，在我的心目中，等同于老舍的《茶馆》，等同于曹雪芹的《红楼梦》，等同于洋洋七卷本的240万字的《追忆似水年华》。这是属于归有光命中的一篇好散文。

所以说，无论是谁，只要你有心，都会写出一篇好散文。

关于《项脊轩志》，因为太喜欢了，我也想再多聊几句。

按照之前的分类，《项脊轩志》的结构属于标准的记事忆人的时空经纬结构。

按照作者叙述的时间，没有100年也有接近100年的时间。空间当然是项脊轩及其庭院，里面有单向的时空经纬结构，也有折叠的时空经纬结构，更有无限时空经纬结构。

那在这个时空里，记了哪些事呢？主要是前后两次修缮项脊轩。第一次修项脊轩，有了窗户，有了围墙，有了月亮，是明亮的。第二次修项脊轩，已经物是人非。同时，也记录了前后两次植树，第一次在庭中种了兰桂竹木，第二次是妻子死后，所种的枇杷树。

此外，作者还将人编织进了这个时空，记录了与项脊轩有关的大家庭各种成员，比如祖母的婢女，生完女儿的母亲，襁褓中的姐姐，望孙成龙的祖母，恩爱的妻子。

纵观全文，以项脊轩起，以项脊轩结，用一间旧屋做线索，将人物、事件联系在一起。粗看，作者似乎是信手而书，无拘无束，漫无章法，实则经过精心的提炼和严密的构思。内有身世之感和思亲之情贯穿，外有项脊轩的变迁绾合，虽然全文所写的都是日常生活小事，追念的人又分属祖母、母亲和妻子三代，但实与空，建与塌，聚与散，高与矮，全文自首至尾，处处紧扣"项脊轩"来发挥，把各不相连的琐事缀合起来，抒发了一以贯之的深挚情感。唯有一棵枇杷树成为时光的缆桩，成了用时光和悲欢凝结的琥珀。

有意思的是，《项脊轩志》最后的文字，也就是最打动人的文字，与前文不是在同一时空写的，是写了《项脊轩志》多年以后补写的，作者这样写道：

> 余既为此志，后五年，吾妻来归，时至轩中，从余问古事，或凭几学书。吾妻归宁，述诸小妹语曰："闻姊家有阁子，且何谓阁子也？"其后六年，吾妻死，室坏不修。其后二年，余久卧病无聊，乃使人复葺南阁子，其制稍异于前。然自后余多在外，不常居。
>
> 庭有枇杷树，吾妻死之年所手植也，今已亭亭如盖矣。

有人考证，这补记的部分是作者在写完正文十三年后补写的，根据是文中有"余既为此志，后五年""其后六年""其后二年"的说法，加起来正好是十三年。也有人说是十五六年。不管是十三年，还是十五六年，有心人终归有收获。

既然人人命中都有一篇好散文，我们自然不能辜负，那要如何才不辜负它呢？我也有几点小心得：

第一，要对世界永远保持好奇心。

汪曾祺什么书都读，什么事都打听，保持了好奇心，采了很多蜜，成就了一个好作家。如果季羡林不对丝瓜保持好奇心，他怎么可能写出《神奇的丝瓜》?

第二,要积累有"异质感"的素材。

就像燕子筑巢一样,我们的素材仓库和情感仓库都要有"硬货"。散文的"硬货"很重要,也就是能够构成散文框架的东西。余光中有篇《我的四个假想敌》,文字的开端是从作家的二女儿考上大学开始的,但他散文的种子是女儿出生的时候就有了。这种子只能属于生了四个女儿的余光中。

第三,要对材料进行有选择性的剪裁。

比如朱自清的《背影》很棒,但其实他在《冬天》《毁灭》《买书》这三篇散文中都写了与《背影》有关的材料。

他的《冬天》写了童年和父亲,那里的父亲是严厉的,也是负责任的。《毁灭》写了对父亲的埋怨,那里面的父亲是不负责任的。《买书》中则写了那件紫毼大衣的下落,紫毼大衣换成了《韦伯斯特英文大辞典》,写了对父亲的愧疚。

但这些在《背影》中均未重点出现,朱自清连父亲的容颜都没有写,这就是会裁剪,也就是散文结构的胜利。

第四,要踩着优秀散文作家的脚印向前走。

气质相似、味道相近的散文作家出现在你的案头是好事,他们也是学习前人的优秀成果。仿写不可耻,仿写是跟着好作家的脚印向前。走着走着,你就会找到自己的路,就会在某一时刻与你生命中的好散文仰头相遇。

二、找到"立"的法：借他山之石，练出好结构

当我们拥有一颗"立"住散文的心，相信人人命中都会有一篇好散文后，我们还要找到"立"住散文的自我训练法。

什么意思呢？

欧阳修的《卖油翁》里，有一句经典名句：

> 乃取一葫芦置于地，以钱覆其口，徐以杓酌油沥之，自钱孔入，而钱不湿。因曰：我亦无他，惟手熟尔。

这也是散文自我训练法的意义所在。有了素材，有了写作的动力，这还远远不够，需要足够的技法。

那我们平时要怎么练习呢？我在这里讲三种结构类型的自我训练法。

1. 记事忆人的时空经纬结构的训练法

首先来看看我如何进行记事忆人的时空经纬结构的训练。

我们来分析杜甫的一首诗：

两个黄鹂鸣翠柳,

一行白鹭上青天。

窗含西岭千秋雪,

门泊东吴万里船。

这首诗其实充分证明了杜甫是懂画之人。"两个黄鹂鸣翠柳"是画中的点,"一行白鹭上青天"是画中的线,"窗含西岭千秋雪"是画中的面,"门泊东吴万里船"是画中的空间。

诗歌向画家学习,散文写作当然更要向画家学习,尤其是记事忆人的时空经纬结构的散文,更需要学着画画。

为什么记事忆人的时空经纬结构的散文更需要画画呢?这就是要解决人的记忆和遗忘问题。大脑会记忆,也会遗忘,还会"窜改"。画画是"还原",同时也是第一次构思。

我们把所需要描述的事和人,按照时空的顺序画一个简图,这个简图是写作的参考,不是去参加美术比赛的作品。如果你认真研读苏童的《雨和瓦》,就会发现它实在太像一幅水墨画了。而朱自清的《背影》,真的如同一幅油画。

后来我写作散文《夜航船带来的雪》,因为我的头脑中一直有夜航船棚顶上的雪,但我一直在想怎么写出这个作品。后来我决定画画,虽然画艺很笨拙,我还是把有关《夜航船带来的雪》的图画了出来。

第一幅图：夜航船行动的轨迹。

第二幅图：夜航船的内部场景。

第三幅图：夜航船顶上的雪及其他。

第一幅画让我成了这段记忆的"俯视者"，弥补了我对内河、河岸以及长江的记忆。

第二幅因为人物太多了，画得很不好，但补全了我在内舱的记忆。

第三幅画是文眼。我特别在画边注上了温度，当时的温度应该是零下七摄氏度左右。

按照这三幅图，我很顺利地写出了《夜航船带来的雪》。

后来我得出了经验，只要有三幅连环画般的草图，记事忆人的散文写得就顺利。我看余华写散文的经验，他说他的写作常常借鉴交响乐的结构。我不太懂交响乐，但可以肯定的是，用他山之石绝对可以攻玉。

2. 状物绘景的多边形结构的自我训练法

状物绘景的多边形结构的散文同样可以用图画法，尤其是游记散文。比如《荷塘月色》，朱自清心中肯定有一幅荷塘图。比如《难老泉》，如果有了一幅难老泉和晋祠的风景图，我们再来写作难老泉，就会特别从容而镇定。文字越是从容，其中的气息就会越优雅。

除了图画法，我个人经验是，状物绘景的多边形结构的散文还需要向小说家学习。

比起记事忆人的散文,状物绘景的散文容易形散神也散。写到最后,变成了走马观花,都不知道重点在哪里,需要表达的意思在哪里。

但状物绘景的散文如果放在一个"微宇宙"中,那么,散文的表达就变得特别有力。

这里说的"微宇宙",就是必须将我们要状的物、要绘的景放进世界的大宇宙中,构成一个"微宇宙",因为它们并不是孤立的。很多刚刚写作的人总是不自觉地孤立我们要状的物、要绘的景,割裂周围的联系,结果写不好。

"微宇宙"建立后,下面的任务就是塑造了。在所有的文体中,塑造力最强的文体就是小说。因为需要写出人物形象,需要讲述故事,小说就对结构有刚性的需求。

他山之石可以攻玉。作为散文爱好者,我们在看小说,尤其是看结构能力强的小说家的作品时,不能仅仅看小说故事,而应该学会"拆"小说,把故事和人物"拆"掉,留下结构,为状物绘景散文所用。

我喜欢的结构能力强的小说家,外国作家有海明威和契诃夫,中国作家有鲁迅和毕飞宇。这四位作家的结构真正是超一流,比如海明威《白象似的群山》里的空白,比如契诃夫《草原》里的蓬勃,比如鲁迅《孔乙己》里的速度,比如毕飞宇《地球上的王家庄》里的空间。千万不能抵制小说家的谋篇布局,而应该用小说家结构的力量来强化自己的散文。

我的散文《原谅》的题材早写过了，但没写好，原因是没有结构来"聚拢"跟着父亲去卖甘蔗的故事。过了几年，我忽然想到了毕飞宇《地球上的王家庄》，于是就有了《原谅》的结构，从一条船开始，到一条船结束。所有的故事和情感都像甘蔗一样驮放在甘蔗船上，《原谅》就这样写好了。

3. 抒情说理的灵魂映象结构自我训练法

说完前两种结构的自我训练法，我们再来说说抒情说理的灵魂映象结构。它的自我训练法，首要的也可以采用图画法。比如《神奇的丝瓜》这篇散文，很好画，也很好布置。

不过一旦处理更高的双面镜结构和镜梦合一的结构，图画法就难以见效，因为灵魂是没有模式的。但灵魂又其实是有模式的，优秀的诗人在抒情说理的灵魂映象结构中走在了散文家的前面，这就需要我们向优秀诗人学习，学习他们的表达。

其中最有名的就是散文家刘亮程，他之前是一个诗人，还出过诗歌集《晒晒黄沙梁的太阳》，如果我们把他的散文集《一个人的村庄》跟《晒晒黄沙梁的太阳》对照起来读，就可以发现，散文的种子，散文的结构，基本上都是从诗歌里"长"出来的，而且超过诗歌的围墙和领地，走出很远。但如果没有诗歌的出发点，没有诗歌的营养，《一个人的村庄》里的诗意和哲学就不可能凸现。

史铁生的《我与地坛》同样也是如此,这篇长散文,何尝不是一首长诗。我每次读完《我与地坛》,都感觉史铁生的文稿深处肯定有一首写母亲写生活写疼痛的诗稿。我们的散文作家中有许多被诗歌之光照亮过的作家,所以,我在写作散文之前,会大量阅读诗歌。因为故事在我心中,情感在我心中,只要有好的诗句成为我散文的营养,我肯定会让诗歌为我的抒情说理的灵魂映象结构加分。

大运河申遗那年,《北京晚报》准备出一期大运河主题的散文,一共请了三位作家写大运河,一个是通州的大运河,一个是杭州的大运河,还有一个是扬州的大运河。扬州这个大运河的散文就找到了我。对我来说,扬州是我生命中最重要的城市。我的处女作,我的诗歌梦,我的城市文明启蒙,我的爱和疼。扬州花朵般的材料太多。我反复起草,反复推翻,最后决定用诗歌的方式来写扬州,在这篇《我那水蛇腰的扬州》里,我用到了诗歌的多样与统一,动势与均衡,诗歌的对比与调和,诗歌的变化与韵律,果然没有让我自己和读者失望。

三、走向"立"的路:三个建议,陪你持续精进

在掌握了相信散文的信念和自我训练的方法后,要在散文写作特别是散文结构方面走得更长远,我还有三个小建议,想和大家分享:

第一个建议是，热爱生活的心才是散文最好的结构。

我个人认为，散文有书斋散文和生活散文两类。从热爱的程度而言，生活散文更适合我们的业余作家。而我认为热爱生活的一颗心是散文最好的结构。

比如写了《瓦尔登湖》的梭罗，1845年夏，他开始为期两年的"隐居"生活，地点选在离康科德不远的瓦尔登湖。梭罗自己搭建了小木屋，木屋位于瓦尔登湖北面，现在梭罗的木屋被当作名胜古迹保留，这成为计算梭罗木屋与"尘世"距离的起点。按一般介绍，梭罗小木屋距离康科德约2英里（约3.2千米），若按康科德市中心到小木屋的直线距离计算，约1.32英里，但一般道路不会是直线，所以这段路程的距离应该在两三千米之间，梭罗隐居的地点不到两站地铁，并不算遥远。因为他有一颗爱瓦尔登湖的心，所以才成就了《瓦尔登湖》的宁静、幽远和博大。

我的散文集《小先生》，写了乡村学校的爱和美好。乡村学校有它的单调和枯燥，同样，我们的乡村学校也有它的美好和温暖。因为爱乡村学校，就写出了大家喜欢的《小先生》。

我的建议是：爱散文，永不放弃。

第二个建议是，要珍藏上苍赐予我们的魔鬼光线时刻。

摄影师都知道，黄昏时分有个时刻是立体感最强的，那是因为黄昏时光线暗，空间照度和日落前相比差距很大。摄影师都喜欢这样的时刻,也喜欢在黄昏等待这样的魔鬼时刻,打开令人惊奇的色彩世界。

对于散文写作来说,我们的魔鬼光线时刻,是命中注定的,旧物件,老照片,故地,或者童年的气味,这个时刻遇见了,我们就变成了另一个我,那是文学的我,也是另一个维度里的我。

鲁迅的《从百草园到三味书屋》,就是因为他遇到了他生命中的魔鬼光线时刻。

1926年的鲁迅,心情黑暗。新文化运动的大潮退去,万马齐喑,加上兄弟分崩的创痛,鲁迅的姿态径直从"呐喊"落入了"彷徨"。大概一整年的时间,他几乎未著一字。精神上的困顿,此后又敷衍为许多"自戕"式的文字。

后来他想到了他的《小约翰》。这是1906年的书,留学日本的鲁迅与《小约翰》相遇,但翻译《小约翰》颇不容易。1926年7月6日开始,鲁迅每天下午约请老同事、老朋友齐宗颐(寿山)到中央公园(今中山公园)的"来今雨轩"对译《小约翰》,到8月中旬基本完成。

这本书就是鲁迅先生的魔鬼光线时刻,它打开了鲁迅生命中最柔软的部分,鲁迅想到了童年,想到了百草园。1926年秋天,鲁迅完成了《从百草园到三味书屋》,里面就有《小约翰》的原话,Ade,我的蟋蟀们!Ade,我的覆盆子们和木莲们!而在《小约翰》里,鲁迅把小约翰变成了旋儿,旋儿就是迅儿。鲁迅抓住了魔鬼光线时刻,在1926年秋天重新回到了童年,和失去父亲的小约翰穿越恐怖的黑森林,成为一个小勇士。

有了《从百草园到三味书屋》，后来就有了了不起的《朝花夕拾》，经历这场毫不掩饰的"返乡"之旅，鲁迅成了他从未想过的、一个柔软慈悲的少年。

我写《半个父亲在疼》时，也是等了很久的魔鬼光线时刻。我父亲因为家庭比较穷，所以脾气特别暴躁，1989年春天，我父亲高血压中风在家，我每天为他服务。父亲一辈子都是村庄里的英雄，他中风之后，被困在那个身体当中，他的脾气变得非常暴躁，跟他相处的五年时间里，我们两人没有任何感情，他脾气暴躁就开始骂人、用拐杖打人，给他洗澡的时候，因为重心不稳跌下来，然后就开始骂，我就跟他对骂。

1994年的秋天，我父亲去世。他去世之后我没有为父亲写一篇文章。后来我去了长江边一家电视台，忽然在小县城的人民公园门口，看到一个中风的老人挂着根拐杖，我扶着他在公园门口转了一圈，他身上的气息就是我父亲的气息，中风老人的气息是一样的。

当天晚上我就开始写这篇《半个父亲在疼》，当时是用电脑写的，敲到父亲这个词的时候键盘卡住了，我以为是我父亲不让我写，因为那是晚上写的，后来才发现是我用力过猛键盘卡住了。这个散文就属于等待到了"魔鬼光线时刻"。

作家毕飞宇总是把一天最好的时间、精力最旺盛的时间贡献给他的小说。我们很多时间的写作，总是在我们一天的垃圾时间，最疲惫的时候，这样的作品肯定不是你心中想呈现的那个作品。

我的建议是，坚持写作很难，但得坚持，文学真的会用"魔鬼光线时刻"来回报你。

第三个小建议是，千万不要怕失败，不要怕修改。

我的电脑中至今还存有许多散文的废稿，但材料以后还会用上。我的经验是：第一遍大概率是狗屎，第八遍注定是黄金，写散文需要厚脸皮。

以上就是这一节的全部内容，我给大家总结一下：

这一部分，我们讲了在破中立，"立"出散文结构的方法，也可以说是一些心法，主要有三点：

第一，要拥有"立"住的心，相信只要有心，每个人生命中都会有一篇好散文。

第二，要找到"立"住的法，通过自我训练，真正让自己写出一篇好散文，比如训练记事忆人的时空经纬结构时，可以向画家学习；训练状物绘景的多边形结构时，可以向小说家学习；训练抒情说理的灵魂映象结构时，可以向诗人学习。

第三，要想持续在散文写作道路上精进，还希望大家能够热爱生活，热爱生活的心，才是散文最好的结构；同时，要珍惜自己的魔鬼光线时刻，以及不要怕失败、不要怕修改。

也给大家留一个任务,再忙碌也要学会安静下来,给自己一个静思的时间,生命肯定会赠予你一个魔鬼光线时刻的。

到这里,结构部分的内容就结束了。期待大家坚持写下去,爱上文学就像爱上一个理想爱人。爱,其实就足够了。

祝大家好运。

| 散文课 |

第三讲 散文课情感模块

塞壬

人民文学奖得主

华语文学传媒大奖新人奖得主

·她是两度获《人民文学》年度散文奖,并揽获华语文学传媒大奖新人奖、百花文学奖等奖项的作家,曾辗转多地,"她的诗、她的散文、她所写下的每一个字都是对生活的咀嚼。"她也是潜入工厂内部的女工黄红艳,亲历流水线的枯燥、目睹人性的复杂,只为揭开打工群体的生活真相,为无名者立传。李敬泽誉其为"中国散文界的一颗钻石"。

代表作:《奔跑者》《匿名者》《镜中颜尚朱》《无尘车间》

第一节：挣脱三大思维"束缚"，让情感表达更自由

大家好，我是塞壬，欢迎来到《南方周末散文写作课》。今天开始，我们会进入散文写作的情感模块，我要分享的主题是"如何写透人性，呈现散文的情感张力"。

我先简单自我介绍一下，我写了近二十年散文，这二十年，也是中国散文发生伟大变革的二十年。其间我出版了五本散文集，也获了一些奖，还有一本非虚构集《无尘车间》即将出版。

我个人觉得在散文的创新方面，我还是贡献了属于自己的文本，比如我常用小说的手法写散文，或者反过来说，是用散文的笔法写小说。

其实刚开始写作时，我并没有明确的文体概念，没有事先假设说今天我要写一篇散文，或者我要写一篇小说，我就是把写好的文章发在论坛上，读者和评论家定义说它是散文。也有那么几次，我像往常一样把这些散文投给杂志社，编辑说我把它当成小说发，你有意见吗？这

能有什么意见呢？它是散文还是小说，对我来说没那么重要，我心中没有任何文体的界限，我的写作，只关注这个作品的文学艺术性，别的不太在意。或许也正是少了文体边界的束缚，让我有机会去探索散文写作更多的可能性。

接下来的部分，我也会把我探索出来的经验分享给大家，希望能帮大家打开新的写作思路。

这一模块，是散文的情感。我想看完周晓枫老师的分享后，大家对散文的情感，已经有了一些基本的了解。很大程度上，情感是驱动写作的动机。比如失恋，失去最亲的人，怀念往事，怀念故人，人生突发的重大事件，金榜题名，洞房花烛，他乡遇故知，等等，这些都能使人在某种情感的驱动下萌生写作意愿。因此，这类写作完全是出于心灵的需求，这一点是文学最核心、最本质的需求，所以说，情感决定了散文的文学纯度，它也是一个写作者离文学最近的一种表达。喜怒哀乐，七情六欲，贯穿着人的一生。

很多读者在读我作品的时候，会说：塞壬，你对自己的情感剖析真的挺狠啊！的确，我的所有作品，都是在情感的驱动下写的，基本是情感浓烈到了非写不可的地步，我认为只有到了这个境地，才能写好散文的情感。在我看来，散文，很大程度上是看作者如何用文字表达情感的文学形式。

于是这里面就有了学问，情感这个元素是如何让一篇散文成为优秀的作品的？这也是接下来我要和你探讨的核心话题。

我们常说，要写透人性，人的情感是灵魂要素。

但大家提起笔时，却常常发现不知道怎么表达情感；

或者不论怎么写，总觉得读起来很假；

甚至写着写着，感觉情感麻木，不知道还有什么值得写。

我觉得这些问题，都涉及对散文本质、对情感本质的理解。

所以在讲散文情感或者在写散文之前，关于散文，有些东西，我觉得需要捋一下。因为它是作为一种前提、一种基本的认知存在的。也就是常识。如果我说的常识却成了你破壁的契机，让你挣脱散文写作的思维束缚，我想，这个前提说明是有用的。

那么我们就先从3个方面来讲一讲，究竟要怎样理解散文，怎样理解散文的情感。

一、散文是一种写"我"的文本

首先，我们要理解，散文是一种写"我"的文本。

什么意思呢？也就是散文始终是在表达"我"。

我们为什么要写作，是什么促使一个人一定要选择用文字表达自我？这个"我"到底想告诉这个世界什么呢？我们清楚，快乐可以是一个人表达的理由，那么，痛苦、愤怒一样也是。生而为人，我们都不是来自外星球，一个人的生活、情感都与整个社会有着千丝万缕的联系，除了少数人拥有极为罕见、独特的人生经历之外，我们大部分人都过着同质化的生活，生活轨迹基本没有太多的出入。

也就是说，表达我，就是表达你，表达这个世界；表达我的发现、我的不同，就是表达这个世界的丰富性与复杂性。

听到这，你可能会觉得很简单：只要写作时表达我的所见所闻、所思所感不就好了？

其实不然，还有几个点，大家在写作时经常容易忽略，导致笔下的"我"并不是真的在表达"我"，这也是影响作品是真挚动人还是虚假平庸的重要因素。

第一，在写"我"时，我们总是善于表达真善美，而遮蔽丑与恶。

既然是表达"我"，表达人，那么"我"除了真善美之外，也一定存在着恶与阴暗，而恶与阴暗恰恰是写作者善于遮蔽的那部分。

比如我们写的亲情散文，都在写父母的伟大，写他们的奉献，写自己的感动，这些当然是可以写的，但太多的现实是，父母也许很不堪，有很多的弱点和不足，甚至有人格的缺陷。我们跟他们有难以调和的矛盾。但这些，我们都会在写作中滤过。

我们通常在写作中矫饰，自我崇高，自我完美，喜欢标榜道德。在太多的这类写作中，我们除了感受到假、虚伪之外，还有一种写作的平庸，以及对散文文本的理解障碍。

第二，表达我，除了表达视觉上、体验上的外部世界，除了表达我看，更重要的是要表达我是什么。

很多的散文通篇看不见一个"我"字，无我。写景物像是一篇介绍性的文章，毫无感情，就像借着他的一双眼睛客观地扫视。这样的劣作太多了。

让人看你眼中的世界是容易的，但是把自己剖开给人看是困难的。在散文写作中，表现异质的自我，在日常中有精微的发现是难的。很多人的散文只写我看，但从不涉及自我。你捂着自我，读者也捂住你，文学也捂住你。

关于这两点，我在下一节也会展开讲，在不同题材的散文中，比如亲情散文、纪实散文、自然散文中，要如何无遮蔽地表达情感，表达自我。

第三，有人说，一切写作皆是个人的自传。不对，散文中的"我"应该是一个泛"我"，它书写的"我"可以是他者的经验，以我向的视角来推进。

比如我的散文《耻》，文中的职场经历是我一个朋友的。我挪过来用第一人称写了，这样写的目的是更贴合，更真实，更有代入感，不会有隔阂。事件是真的，但是换成我向的叙述会有切肤感。其实这是我惯用的手法，从叙述方向上来看，它更有利于情感的表达，也更直接。

在我看来，散文有浩瀚的容量，它可以波澜壮阔，也可以细水深流。对散文容量的拓展,是散文作家探索散文写作难度的一个重要指标。

既然"我"无处不在,"我"是言说者的马甲,那么散文写作不必执着于"这是谁",以及这是不是发生在作者身上的故事。

二、散文的真实与虚构

因此便有了下一个话题:散文的真实与虚构。

在阅读生涯中,我们对很多经典散文有着深刻的印象,比如彭学明的《娘》、刘亮程的《先父》等等,之所以印象深刻,是因为其真挚、真切的情感,让我们的内心产生了强烈的共鸣,跟着作家一起体验了情感的跌宕起伏,悲他所悲,喜他所喜,把自己与作家的命运紧紧联系在一起。作为读者的我们,为什么会这样呢?

在这里我们会发现有一个"真"字,而真,也是散文最起码的标准。

可是,越来越多的人把真,当成散文的一个难度,一个高度,当成好散文最重要的品质,甚至是散文好坏的重要标准。比如有人赞美我的散文,说:你的散文贵在一个"真"字。对这种评价实际上我是有点生气的,居然还有人把作品的内容跟我个人的经历对号入座。就像前面说的,我朋友的经历,我挪过来当成自己的经历写了,这是假的吗？这是常见的文学手法啊。我不诚实了吗？"你的散文贵在一个'真'字"，听上去跟"你的文章语言通顺，没有错别字"一样让人沮丧。

其实，这涉及对散文真实与虚构的理解，散文的真跟现实的真是一回事吗？散文书写的内容必须是作者真实经历的事件吗？在很多的散文论坛中，大家都围绕这个问题进行了讨论，实际上最终也没有什么定论。

但我向来不认为散文写作的真与不真会是一个问题。

因为在我看来，散文的真，不在写作者那里，相反，它在读者那里。只有读者才能认定作品的真与不真。也许，我很真诚地写出了让你觉得矫情做作的文章，也许我虚构了你认为很真的文章。画鬼，我们画出的也会是一个人的样子，变形的人的样子。再怎么胡编乱造，它还是会来源现实，有一种真，叫作你觉得它真。

而且，我们常常容易忘了原本的真相，那就是散文是文学创作。文学的语言不同于新闻的语言，它是主观的。当我们用"我觉得""我想""我认为"这样的句式时，这里面已经包含着窜改。

所以，我们常认为，真就是对现实的复刻，虚构就是编造，是无中生有。但实际上，如果作品的内在逻辑、审美、情感都符合我们基于常识的判断，那么，即使它是虚构的，也不会有人质疑它的真。

这样说来，真并不仅指存于现实的真，对于写作者来说，真有可能存在于某种合情合理的逻辑虚构之中，它甚至比现实更可信。

那么，我们如何在散文写作中表现这个真呢？

首先，我们要知道，这个真，有两方面的意思，一个是书写内容的真实，另一个是创作态度的真诚。

当我们面对现实世界，我们发现，这个真实本身是复杂的，是浑浊的，它并非清澈如水，分分明明，因为它关乎着人的认知问题。

比如面对白骨精变成的少女，孙悟空坚持说她是妖怪，而唐僧则坚信眼前的只是一位少女。哪个是真实的呢？最后观音菩萨给出了自己的观点：悟空看到的是真相，而唐僧看到的是人的心相。那么，这里面就很精准地阐述了不同的人对真的认知也不同。

而我们在散文中呈现了什么样的真，我觉得这取决于你想要的是真相还是心相，显然心相代表着更高的文学品质，它指向重构自我的精神世界。

鲁迅有篇小说叫作《药》，小说结尾处出现了一个花环。这篇小说残酷地揭露了封建统治下中国人民的愚昧与麻木，也指出辛亥革命脱离群众的局限性。按理说，为了更彻底地表达这一主题，鲁迅先生大可不必留有余地，可以让悲剧一悲到底。然而，他在结尾的地方居然让夏瑜的坟头出现了一个花环。这就是心相的表达，鲁迅先生没有绝望，他相信革命的种子还在，革命者夏瑜有后来人。民族还有希望。

可能有的同学会疑惑：不管是《西游记》还是《药》，都是小说，那散文，也可以这么处理吗？当然可以。不论是散文还是小说，都是文学创作，是主观的产物，而在文学创作中，心相往往比真相更重要。后面我也会再提到这一点。

这是书写内容的真实，至于创作态度的真诚，我认为写作的技巧可以左右写作的真诚。写作很大程度上类似于演员的表演，如果你只能本色出演，那么你的写作注定窄化。在我看来，高技法的表演也是真诚创作态度的一部分。

当一个写作者在思考如何用技巧来实现表达效果的时候，他会调动所有的元素来靠近它，比如语言、表达方式、结构、剪裁、层次等等，这显然是一种高度的敬业，是真诚创作的态度。

很多作家囿于自我的现有意识。人是成长的，视野是可以不断开拓的，只有你长成一个人性的复杂体，你才有可能驾驭更多的人格和复杂的人性。只善于写某一类题材，只善于写某一种风格，久而久之，你就有可能留在原地。

看到这里，你可能会问我，既然散文的边界延拓到这个地步，那跟小说有什么区别，你干脆写小说岂不是更好？

三、小说和散文的边界

这也是这一节的第三点，散文和小说的边界。

这个文本边界并不模糊,它相当清晰。

首先,散文是"我向"的叙述方向。

"我"是"自我"的"我","向"是"方向"的"向"。我向,主格在场,不是他者视角。它显然强调散文重构日常生活世界的能力。不论是从生活意义上看,还是从文学意义上看,散文都不是简单的"非虚构",而是想象和重构,也就是我们前面提及的"心相"。

我举一个例子,我们写矿难。现实是所有工人都在井底遇难了。但是,我们写这个矿难的目的不是告诉人们这是一场悲剧,文学不是为了表现人的无力和消极,不是为了呈现一场矿难就不管了,更不是复述一个事实。

在这里,我们也许会写到有一人生还,我们赞颂生命力的顽强与伟大,赞颂为了营救一个生命而坚决不放弃的人的精神内核,所以,我们会重构有一个人生还。这样写,并没有改变这场悲剧本身,而仅仅是重申"希望"这个词的意义所在。人的精神强烈彰显才会有意义。这就是我们常说的,内心要有光。这个"我向"其实也是作家的文学意图和自我世界的构建。

而小说的写作方向往往是要符合故事的逻辑、人物性格的逻辑。一旦人物"立"起来,他就有了独立的思考和自己的命运。

散文跟小说的另一个区别在于"我在"。

通过阅读小说,我们不难发现,当我们进入小说的内部,它里面的人物都是活的，他们有清晰的面目，命运的走向，性格的演变，他们说话和行为举止，有他们自己的世界，而作家本人是不在场的。

所以小说中的"我"，也就是作家本人，通常隐藏在背后，借文中的人物输出观点，不可能突然跑到明面上大发议论，抒情，雄辩。

但是写散文，作家时刻在场，只有作家一个人发出声音，输出观点，情感也没有遮蔽地。所以散文写作，是写作者的自言自语，它内部是一个人的世界。也因为散，它更自由和灵活，它可以离题万里，最终又绕回来，表现强烈的个人情绪和性格。

散文的侧重点也不是为了塑造人物性格，制造故事冲突，构思种种悬念，散文不是为了强调某种戏剧效果。它诞生皆因情感、情绪。我所看所闻，所想所感所悟，是一种向内的、纵深的传递，再挖掘式、内耗式地往外输出的文本。有人说，写散文是呕心沥血的，是一种耗尽阳寿的写作行为。一万字散文和一万字小说，是两个等级的内耗。

我在，它还有另一层含义。我在，是我处在当下的"我在"，一个散文作家的书写如果掉在历史之外是悲哀的。

如果你缺席了你所处的时代，你就回避了写作的担当。它是一个响亮的态度，它的立场是，我发声，我主张，我站立在正在行进的进程中。

这一点跟小说最大的不同是，散文作家的精神与肉身同时在场，参与到社会的重大事件中，参与到一个具体的事件中。不假手于人，不虚设立场,没有开放式结局,它不是图书馆式写作,不是在现有的公共资源中进行二次创作,它是——作家本人的一种直播式写作。没有预设,像素清晰。因为"我在"本身,是一种昂扬的精神内核,是对生活的参与感和介入感。它不是架空,不是虚拟,更不是回避。作家本人跟读者是面对面的,可触摸、可感知的。

比如,散文很难写仙侠类的文字,《西游记》,武侠,修仙,你怎么用散文写?仙侠类文字可以架空时代,可以完整地存在于一个虚拟的世界。而散文是落地的,是实有的,作家本人是在场的。

以上就是这一节的全部内容,是我在写散文之前阐明的关于散文、关于散文情感的常识。

第一,散文的"我"。

散文是一种表达"我"的文本。它可以表达真善美,也应当表达丑与恶,可以表达我看到了什么,也应当表达我是什么,更可以化身泛"我",以"我"的视角,书写他者的经验。

第二,散文的真。

在于书写内容的真实,也在于书写态度的真诚,但真本身是复杂的,它不仅存于现实中,也可能存在于某种合情合理的逻辑虚构之中,它甚至比现实更可信。

第三,散文和小说的边界。

散文的"我向"叙事、散文的"我在",意味着散文和小说的边界非常清晰，它让我们可以通过散文重构日常生活世界，也提醒着我们不要错过我们所处的时代。

我之所以要在前面说这些话，是希望帮助大家打开思维，消除过往狭隘的认知，在写散文的时候、在表达情感的时候，更自由，更有发挥的空间，而不是被一个所谓的"我"，一个所谓的"真"，一个狭窄的边界束缚住。

第二节：如何理解散文中的复杂情感？

我在前面提到如何在散文写作中摆脱观念的束缚，其中重点谈到了散文中的"我"、散文的真实与虚构、散文的边界等话题。这是在动笔之前，我觉得很有必要与大家分享的，因为我个人的散文写作就是在这样的理念中完成的。

接下来，我想和大家一起，继续摆脱过往散文写作中的束缚，来看看要如何去理解当下散文中的复杂情感。

一、散文情感的复杂性：被遮蔽的部分才是文学真正的内核

我们这一代人是读着《荔枝蜜》《香山红叶》这类散文长大的，三段式，由日常的一件小事悟出一个道理，继而感慨，赞叹。作为入门

级的散文，不论是结构层次还是情感的抒发，它都显得单薄，有点杯水微澜的感觉。

而因为形式固定、篇幅短小，我们在写这类散文的时候，就朝着精致和小趣味这两个方面发展，最终，这类散文的最高境界就是文字美轮美奂，写的只是把玩日常的小趣味，是一种高级鸡汤，无法承载更为复杂的情感。

但这一类散文依然充斥在散文写作的大军中，尤其是新手，一上来，就容易入了窠臼，写成精致的小品文。当然，精致小品文，依然是我们所需要的，但是，散文这么写，是远远不够的。更重要的是，这种精致的抒情，让人读不到情感的真诚。可很多人以为，这才是散文，这才是散文的样子。

这种对散文的固有认知禁锢了很多人，以至于，中国散文后来的很多革新、很多尝试就是为了打破这种思维的禁锢。比如新散文、原散文、在场主义散文等，它们都有一个共同点就是以敞开的姿态，毫无遮蔽地呈现。其中一个重要的点是，散文的情感不再是表现自我崇高、赞美以及感动，它更多地表现人性的暗面以及私密的、被遮蔽的那部分。

比如周晓枫的《你的身体是个仙境》，这篇散文写的是一个女性从童年、少年、青年到中年的身体。作品是二十年前写的，现在看依然很有先锋意识，可以说，它影响了一代散文作者。

首先，它打破了散文写作的禁锢，以大胆、诗性、思辨的文字写了女性成长伴随的肉体羞耻与混沌。文中有大量曾被我们在散文中遮蔽的词，比如经血、乳房、阴道、子宫、避孕套、性等等，她的文字指向了女性的私密经验。

但她又不是浅薄地将所谓的身体写作作为噱头，而是对女性成长经历有深刻的思考和自我觉醒。比如在她看来，女性的身体跟自然界的万物一样，有着它的生命属性，它不再是不洁、羞耻的代名词，它值得公开赞美。

我们在散文中的情感惯于自我崇高、美化以及刻意纯洁，而那些难以启齿的羞耻、不安、疑虑、阴暗，这些被遮蔽的部分才是文学真正的内核。你只有触及人性隐秘的角落，才有可能写出丰富的情感，这才是真实的人性。

有一个经典的例子：国王死了，王后伤心地哭了，这不是好作品的开端。但是，如果是，国王死了，王后在花园偷偷笑了，这才是好作品的开始。其实这里面讲的就是打破常规的禁锢，探寻人性的幽微，指向私密、被遮蔽的那部分。虽然这个例子也未免落入俗套，但对于初学者而言，可以从思路上进行解放。尤其中国散文的形式和内容，它被禁锢得太久了，太深了。

要理解这种情感的复杂性，学写散文的人可以先读一读周晓枫的作品。她的散文成就最重要的还不是她繁复的修辞、精微的洞见和一种理性的诗意，其实她在散文文本的创新上有一种划时代的开拓意义。此外，格致、张天翼、李敬泽等人的散文也会让初学者开阔视野，打开思路。

二、如何打破散文写作中的情感禁锢？

当我们理解了这种情感的复杂性，回归到散文写作本身，那不同类型的题材，我们要如何打破过去散文写作中的情感禁锢呢？

接下来，我会分别讲讲亲情散文、纪实散文和自然散文。

1. 用"异化"视角，重新理解亲情

先来说说亲情散文，这是散文的大类。它是依托于情感，在情感的驱动下进行的写作文本。写自己的亲人，成长经历。我们写的第一篇作文可能就是《我的妈妈》，似乎中国人只要是读过书，都写过这样的作文，以至于成年后，想成为一名作家，再次拿起笔想写的依然有可能还是《我的妈妈》《我的爸爸》《我的奶奶》之类的作品，这可真是贯穿一生的写作母题啊，所以亲情散文的量依然是庞大的。

但亲情散文，也是严重同质化的，就像我们之前提到的，有太多写亲情的散文，写到父亲母亲，无一例外地，会写到他们无私奉献的爱，如何辛劳、如何良善、如何自我牺牲。这些规避了人性的另一面。生

而为人，我们会有"为亲者讳"的顾虑，但是作为一个立体的人，他有丰富的人格和内心世界，这让我们的亲情写作极难突破。

可是，它又是我们最为熟悉的题材，是绕不开的题材。那我们要如何突破自己对亲情复杂性的理解呢？

异化，陌生化，或许是一种很好的逆向思维手法。

我曾经写过一篇《即使雪落满舱》，这篇散文写的是十六岁的我如何面对父亲入狱这件在我成长中突发的大事件。它写于2020年，46岁时我才将它公之于众。这缘于所谓的"为亲者讳"。

但是，我仔细梳理这个题材时发现，在我即将把这种私密的经验公开的同时，它同样记载了两个人的成长、救赎与和解。它使我和父亲的人生重新洗牌，删除过往，重新开启了新的人生和人格。那么，它将不再是一篇翻炒个人隐私的赚取噱头的浅薄之作，它把笔触探进了人性最隐秘的角落，去照亮它，把光照进去，让温暖和宽佑保存在这段成长的记忆里。我这么写道：

"我不能让父亲一个人面对这一切。如果这是人生的劫难，即使是坠入修罗场，我也愿意毫无保留地参与其中，我不能缺席这场盛大的炼狱，最终，我们会回归成宁静安详的良人。

"即使看清了生活的全部真相，即使是一路的荆棘与荒凉，人生依然值得付出所有的热情与爱。"

所以说，我们不能为了异化而异化，这其实也涉及文学能给我们带来什么的问题。文学不是呈现一个事实就不管了，它更重要的是带给人们精神食粮。无论是人性阴暗，还是悲剧结局，最终还是要相信光，相信有希望在，相信人的努力可以抵达无限可能。

当然，这种异化、陌生化的理解视角，也需要写作者的勇气，以及真诚和自省的能力。

就像有人说，我为了吸引关注，不惜把父亲入狱的事写进作品里，对父亲的人格缺乏起码的敬意。我还看到很多人指责《包法利夫人》和《安娜·卡列尼娜》是两本极坏的书，它们教女人不守妇道，红杏出墙，应该把它们列为禁书。有人抱怨《水浒传》过于血腥，会教坏小朋友，林林总总。

我想说的是，不论是作家还是读者，评判一部作品的标准，不应是道德的尺度，也不应是是非的标准。它引起了你的思考，引起了你内心的共鸣，你在这部作品里找到了与自己相似的那部分，你应和了文中的某一段独白，一个决定，一个观点，你的内心被深深地吸引，你会流泪，你会笑，这才是这部作品对你的意义。

为什么会被打动？

首先是源自你不可遏止地想要写出它的欲望。只有你先被打动了，才有可能打动别人。

在亲情散文里，如果呈现的是单一的情感，毫无污点的人格，毫无原则的美化，那这样的写作无疑是遗憾的。如果你即将开启散文写作，你应该屏蔽条条框框的干扰，旁若无人，在文字中成为自己的王。你不要害怕读者把你的写作内容与你的人生经历对号入座，不要害怕别人对你作品的议论转化成对你个人的议论，一定要跨过这个可怕的障碍。很多的初学者折在这里。散文写作，需要强大的内心。

2. 放眼当下，表达复杂的中国经验

除了私密的经验写作，还有一种情感对作家来说特别重要，那就是对现实的关注。

在我看来，一个散文写作者，他的情感不能仅仅停留在个人的层面，还应该放眼当下，这也是我要讲的第二点，纪实散文，要放眼当下中国，表达复杂的中国经验。

有人说，塞壬，你只会写你自己，你对言说他者毫无兴趣，你只关注个人的小我，这样的写作是自私的，也是狭隘的。当我面对这种指责的时候，我其实是羞愧的。当然，我可以狡辩说，写自我也可以是一个浩瀚的宇宙。

我一直认为灵魂的干枯才是写作最大的敌人。看电视上的新闻，重大事故群死群伤，我竟心无微澜，没有任何反应；看到弱者的权利被公然践踏，我没有了年轻时的愤怒；体育健儿为国家争得荣誉的瞬间，我也没有雀跃，我意识到这很危险——不单单是为了写作，而是，我这个人很危险。如果继续滑下去，别说写作，这样活着都如同行尸走肉。

于是，我做了一个决定，我去工厂流水线打工。我只是想看一下，自己到底还保留了些什么。戒掉手机，每天工作十二小时，吃简陋的工作餐。没有了作家的光环，身处陌生的环境，当你只是一个打工的中年妇女时，你所遭受的一切就是你要面对最真实的人间。

我看到人们为了十块钱争着要加班，在是不是要给一碗面加个蛋这件事情上反复掂量，你请他吃一次烤串，他就可以当你是朋友，甚至为了你的权益为你出头。这里面有真实的悲欢与喜乐。身在其中，你会流泪，因为在内心深处，你还是会为美好的人性、温暖的真情所感动。这才是我要找回的东西。

在流水线干了四十多天后，我写下了《无尘车间》这部作品，而且我写得很快，几乎一气呵成。一种情感在我内心涌动，这是一种特别美妙的写作体验。当你的写作陷入危机时，实际上是你这个人的情感已成了荒漠。首先从本质上解决自身的问题，解决你生而为人应该怎样活着的问题，其次才是写作。如今，我会定期去做义工，当社区的志愿者。我不能宅在家里，活在自己的世界里。我要接触外面的人和事，要参与其间。

实际上一直有这样的作家，长期关注社会的某一个群体，并对此付出了极大的热情与时间成本。郑小琼就是这样的作家，二十多年了，她一直关注中国农民工这个群体的生存状况，她的《女工记》历时七年才写成，她记录了一个沉默的群体。她说，我想写的只是关于女工的记录，用最真实、最原生态的方式记录女工的人生。为了写好这些女工，她跟很多人都保持了很多年的联系，甚至会去看看她们，或者去她们老家看看。

虽然我们处在和平年代，我们的写作不再为了救国救民而呼号奔走，但是，我认为作家的社会责任、社会担当是不能丢弃的。任何写作掉在时代之外都是可悲的。书写复杂的中国经验，与时代同步，对社会，对生活保有热情才能将自身狭隘的格局打开。吾土吾民，也是中国作家的传统写作情怀。

3. 向动植物投射，对生命的思考

而除了人和事，情感其实也关乎着万物。散文写作中，很多人把视野投向大自然的景观，比如李娟；还有人投向身边的宠物，比如玄武；也有人投向对某一个领域的研究与观察，比如李敬泽。

在散文的世界里，人的情感多姿多彩，所有这些，都源于一种对生活的热情。

当情感表达的对象不是人，也不是事，而是物的时候，我们要如何发掘、理解与它们之间的情感呢？

我的建议是，要尝试去打通动植物与我们内心世界的通道，去投射对人及生命更深邃的思考。

以玄武写的散文《温小刀》为例。

温小刀,是宠物狗的名字,温是作者自己的姓,他把小刀看作自己的家人,在整篇文章中,作者都是用单人旁的"他"来称呼小狗,比如作者写道:

> 感激着这小兽,因他也有了对造物者的感激。从我不知的时候起、在我无法触及的暗处,小刀一定潜移默化地柔和了我的内心。
> 对一只小兽的情感竟可以如此,以致部分地充实一个人。偶尔的时候,我会因他想到因果,想到他的前世和后生。
> 他该是一个有着真性情、有着血性,却不经意间堕入罪孽的人。是我前世的兄弟。

在作者眼中,这只叫温小刀的小狗,不只是动物,而是他的兄弟,作者让我们看到了人与宠物狗之间、人与世界之间重新建立的关系。

后来,温小刀得了绝症,玄武在当时的天涯论坛更新着这篇作品,它撑过一天,两天,三天,散文作家们跟他一起日夜守护着这只生命力渐次弱下去,就要离世的小狗。我们在内心一起默念着:撑过去,小刀。在煎熬多日的守护中,温小刀还是走了,玄武写道:

> 这事也会是我一生的隐喻。多少次我这样,不计一切去做某一件事,众人觉得荒唐,不解,因我放弃了太多他们认为的价值,还要受

那么多的煎熬，负载那么多世俗意义上的苦难。

有时想自己是过分了。矫情了。何以对一条狗如此？这是许多朋友的话，我竟无力无语可以辩驳。我有时想，也对，有那么多的人需要去关爱，怎可以对一只犬废弃大量的时间和金钱，以致无暇顾及那些迫切需要帮助的人们？

在这里，作家在反思，一条狗的命与现实中的种种残酷的事实孰轻孰重，他反思一条宠物狗在生活中所处的位置，他通过一条狗的死来看人的生存环境，生命脆弱与无常，最终随着时间的流逝会走向遗忘，但是新的悲凉与孤独依旧。

我们当然极为熟悉身边的宠物猫儿狗儿，与他们相处的时光，写起来自然顺手拈来，然而，真正要写到人与动物的关系，与社会的关系，对生命本身的思考，写动物对人强烈的介入感，动物对人的依赖感和信任感，再投射到现实社会的大背景，一条狗的死，到底是小哀愁还是大情怀？

我们常说，没有小题材，只有小情怀。一只宠物狗，一样可以写出荡气回肠，将生命，在人的有限和激情的无限之间，影射到现实世界的种种荒谬与人性的黑暗。有人把小题材写成了大作品，有人把看似微不足道的身边日常写成了对生命的拷问，对生而为人终极意义的追寻，把小情感、小趣味，写成人类视角的自省与深刻的反思。

归根结底，一篇好的作品需要调动作家全部的家当，全力以赴，最终呈现在作品中的是这个作家的综合能力。你通过动植物这个载体表达的，依旧是你这个人本身。

而很多写动植物的散文，就没有理解到它们与人、与生命之间的这种深邃的关系。

比如身边有写作者给我发来了她写的关于夜游系列的作品，观虫鱼鸟兽。作品中有冷僻的植物的名字和鸟类的名字，所以其中涉及的内容大多是我们不知道的，读来很有新奇感，但遗憾的是，没有太过深入的故事与强烈的情感冲突，也就是说，作者没有跟这些虫鱼鸟兽建立起一种属于彼此的私密性的联系。

我们在写动植物的时候，要警惕会写成某种科普味道的文章。我们看法布尔的《昆虫记》，那种科学家写出来的观察手记，除了有在别处你根本无法读到的如此专业、细致、深入的观察外，还有一颗科学家纯真的心，有对生命与自由的敬畏，以及诗一样的流畅的语言与叙述技巧。

所以，写这类作品有一点很重要，就是不能像个局外人，只写你的观察，而不坦露这一观察对自身的影响、对人的影响，以及由此引发的对生命更深邃的思考。

要打通人与动物植物，与自然，与自己的内心世界的这条暗道，要彼此投射，相互影响。单一地观察，写一个动物的捕食过程，写一棵树开花结果直到死亡，这样的写法，我们要考虑是否真的有意义。

写游记也是如此，我们思考手中握着的题材，首先要考虑的是，是什么促使你一定要写出它？只有灵魂深处被深深打动，只有拨云见日般地重新认知，只有醍醐灌顶般的顿悟，箭在弦上，你不得不发，这样才值得你去写。

最后，我忘了说一点，看看你自己将要写的作品，与同时代同类型的作家作品相比，你有没有贡献独特的发现？比较之后，再谨慎动笔。

以上就是这一节的全部内容，我总结一下：

这一节我们讲了要如何理解散文中的复杂情感，当下散文的情感不再只是表现自我崇高、赞美以及感动，它也能表现人性的暗面以及私密的、被遮蔽的那部分，这才是真实的人性，是丰富的情感。

而在不同题材的散文中，我们可以这样训练自己理解复杂情感的能力。

第一，在亲情散文中，用"异化"视角，重新理解亲情。

第二，在纪实散文中，放眼当下，表达复杂的中国经验。

第三，在自然散文中，向动植物投射对人及生命的思考。

给大家留一道思考题：在写作中追求表达复杂的情感是不是散文情感写作的最高境界？简单的情感曲线是不是就不能呈现更好的情感世界？

接下来，我会和大家讲讲，如何将这些对复杂情感的理解呈现在散文中，我会分享一些写作上的技巧。

第三节：如何在散文中呈现复杂的情感（上）

上一节，我们讲到了不同的散文题材，要如何理解其中的复杂情感，接下来，我和大家讲讲从技法上，要如何在散文中呈现这些复杂情感。

一谈到散文的情感，我们就会想到"感人"二字，并把一篇散文是否感人看作重要的评判标准。其实这里面有一个误区，那就是我们因为什么而感动。我们读一篇文章被感动，是因为它唤起了我们内心的共鸣，但是，很多时候，它在我们内心引起共鸣并非因为它的文学性，或者说是它的艺术效果，而是生而为人，我们的怜悯之心被打动了。

我相信很多人都有过阅读《知音》这本杂志的经验，老实说，即便是现在，我阅读上面的文章依然会泪流满面。这并非因为文章写得有多好，我之所以哭，是被故事中人物的悲剧性命运所打动。即使那样的文章文字煽情，技巧拙劣，可它依然很感人。比如"小孩被人贩子拐走，父母散尽家财万里寻子，历尽艰辛皆无结果"这样的故事，我们被打动，是因为心存慈悲之心。可是文学创作，不是比惨，去写一个比一个悲惨的故事赚人眼泪。情感的复杂在于很难定义，在于很难一语中的。

换句话说，我们的写作，只停留在"泪流满面"这个层面，是远远不够的，我们还有愤怒，有强颜欢笑，有窃喜，狂喜，有内心戏，有很多种情感，我们还会有深层的思考，甚至会思考到建设性的应对策略，光哭不能解决问题，这是不行的。

这其实涉及一个更大的话题：文学能够给我们带来什么？不过在这里我们先不过多展开，而是聚焦情感呈现。

既然我们的情感表达不是单一的，不是仅仅让读者感动就足够，那我们要如何呈现，才能让情感更丰富，让作品有层次感和错落感呢？

我总结了三个步骤：选取情感，酝酿情感，烘托情感氛围。

一、选取情感

先说选取情感。

选取情感基于作者对情感伦理、作品中的人物性格和故事逻辑之间的准确认知。如何选择非常关键。如果一件小事，你选择了巨大的情感输出，这意味着内里的故事不简单，否则就是虚张声势，没有把握好这个情感的伦理和故事逻辑。

那我们要如何选取情感呢？我觉得这个选取包含两个方面：一是选取情感表达的程度，二是选取情感表达的场景。

选取情感表达的程度，这个很好理解。为什么有的人表达的情感会让我们觉得假、浮夸、做作呢？这里就涉及情感表达程度与人物情感不匹配的问题。

比如有的人写领导冒着暴雨在一线指挥工作，牺牲了休息吃饭的时间，他如果在文章中表达了感动，这是合乎情理的，但如果痛哭流涕，唱颂过头，拔得太高，那显然给人的感觉就很浮夸。这样写反而适得其反。当然，这里面也许有文学之外的意图。

不过举这个例子，我不是想强调情感必须真实，我是说，我们可以按照人物事件的情感逻辑，以人性普遍情感的推理去给这样一段描写选择合适的情感。所谓人性普遍情感的推理，就是人在对待某个事件时正常的情绪反应。

这里面，也是有技巧的。民间有这样的说法，父母故去，女儿哭得声泪俱下，悲悲凄凄，儿媳妇哭得不见眼泪，察言观色。这个推理但凡反过来，这就是故事的开始。也就是说，情感的表达有它特定的逻辑，一旦与这个逻辑相反，这就是作家将要写的故事。

举个例子，我曾写过一篇散文《缓缓的归途》，在这篇散文里有一个重要的场景，我的婶娘重病在床快要死了，家里还有六个未成年的孩子要读书，未来的人生就要靠我叔父一个人。面对一切，祖母没有上前安慰，而是提出要跟叔父合唱一折戏，我写道：

> 祖母忙站起了身，上前去扶那个生病的人，几个月不见，长子婶

瘦得就一把骨头，嘴唇发白，两眼是深陷的黑洞，祖母大吃一惊，忙让她回屋躺着。长子婶虚弱地笑了笑说，三婶娘来了，我怎么好躺在床上啊。

祖母站在那里一动不动。她是识人的，这个面相，只怕大限将至了。她转过身，把脸靠近长子叔：长子，多久没听你唱《百日缘》了，今天就唱来听听吧。

我在写这个段落的时候，没有选择安慰的素材，因为在绝对的悲伤面前，安慰是无力的。从表达效果来看，选择安慰也显得中规中矩。我选择的是，祖母提出要跟叔父唱一折《百日缘》，《百日缘》也暗示夫妻不能到头的悲剧，如果现实不能抱头痛哭，那我们就在戏里淋漓洒泪吧。楚人长歌当哭，声声泣血，没有比唱一折哭戏更能表达这人生况味，那种悲痛，在戏文里，彼此懂得，同时又彼此安慰。让人读出戏中人的哭，浸透了现实中的人生。

所以说，反逻辑本身是为了更好地呈现普遍的情感，因为你最终呈现的必然是人类的普遍情感。只是在呈现方式上，它是迂回的，目的是展现反差性的表达效果。当然，你不迂回，直接中规中矩地写，如果在语言上、细节上推动，也可以写得很好。方法并不是唯一的。

但有一点一定要注意，就像我上一节说的，不能为了异化而异化，同样，我们也不能为了反逻辑而反逻辑，我们最终还是为了呈现人类的普遍情感,而绝不是共情丑恶,赞美阴暗。那怎么可能呢?我们这么做,仅仅是为了更好地表达情感的艺术效果。

而这也是一个作家的文学素养所在,无论你是直接中规中矩地写,还是开始抖包袱用反逻辑的方式写情感,最终你在迂回后,还是要返回最初的人物及故事的走向。你要有这个能力去掌控里面的曲折变化,不能仅凭本色出演。

除了选取的情感表达程度要与人物情感匹配,根据场景选取情感也是一件特别讲究的事情。

我是有情感表达障碍的人,对父母的爱尤其如此,我从未对父母说过"我爱你"这类话,甚至是亲昵的举动也没有。但当我要写跟母亲情感交融的一个瞬间,化解情感僵硬的一个瞬间时,我没有选择口头上的表达,没有选择我要准备做一个举动实现它,我在散文《沉溺》中,选择了这样的表达:

> 我的另一只手从被子里伸了出来,朝着母亲探了探。母亲仍然坐在我床边,我多么希望,她能够紧握我的手,五指紧扣,跟我一起经历这场疾病,一起感受我的心跳和呼吸,最重要的是,我要让她感受到,我需要她。可是,我如何传递这一愿望呢?绝望,闭目,我的手终究是够不着父亲和母亲。母亲起身去为我熬粥,我只得把手缩进被子里,然后慢慢睡去。

> 醒来的时候,母亲伏在我床边睡着了,她的手紧握着我的,五指紧扣。我战栗了一下。无可名状,我的身体,被握着的那只手的半边身体整个地僵硬了,半个我活着半个我死去,皆因这突如其来的感动。

这个场景是,我生病了,母亲在照看我,我内心的渴求跟母亲竟如灵犀般地相通了。我觉得写这类极为敏感的情感,直白的、直接的语言与行动都显得太硬了。这也是常规的写法,很难出彩。但是,如果是无声胜有声,以某种默契的细节去呈现,那效果会好得多。

再比如,我们很熟悉的唐诗,"孤帆远影碧空尽,唯见长江天际流",这也是典型的无声胜有声。李白送好友老孟去广陵任职,送走好友后,他没有走,而是立在原地说了最后那两句诗。彼时,他是被贬之身,老孟刚好春风得意,面对此情此景,他说了句:孤帆远影碧空尽,唯见长江天际流。他在想什么呢?真是耐人寻味。可以肯定的是,李白心情复杂。而这复杂的心情,全都在这无声的场景中了。

所以,如果你选取的情感很敏感、很复杂时,不妨也试试这种无声胜有声的写法。

二、酝酿情感

当我们选取完情感,准备动笔了,这时候,还有一个重要的步骤,就是酝酿情感。

通常，我们最佳的下笔时机就是：不得不写，不写不快。这时候，情感像海绵一样吸饱了水，在等待释放。

我们可以感受到鲁迅先生的《记念刘和珍君》简直就是愤而提笔，下笔怒言，一路提着一股子气，自始至终都没有漏掉，一气呵成。这是绝佳的状态。可是，很多时候，我们并没有一下达到这个状态，那么，我们就要等到这个时机的到来。强写，或者硬写，都会有明显的痕迹在作品中。

我的散文《祖母即将死去》，就是酝酿了很久才完成的。

当时祖母中风卧床，一个月之后她就去世了。九十二岁高龄，我们一家人陪她走过了生命的最后时光。对于她的死，我们没有悲伤，只是像举行一个盛大的仪式那样送走了一个平凡的中国女性。在写之前，我像怀胎一样酝酿了很久，耗时两年才将这篇文章写完。祖母是影响我一生的女人，比母亲对我的影响更大。当我刚要起笔，却发现落字太快根本抵达不了她的核心。

于是我一遍遍地捋清她的人生，我发现，我的祖母其实就是中国人的祖母。大地般的生命力，对苦难命运的韧性，用一生的勤劳、智慧与良善影响几代人。所以我要写成：在中国有很多人家有这样一位老祖母。她肩起了一个家族的兴起与延绵。她是中国女性的一个代表。

我也发现祖母的言行里有现代女性的意识，比如她一定要儿子娶了被流氓玷污的女孩。祖母顶着压力不同意退婚，她知道，如果退婚，那姑娘将会落入万劫不复的命运。祖母不认为一个女性的处女之身有多重要。她对女性的贞洁理解是现代的、人道的，也是有尊严的。

我应该以另一个平等的女性的身份去写祖母，平视她，以女性的视角去写她。

只有定下这样的立意，才配得上祖母这个人。如果我草率地写祖母的死，把她的一生囿在她个人的人生里，那样的话，根本就配不上我要写她的热情与欲望。

所以，我在文中写道：

> 与母亲相比，祖母几乎不会读错我的每一个表情。当我可以以女人的姿态面对母亲和祖母时，关于女人的那些隐秘的传承气息在母亲这里却断掉了，我的母亲从未跟我交流诸如身体、生殖、男人女人的任何信息。在她的眼里，我是一个嫁不出去的女儿，是一个失败者，让她蒙羞。我的家人几乎不知道我是一个作家，在我看来，摘掉头顶作家这个光环，如果还有人坚信我有一点点过人之处的话，那么，我的祖母就是为数不多的人之一。她一直相信，当我身上没有作家的标签时，作为一个女人，我更真实，也更丰富。

中国女性在男权社会里处于弱势地位。祖母身上就有那种创造了生命以及在面对命运的压迫时不可思议的创造力和坚韧不拔的力量。女性几乎跟所有的秘密、所有痛苦的根源，和这个世界的复杂性，以及这个世界上的美息息相关，如果你想往大里写，就一定要从选材、个例，以及跟立意相关的人，多层面、多角度地去写她的一生。

而这一切，都需要酝酿，因为有些情感，有些人，需要时间的过滤才能看得更清楚。隔着时光，回忆起过往，音容笑貌会非常清晰。

在这个过程中，你可以收集更丰富的资料，调动起关于人物的所有相关事件，比如我就去拜访了跟祖母相关的故人，翻看旧物，从他人的口中了解不为人知的故事。立体的人要有立体的结构。把一个作品当成一个综合的项目一样对待，一个点一个点地完成它，像蜘蛛织网一样。散文可以是宏阔的，可以在纵向和横向方面无尽地探索。

如果你没有强烈的情感驱动，根本写不了。所有的写作都是有理由的，有动机的。没有表达的愿望，它不值得写出来。

三、烘托情感氛围

酝酿好了之后就要趁热打铁，一旦搁置就有可能丧失热情，气息漏掉后，极有可能就无限搁置了。

在写的时候，我建议大家在文本上做一些铺垫和烘托，也就是在写到核心情感迸发之前可以试着写些闲笔。这样层层递进，层层推进，最后把情感以崩塌的形式倾泻而出，达到最有力量的表达效果。

情感氛围的铺垫，通常有这几种形式：

一是层层加码，把矛盾慢慢引到爆炸的那个点上。

比如我的散文《匿名者》，写的是我在职场上毫无个体指认的生涯中为了尊严做出的种种努力，在令人窒息的职场中，为了尊严奋力反击的故事。

我在写这个作品的时候，其中有一个最高潮的部分是，我用尽一生的力气当众打了一个女人一耳光。打完之后，我瘫倒在地。我身体的猛兽冲破了懦弱的桎梏。

我在文中写道：

尽管萨宾娜小姐不太好沟通，她时常挑剔我的衣着，取笑我吃六块钱的快餐，或者故意去歪派我，但是，这些跟我对这项新工作的热爱比起来又算得了什么呢？

然而，等待我的是一盆冷水。萨宾娜小姐在例会上彻底否定了我的方案，她提出这个策划方案将由市场部全面负责。过了几天，人事经理找我谈话，她希望我去产品部，负责产品物流的调配。我的心跌到谷底，天一下子黑下来。

我的骨子里有着羔羊一般的驯良。太多的时候，只是等待被宰割。我把自己摊开，细瘦的身子骨，这么些年，我从来就没有仇恨、

> 嫉妒、抱怨，我像一个容器，吞咽着所有的幸与不幸。我睁着满是泪水的大眼睛，注视着我行走着的人间。

两个月之后，这个被否定的策划案出现在别的公司的物料上——萨宾娜把我的方案卖给了其他的公司，而她还污蔑是我泄露出去的。这时我才写道：

> 我已经疯狂了。我的整个肉身做了一生中最疯狂的决定，我将我全部的悲伤、我的血、我细瘦的躯体、我河水一样的命运，用我如柴的右手凝聚着巨大的痛楚掴过去，不，它们是整个地砸过去！同时，我变形的嘴唇从胸腔发出沉闷的低吼：婊子！
>
> 我慢慢地倒下，先是身子前倾，左腿一歪，整个身子开始向左慢慢倾斜，接着，我的左腿开始着地，我听见它磕响了地板，紧接着，我的整个身子倒在地上，倒在地上，我就那么小小的一堆，一定很轻很轻。我身体的猛兽，它终于冲破了牢笼，它是为了一个人的尊严。

写这个耳光的时候，我事先做了大量的铺垫，我并没有一开始就释放对她的怒火，只是一味地忍让。这个铺垫的作用在于：这女人如果不挨这一耳光不足以平民愤，气氛已经烘托到位了，那么读者的心跳就会跟作者一样，在那一刻被提到嗓子眼，只等最后一击。

所以我们在表达情感时，要有耐性，慢慢爬到高处点燃火种，静等炸裂的一击。要自然靠近，不要突兀，不要生硬。

情感铺垫的第二种方式，是润物无声，用环境烘托营造情感。

虽然我们常看到一些拙劣的表演，比如，伤心的时候必下暴雨，在暴雨中疾奔或者哭喊。这种手法用力过猛，不自然，显得特别做作，所以烘托环境的手法最好是润物无声。

我记得格致有篇散文，叫《减法》，她写的是上学路上的险象环生，有火车从后面悄然而来直接带走女同学，又有窄桥上的裸男图谋不轨去堵上学路上的姑娘，最后，由于各种原因上学路上由27人只剩下她一人。她写道：

> 天黑透了，河水似乎能够反光，桥上不是黑色而是灰色。低着头走路是我少年时代的习惯，这致使我看见他时，几乎走到了人家的眼皮底下。

此时站在她面前的是一个裸男，格致写道：

> 我猛然抬头，目光水平落到了他盆骨的位置……我开始向后退，而我的身后是铁轨。一列装满原木的火车在100米外拉响了汽笛。不远处信号灯的红光骤然熄灭，绿灯亮了！

身后是钢铁的火车，碾碎过我的同学朱凤珍的火车，前边是捧着他的全部所有的陌生男人。我一时不知道应该更怕哪一个。娟和敏还有我们的父母是怕男人。火车在一个裸体男人面前已经渺小了。他们认为，火车只能碾碎孩子的肉体，却不能掠夺女孩的贞洁。男人是冲着贞洁去的，而火车是直指生命。虽然火车拿走的更多、更彻底，但我们还有我们的父母都认为在贞洁面前，生命很渺小。生命是从属于贞洁的。一个女孩的贞洁被拿走了，单单留下她的生命是个恶作剧。

这个很像恐怖片的烘托。火车就要开过来，后路已被切断，裸男堵在女孩的面前。作者在写的时候有画面感，这涉及真实的个人体验，格致写到自己年少上学时在一座桥上遭遇裸男的堵截，画面惊心动魄。她说，能夺走人生命的火车并不可怕，但是夺走姑娘贞操的男人才是最可怕的。

作者将那种恐惧呈现在了读者面前，它是一种色调、声音、感觉和想象叠加的东西，营造了一个真实的场景。读者会有毛骨悚然的感觉，会跟着作者的情感一起跌宕起伏，为她捏一把汗。

情感铺垫的第三种方法，是对比。

我在散文《悲迓》中写了两个女子，她们对待楚剧有不同的态度，一个是肖青衣，她把唱楚剧悲迓当成一种取悦看客、用来谋利的工具，极尽媚惑卖弄风情。而另一个是我堂姐，因为不能继续唱戏不惜以命殉志。下面我们来看看这两个女子唱悲迓的不同表现。

先是肖青衣，我是这样写的：

> 她开腔的那一句，在渗血的颤音里，是一种极尽妩媚的撒娇，她的眉眼、身段，是楚人已败坏或者说已偏离了的审美——在悲迓里迷恋风月、迷恋蚀骨的色情味道……也许只有我才看得出来，台上的女子，她唱得很骚。也就是说，她深谙此道，把悲伤唱出一种甜味，去抚摸受众被惯坏的听觉味蕾。

而我的堂姐祝生，当她被告知永远也进不了楚剧团时，她是这样的：

> 那一瞬间，我姐姐的世界就一片漆黑了。她开始细致地准备着那件事，妆好，穿上白色绲蓝边的戏服，然后喝了农药。我在市里读书，一路赶回家，祝生已入了殓，她笔直地躺在门板上。我身后不断传来人们议论她死时的情景的声音，口角都是血，唱着悲迓，在地上翻滚，迟迟不肯咽气。非常可怕的是，这个画面我如同亲历了一般，在脑中异常清晰逼真，多少年了都是如此。

这种对比的写法可以非常清晰地呈现不同的情感以及表达的效果，非常直观。当你想要表现一个人如何热爱时，就要通过描写另一个人如何不热爱去反衬她。这也是非常常见的手法。

以上就是这一节的全部内容,我总结一下:

这一节我们讲了呈现情感的三个步骤:选取情感、酝酿情感、烘托情感氛围。

在选取情感时,情感表达的程度、情感呈现的场景,要与人物的情感逻辑、故事的发展逻辑相匹配,这样才不会让人觉得浮夸做作。

而好的散文,也一定是在情感酝酿到了不得不写的情况下一气呵成的,如果我们一下子没有达到这个状态,不要硬写,等待时机的到来。但如果酝酿好了,就一定要趁热打铁,在写的时候,也建议大家在文本上做一些铺垫和烘托,以达到最有力的情感表达。

在这里给大家留一道思考题:极其隐晦的情感流露,或者说极淡的情感的呈现,有没有可能也是极好的作品?

接下来,我会和大家聊聊常见的三种情感表达方式。

第四节:如何呈现散文的复杂情感(下)

上一节我们讲了呈现散文复杂情感的上半部分,包括散文情感的选取、情感的酝酿以及情感的铺垫。那这一节,我会讲情感的几种呈现方式应该如何运用。

我们先来回味一下这样的句子。它们的情感表现方式各有不同,代表着最常见的表达方式。

首先，是鲁迅的《记念刘和珍君》：

> 真的猛士，敢于直面惨淡的人生，敢于正视淋漓的鲜血。这是怎样的哀痛者和幸福者？然而造化又常常为庸人设计，以时间的流驶，来洗涤旧迹，仅使留下淡红的血色和微漠的悲哀。

这是一种慷慨激昂的情感表达，它有强烈的思辨性，华丽，富于辞藻，正气浩然，有很好的朗诵效果。

其次，是归有光的《项脊轩志》：

> 庭有枇杷树，吾妻死之年所手植也，今已亭亭如盖矣。

这是一种静水深流的情感表达，它平静从容，语言外有着深刻的情感。

还有袁枚的《祭妹文》：

> 呜呼！生前既不可想，身后又不可知；哭汝既不闻汝言，奠汝又不见汝食。纸灰飞扬，朔风野大，阿兄归矣，犹屡屡回头望汝也。

这是一种无蔽敞开的情感表达。这种表达类似于情感的自然裸露，哭诉，呓语，非常自然地呈现。

这三种不同的情感表达形式，是散文常见的情感表达，那它具体要如何在散文中呈现呢？接下来，我们就详细说说。

一、无蔽敞开的情感表达

先来说无蔽敞开的情感表达。

我年少时读书，对两段爱情的独白印象非常深刻。一段是《呼啸山庄》中，凯瑟琳对希刺克厉夫的爱情独白：

> 如果我是独自一人留在这里，那么上帝创造我又有什么用呢？我在这世间最大的痛苦，就是希刺克厉夫的痛苦，并且从一开始，我们就彼此感受到了。如果世间的一切都毁灭了，而唯独他幸存下来，我就依然能活下来；但是如果世间的一切都还存在，而他却被毁灭了，那么这世界对我来说将是极陌生的地方，我也不再是它的一部分。我就是希刺克厉夫，他比我更像我自己，他是作为另一个我而存在的。所以别再谈我们的分离了。

另一段是《红与黑》中德蕾纳夫人写给于连的一封信。

你不爱我了吗？不敬神的人，你对我的疯狂、我的悔恨感到厌烦了吗？你想毁掉我吗？我告诉你一个很简单的办法。去把这封信让全维利埃尔的人看，或者最好还是让瓦尔诺先生一个人看。告诉他我爱你。不，别用这个渎神的词语。告诉他，我崇拜你，生命对我来说仅仅是从见到你的那天开始。告诉他，即使在我年轻时最疯狂的时刻里，我也不曾梦想你带给我的幸福；告诉他我愿为你牺牲生命，我还愿为你牺牲灵魂。你知道我愿意为你而付出的牺牲实际上还要多得多。

　　从这两段情感独白中，我们可以感受到炽烈、真诚、无畏，甚至超越死亡的那种爱情，冲击力强，表现力强。虽然是小说，但我认为，这跟散文所要呈现的情感手法是一样的。这是用一种直接、直面、无蔽的方式袒露内心的情感。这种方式所承载的激情是在临界点爆发后，它像是一种呓语，情不自禁，看似混乱，实际上它裸露了最珍贵的情感，《祝福》中的祥林嫂也是用的这种方式。如果选择这种方式表达，要注意几个问题。

　　第一，写作者本人有过的情感深度的体验。

　　有句话说，爱过才知情重，醉过方知酒浓。如果这段情感需要十级的爆发力，而你的人生只体验过七级，那样就有可能力所不逮。因为选用这种表达无法遮掩，无法迂回，当然，这里面有语言的力量。这也是人们常说的，年轻人适合写诗，老年人适合写散文。这话不一定对,但是这里面包含了这样一个道理,那就是散文写作需要生活的阅历,这个阅历当然也是指情感的经历。当你历尽千疮百孔的人生,当你满心风雪,这个时候,散文写作的春天可能就悄悄来临了。

第二,只有情感的临界点被点燃了才能用这种表达方式。

这是一种蓄势待发,一发则一泻千里,中气足,很有阅读快感的情感表达方式。它是一种灵魂的告白,有时会以咆哮式、絮叨式呈现。它恰恰是一种自然的状态,自然的流露,如果是以冷静的技巧去表演出来,那需要非常高的技巧。这要求写作者要有一人千面的驾驭能力。

第三,这种正面的暴风骤雨般的情感输出需要极高的语言天赋。

只有好的语言才能达到这样强烈的表达效果。这种语言不是修辞意义上的概念,不是塑料花朵,而是准确描述某种情感状态的落地式完成。换句话说,语言仅仅有修饰功能是不够的,语言的最高要求并不是这些,而是判断句式,命名句式,说出真相、真理的句式,它需要的是准确和一种精神上的飞翔。

要做到这一点,可以参照下一讲中黑陶老师的分享,关于散文的语言,他有精彩的观点和方法。因为好的散文,它是多重因素的综合体,而不是仅仅做好一个方面就可以了。比如语言、结构、题材、情感等等,缺一不可。当然,作家的格局和视野也是一个方面。

二、静水深流的情感表达

说完了无蔽敞开的情感表达，我们再来说说第二种表达方式，"静水深流"。

很多人在写散文的时候很克制内敛，他不会像第一种方式那样表达情感。有人认为这种方法更加高明，可我认为不是，它们只是不同。比如张爱玲的散文，也就是人们常说的凉薄，我们看下面这一段：

> 这人死的那天我们大家都欢欣鼓舞。是天快亮的时候，我们将他的后事交给有经验的职业看护，自己缩到厨房里去。我的同伴用椰子油烘了一炉小面包，味道颇像中国酒酿饼。鸡在叫，又是一个冻白的早晨。我们这些自私的人若无其事地活下去了。
>
> 战争开始的时候，港大的学生大都乐得欢蹦乱跳，因为十二月八日正是大考的第一天，平白地免考是千载难逢的盛事。

这是张爱玲 1944 年写下的篇幅较长的散文《烬余录》中的一段。这篇散文写的是战争快结束的时候，但记录的则是两年前香港战役时期的人与事。她写围城十八天种种设施的糟与乱，语言的反讽却是轻快的，不会有苦难的压抑感。她写战争没有国仇家恨，有的只是平凡人面对战争的无措、无奈，同时又必须活下去的别无选择。但是，细读还是会感受到战争带给人的巨大创伤。

同样，这两段文字，张爱玲没有抒情，她通过叙事在承载人世间的凉薄而缺少温情。她没有评价这场战争，也没有为战争带来的死伤流露出批判的意识。她没有表达情感和立场。但是，她呈现出的这一切的琐碎，人的孤独与无聊，现实世界的荒谬与人性的残酷却显现得明明白白。她是懂的，她自己也身在其中，有的时候，你只需勾画事件真实的样子，人们活着的样子，即使你没有抒情，但文字之外，读者读出的况味却更加意味深长。

这其实是小说的手法。在小说的写作中，作家本人是不会跳出来抒情或者发表观点的，他都是通过叙事来完成的。散文可以借鉴这种手法，因为它更有力量，更有说服力。因为事件、人物本身就能传达情感不必说出。

那我们在用叙事呈现情感时，具体要怎么做呢？我总结了几种方法：

第一，用人物的行为、状态，来呈现他内心的情感。

比如我的散文《奔跑者》，其中有这么一段：

> 我应该是全身着火了，觉得一刻也不能那样呆在屋子里。多少年后，我南下广东，火车在夜晚疾驰，车头的灯光闪烁，这多像烧着了自己痛得使劲奔跑啊。当我看到这个意象，我就想起那些个夜晚，寒冷的春夜，月光泛滥，我先沿着田埂跑到铁路边，沿着铁路，耳边是

樟树叶飒飒的风声。我拐进村里的民办小学，然后，我开始在空无一人的操场上无休止地转圈，直到筋疲力尽摔倒在地。

这一段是写我哥哥出车祸死了，无声的痛苦在折磨自己的肉体，我无休止地奔跑。这也是情感表达的常见手法，不直接写痛苦本身，而是去写另一件不相干的事来呈现痛苦。比如有人写郭沫若中年丧子，没有一滴眼泪，而是沉默着坐在书房，一遍一遍地抄儿子的日记。隐而不发，实际上它凝聚着巨大的痛楚，能够在读者心中引起震撼的力量。

值得注意的是，在选取人物的行为、状态时，我们要抓住那个最能与情感产生张力的状态，比如我们看电影的时候发现，有人失去至爱居然会笑到面目狰狞，这是情感扭曲、失控的状态。但是它有极好的表现力。有人实现了报复之后会失声痛哭，居然没有先前以为的快意，这些都是能够与读者产生共鸣的表达方式。

除了用人物的行为状态来呈现情感，还可以用人物所处的环境来呈现情感，比如触景生情、睹物思人等等，都是常用的手法。

像《红楼梦》里有一段说，黛玉听到内院中有伶人唱昆曲《牡丹亭》的句子：只为你如花美眷，似水流年。不觉心痛神驰，眼中落泪。这就是环境引起的人的幽思，借诗句联想自身处境而落泪。

那我们要如何训练自己用静水深流的方式来表达情感呢？我有一个思路，就是长期保持短篇小说的阅读。可以把它的结构、逻辑、叙述的节奏应用到散文写作中。散文的叙事是靠情感推进的，这个时候小说人物塑造的丰满和生动性就能够很好地反哺于散文之中。这也是我个人的经验，我的散文都有小说的影子，你会看到麦克尤恩的所有短篇，向田邦子、保罗·奥斯特的短篇，李沧东，还有张楚、班宇、张惠雯的短篇小说的影子。

再拓展讲一点，散文可以向小说借鉴的地方除了叙事外，还有一个重要的东西，容量。

这个容量也是情感的容量，是纵深感，曲折，抵达的方式，等等。如果一篇散文有复杂的情感推进，有不同的呈现方式，有尽显人性悲欢的种种丰富内容，那么，这篇散文一定有大的容量。

比如在一篇散文作品中我们可以看到人物的情感成长、变化以及伴随着故事发展而呈现的不同情感状态。这一点在小说里常见，但散文中一样可以表达，就像我的散文《沉溺》中与父母情感的和解以及我们彼此的情感成长。

再比如，散文也可以波澜壮阔，可以是史诗般的宏大写作，像史铁生的《我与地坛》、彭学明的《娘》、李敬泽的所有散文，还有余秋雨的《一个王朝的背影》、齐邦媛的《巨流河》等等，大家可以在阅读中找到属于自己的文字密码，发掘密道。

三、慷慨激昂的情感表达

说完了无蔽敞开和静水深流，最后我们来说说第三种常见的情感表达形式，慷慨激昂。

说到慷慨激昂，我们的耳边会回响起"先天下之忧而忧，后天下之乐而乐"，"受任于败军之际，奉命于危难之间"，"吾不能变心而从俗兮，固将愁苦而终穷"。这些句子我们耳熟能详，信手拈来，原因就在于内在的慷慨激昂的情感。它的特点在于有一种浩然正气，很能引起读者的共鸣。

我们来看看散文家詹谷丰的作品《书生的骨头》，他写道：

> 大师，一个一个走远了。即使离我们最近的季羡林先生，距今天也有了三年的光阴。当大师们在黎明的天空中像星星一样隐去时，多少人却在太阳底下长出了一身软骨，那些脆弱的骨头无力支撑灵魂的重量，它们就像大雪之后的竹子，摧眉折腰。

这篇作品描写的是民国以来中国知识分子挺拔的风骨、独立的人格与自由的思想，而对当下学术界媚俗、拜金的现状令作者发出慨叹，一代代真正的大师远去了，而他们的知识分子风骨也远去了。

这类表达需要注意的是，它是一种大情感，绝非个人的"小我"，它更多的是表现家国情怀,吾土吾民、生于斯长于斯的家园、独立自由的人格精神这类题材。

大多数写作者,对于这类情感的抒发是缺席的,包括我本人也是如此。但我对此进行过反思,我潜进东莞的工厂写下了《无尘车间》,在结尾,我这样写道:

> 直到今天,我才意识到,正是这成千上万的人隐身在那一面,才稳稳地托住了这个城市,这庞大的底座根系,它源源不断地向四面八方输送着经济能量和永不枯竭的活力。这隐在暗处的传送门,这些城市的隐身人,他们是中国大地上最坚不可摧的一种力量。中国有近三亿农民工,我们的父老乡亲身在其中,我也身在其中……那儿的门永远向我敞开。

抒发这样的情感需要作家有一种大情怀,悲悯生活在这片土地上的人们以及对民生的关切。从散文的现状来看,这类作品是远远不够的。从写作的技巧来看,慷慨激昂的情感表达无需技巧,它需要的是站在高处的灵魂和俯下身来的姿态。

以上就是这一节的全部内容,我们讲了三种常见的情感表达方式——无蔽敞开、静水深流以及慷慨激昂,这几种表达方式,并没有高下之分,只是风格不同,一篇文章中更是可以使用多种情感表达的方式。

但需要注意的是，无论使用何种方式，最终都是为了呈现人类的普遍情感。这种情感不分国家、种族、宗教信仰，只要是人都能懂得。如果仅是单一的表达，会显得没有层次感。而且情感也有强弱之分、类别之分，人的情感如此丰富多变，在一个故事中，在一段时光中，在一个碎片般的细节中，人的情感都有特定的场景。当你悲伤时，可以是笑着的，当你愤怒时，也有可能是不形于色的，这些都有特定的使用场景。唯有把握好叙述的节奏，把握好结构的层次、故事的逻辑、情感的逻辑，再辅以好的语言，才可能写出好的散文作品。

最后，再给你布置一道思考题：你觉得非虚构文本是散文吗？

到这里，散文情感模块的分享就告一段落了，其实散文在日常中的应用是非常广泛的，比如陈情，比如信函，讲述一件事的经过都是散文体。跟小说不同，散文有现实的功能性，甚至写好散文能改变命运。因为它有现实的沟通功能，你的文采、语言技巧，包括你的性情、审美、趣味，都能通过散文体传达给对方，写好散文在生活中的好处太多了。

也祝大家能写出自己生命中的好散文。

| 散 文 课 |

第四讲 散文课语言模块

黑 陶

三毛散文奖得主

·诗人，散文家。曾获三毛散文奖大奖、万松浦文学奖散文奖、杨升庵文学奖散文奖、十月文学奖散文奖等奖项。出生于中国东部有"陶都"之称的江苏省宜兴市丁蜀镇。母亲是农民，父亲是烧陶工人。在家乡的火焰和大海之间，呼吸独异的江南空气。其语言极具个人辨识度，诗意、凝重、色彩饱满，"提供了一种极其自由的写作方式、姿态和理念"。

代表作：《泥与焰：南方笔记》《漆蓝书简：被遮蔽的江南》《烧制汉语》《百千万亿册书》

第一节：如何提升语言辨识度（上）：
　　　　找到符合自己的语言风格

大家好，我是黑陶，欢迎来到《南方周末散文写作课》。从这一节开始，是课程的语言部分，我分享的主题是：如何打破庸常的语言流，用诗意写作提升辨识度？

先做一下自我介绍。我生活在中国大陆东部边缘与太平洋交接的地区，主要写作的文体是散文和诗歌。出版过八部散文集和两册诗集，获得过万松浦文学奖、紫金山文学奖、三毛散文奖大奖、《诗刊》年度作品奖等文学奖项。

我的工作，是在一家报社负责文学文化副刊的策划编辑，所以，工作编散文，业余写散文，差不多成为我日常的主要内容。

经常有朋友向我诉说关于散文写作的苦恼，相信大家平时在写作散文时，可能也会遇到类似问题：

我写了那么多年、写了那么多散文,怎么到现在还是被淹没在汪洋大海之中?

我的散文怎样才能"跳"出来,形成个人的鲜明特色?

我觉得,写作中碰到的这些问题、遭遇的这些烦恼,都涉及散文最重要也是最基本的元素——语言,都跟你在写作中呈现的语言状态密切相关。

接下来,我就结合我个人散文写作的实践和感悟,和大家一起探讨:如何打破庸常的语言流,用诗意写作提升辨识度。

在日常的阅读和写作交流中,我们常常会议论:某人的散文真的很棒,一看就知道是他(她)写的。

那么,"某人"的散文为什么棒?为什么一看就知道是他(她)写的?

继续探究下去,就会发现:这个"某人"的散文,首先就具有特别明显的语言辨识度。

这个没有例外。

语言对于文学来说,太重要了。法国作家罗兰·巴特说过:"语言是文学的生命,是文学生存的世界。"好的文学,需要好的语言;好的散文,当然也需要好的语言。

我们这里所讲的"好的语言",就是拥有自我辨识度、拥有自己风格的语言,就是你的个人语言。

因此，我首先和大家探讨"如何提升语言辨识度"这个重要话题。

在这里，我们交流这个话题的上半部分：找到符合自己的语言风格。

我会讲三个要点。

第一个要点，就是我们要注意区分公共语言和个人语言。

公共语言，就是不带感情、不讲色彩，以传达内容为主的法律条文、规章制度、通知公告等社会性语言。除了这种显性的公共语言，在文学上，还存在一种隐性的公共语言，那就是不自觉地使用流行的套话进行写作。我们特别要注意的，就是这种隐性的公共语言。

个人语言和公共语言相反，是有个性、有感情、有色彩的语言。个人语言，才是我们要追求的，才是真正的散文语言、文学语言。

我们用案例来说明公共语言和个人语言。

在报纸副刊编辑工作中，我经常会收读到大量写童年和家乡的文章。有一篇的开头是这样的：

> 我的家乡地处富饶的江南，它山清水秀、人杰地灵，我一直在它的怀抱中成长。我记得它一望无际的晴空，也怀念它湿润的雨天。现在虽然远离了那块思念的地方，但我还是常常在梦中想起故乡的面容。

这样的叙述,粗粗一看,好像还行,细究起来却有问题。这个问题,就在于作者是在用流行的套话进行写作。富饶,山清水秀,人杰地灵,一望无际的晴空,湿润的雨天,故乡的面容,这些都是浮在表面的、毫无个人色彩的套话、空话。这种叙述语言,就是隐性的公共语言。

同样是写童年和家乡,云南作家于坚有一篇散文,叫《昆明,我的私人电影》,开头第二小节是这样写的:

> 遥远的一日,我在武成路一条小巷的某个四合院里等着长大,天空蓝得像土布,蝴蝶一串串从上面落下来。空气中充满花朵的气味,院子里到处是花,花台上,八仙桌上,窗台上,础石旁边……花香甚至来自房顶,青瓦覆盖的房顶长满了草,开着黄色的野花,一只白猫在草丛中张望落日。

这就是典型的充满细节和质感的语言,这就是个人语言。我们读到,过去昆明天空的蓝,在于坚个人的感觉和想象里,像蓝色土布;他童年所在的四合院,充满了花香,花香也有具体的出处:来自花台、八仙桌、窗台、柱子下面的础石旁边,甚至,还来自青瓦的房顶,因为古老的房顶上长满了草,草中开出了黄色的野花;最后,还有一个定格镜头,一只白猫,在房顶的草丛中张望落日。确实,于坚用特别具象的文字，为我们拍出了一段"私人电影"。

好散文需要的，就是拒绝公共语言，追求这种个人语言。

其实，不光是作家于坚，任何优秀的散文作家，都拥有其独特鲜明的个人语言——这就是我要讲的第二个要点。

语言十分奇妙。语言人人都可以使用，人人都在使用，它是公共性的工具，但优秀的作家就有一种魔力，他们会运用自身的能量，成功地在公共性语言身上烙上他个人鲜明的印痕，将公共性质的语言据为己有，转化成为属于他个人的语言。

我们来看著名的作家鲁迅。鲁迅的个人语言风格，如果用两个汉字表述，那就是：峻急。严峻的"峻"，急切的"急"。

鲁迅在44岁到46岁之间写下的《野草》，薄薄一册，却可以看作他典型的语言标本。

我们来欣赏《野草》"题辞"中的两句。

第一句是："当我沉默着的时候，我觉得充实；我将开口，同时感到空虚。"

第二句是："地火在地下运行，奔突；熔岩一旦喷出，将烧尽一切野草，以及乔木，于是并且无可朽腐。"

大家用心体味一下这两句，尤其是其中特殊的语感节奏，短句，顿挫，像鲁迅的名字"迅"一样，句子有一种力量感和速度感。这就是鲁迅"峻急"的个人语言风格。如果用绘画来做比喻，"峻急"的语言就是油画。

同样使用汉语,鲁迅弟弟周作人的语言风格,呈现出来的却是完全不同的面貌。周作人的语言风格,我归纳为:冲淡。

我们来看他在《喝茶》这篇散文中的著名一段:

> 喝茶当于瓦屋纸窗之下,清泉绿茶,用素雅的陶瓷茶具,同二三人共饮,得半日之闲,可抵十年的尘梦。

再如《北京的茶食》中的一段:

> 我们于日用必需的东西以外,必须还有一点无用的游戏与享乐,生活才觉得有意思。我们看夕阳,看秋河,看花,听雨,闻香,喝不求解渴的酒,吃不求饱的点心,都是生活上必要的。

这就是周作人,给我们的感觉是下笔十分干净,淡却有味。周作人这种"冲淡"的语言风格,如果用绘画来做比喻,就是简洁的白描。

我们再来看两位和我们靠得更近一些的当代散文作家。

第一位是张承志。张承志是我敬重的作家,他的语言和生命高度契合。他的风格特征是:激情。

请看张承志第一本散文集《绿风土》中,《北马神伤》这篇里的一段:

> 是的,我们都是马背上颠簸出来的牧人写手。我虽然族血和你们相异,但我是一条蒙古额吉抱养催生的生命。我们应当撕下领带,踢翻会议厅的茶几,冲上山坡跨上无鞍的光背马。我们应当狂笑,我们应当痛饮,我们应当大哭,我们应当嘶哑地吼那些古老的长歌。

现在读来,30多年前的这些文字,这些排比的语言,带着逼人的生命热度,仍然能够点燃我们。用绘画来比喻的话,"激情"的张承志语言,就是挥洒的、不管不顾的写意画。

我要举例的另一位当代散文作家,是汪曾祺。

和张承志比较,汪曾祺展示的,又是另一种汉语风格,我称之为:闲远。

试看汪曾祺《故乡的元宵》一文的开头:

> 故乡的元宵是并不热闹的。
> 没有狮子、龙灯,没有高跷,没有跑旱船,没有"大头和尚戏柳翠",没有花担子、茶担子。这些都在七月十五"迎会"——赛城隍时才有,元宵是没有的。很多地方兴"闹元宵",我们那里的元宵却是静静的。

笔调闲静,还有一种时空上淡远的距离感。还是用绘画来做比喻,汪曾祺"闲远"的语言风格,就像他自己喜欢并擅长的传统文人的水墨小品。

文学拒绝共性,追求个性。而语言的个性,是重中之重。

优秀的散文作家就是这样,他们的语言风格和生命风格高度统一。

他们因为拥有了具有高辨识度的个人语言,所以,他们的散文面目就非常鲜明,他们的艺术个性就非常独特。

通过上面的探讨,我们知道了语言有公共语言和个人语言之分,明白了优秀散文作家都有其独特的个人语言风格,那么,我们在自己的散文写作中,应该怎么做呢?

这就是本节要讲的第三个要点:找到符合自己的语言风格。

在讨论怎样找到符合自己的语言风格之前,我们先试着了解一下散文语言的类型和散文作家的类型。

散文语言貌似令人眼花缭乱,不可穷尽,但是仔细分析之后,就会发现,散文语言是可以分类的。我个人把散文语言分成两类:

浓郁型和清淡型。

浓郁型的散文语言,用感性一点的话来描述,就像火山,像岩石,像汹涌的海浪,作家那种逼人的生命能量,呈现太阳特征,是外显的。上面提到的鲁迅和张承志,他们的散文语言,属于浓郁型。

清淡型的散文语言,像轻风,像远天,像一盏安静隽永的绿茶。清淡型语言的散文作家,他们同样具有强大的生命能量,但他们的生命能量，呈现月亮特征，是内敛的、节制的。上面提到的周作人和汪曾祺，他们的散文语言，就属于清淡型。

说完散文语言的分类，再来说散文作家的分类。

古今中外的散文作家数不胜数，但是和散文语言一样，数不胜数的散文作家同样可以分类，我把散文作家也分成两类：

大自然型和室内型。

大自然型散文作家，呈现运动、流动的状态，这类作家的字里行间，偏重散发强烈的自然气息。

像获得过诺贝尔文学奖的智利诗人、作家聂鲁达，他富有激情的文字，展示了他在大地上的漫游和居所。

像中国作家沈从文，他的《从文自传》《湘行散记》等散文集，想来大家肯定熟悉。沈从文的文字，充满了湘西、楚地这片特殊的中国土地上丰沛的植物和水的气息。

聂鲁达和沈从文，就是典型的大自然型散文作家。

室内型散文作家，相对呈现安宁、静止的状态。这类作家的文字，像室内乐，偏重散发浓重的书卷气息。

像阿根廷作家博尔赫斯，在书籍中构建了他恢宏的文学王国，他甚至认为，"天堂就是图书馆的模样"。

像中国作家钱锺书，他的《谈艺录》《写在人生边上》等，显示了他的博学、自信与睿智。

博尔赫斯和钱锺书，可以算是典型的室内型散文作家。

一般来说，大自然型散文作家，他们的语言风格，偏向浓郁型。

室内型散文作家，他们的语言风格，偏向清淡型。

我们了解了散文语言和散文作家的类型，以及他们之间存在的一般关系，接下来，就是我们这一节的关键内容：怎样找到符合自己的语言风格。

首先，我们要判断自己属于何种类型：

我是什么类型的散文作家？

我的散文语言是浓郁型还是清淡型？

这个判断过程，可以从以下三个方面进行操作。

第一，从你个人的阅读喜好进行判断。

你偏爱的阅读对象，实际就是你超越时间和空间找到的、与你类型相似的朋友。回顾、总结一下你的阅读，看看在浓郁型语言和清淡型语言之间，在大自然型作家和室内型作家之间，你更倾向于喜欢哪一类，你喜欢的作品，你喜欢的他人，实际就是你自己的样子。

第二，从你自身的气质类型进行判断。

通常，我们把人的气质分为四种类型，即多血质、胆汁质、黏液质和抑郁质。

多血质的人，活泼，敏感，好动，反应迅速，喜欢与人交往，注意力容易转移。

胆汁质的人，直率，热情，精力旺盛，情绪易于冲动，心境变换剧烈。

黏液质的人，安静，稳重，善于克制忍让，情绪不易外露，注意力稳定但是难于转移。

抑郁质的人，喜欢独处，行动迟缓，对情感的体验深刻、有力、持久，善于觉察别人不易觉察到的细小事物。

我是什么样的气质类型？要了解这个并不困难。网上有很多现成的心理学题目可以测试气质类型，再结合自己的生活实际，就很容易知道你自己是属于何种气质类型。

气质没有好坏。大致来说，多血质、胆汁质气质的人，偏外向，属于这类气质的作家，语言风格偏向于浓郁型。黏液质、抑郁质气质，偏内向，这类气质的作家，语言风格偏向于清淡型。当然，这只是就一般情况而言，现实中有的内向型气质的作家，语言表现反而非常浓郁。

第三个判断方法，是从你写作时的自我生理感受判断。

曾任联合国教科文组织澳大利亚视觉艺术委员会主席的奥班恩，写过一本我印象很深的小书，叫《艺术的涵义》，中译本由学林出版社在1985年出版。在书中，奥班恩提出了一个观点：创作者生理感受的舒服与否，是判断一件艺术品成功与否的重要依据。我十分认同这个观点。

那么，我们在平时的写作中，就可以试着询问自己：浓郁型语言的酣畅淋漓和清淡型语言的心旷神怡,结合我们自己的"体感",也就是我们的生理感受判断,究竟是哪一种让你更舒服?让你舒服的语言,就是你喜欢的语言,就是你要发展的个人语言风格的方向。

从上述三个方面进行判断、鉴定之后,可以说你就基本找到了符合你自己的语言风格。

文如其人。发现并找到真正符合自我的语言风格,并自觉地在之后的写作中将语言往这个特性上靠,恭喜你,你就踏上了散文写作的正途,你就已经开始拥有了你个人语言的辨识度了。

以上就是我们这一节的主要内容,现在我们总结一下。

这一节,我们讲了"如何提升语言辨识度"这个话题的上半部分:找到符合自己的语言风格。

我们主要讲了三个要点:

第一,注意区分公共语言和个人语言。在散文写作中,要追求个人语言,尤其要避免隐性的公共语言。

第二,任何优秀的散文作家,都拥有其独特鲜明的个人语言。

第三,要找到符合自己的语言风格,可以从三个方面来进行判断:你个人的阅读喜好、你自身的气质类型,以及你写作时的自我生理感受。

最后,我给大家留一道思考题:

回顾你的阅读经历,请试着找出一位你喜欢的散文作家,分析他（她）是属于什么类型的作家，他（她）的个人语言特征是什么。

下一节，我们将会探讨"如何提升语言辨识度"这个话题的下半部分：塑造独特语言风格的四个秘诀。

第二节：如何提升语言辨识度（下）：
塑造独特语言风格的四个秘诀

这一节我们继续来讲如何打破庸常的语言流，用诗意写作提升辨识度？

上一节，我们分享了"如何提升语言辨识度"这个话题的上半部分：找到符合自己的语言风格。

在初步找到符合自己的语言风格方向之后，我们在写作实践中，还要强化塑造，让风格定型。那么，怎样才能做到？

这就是我们这一节要探讨的内容，也就是"如何提升语言辨识度"这个话题的下半部分：

塑造独特语言风格的四个秘诀。

第一个秘诀，我们要遵从前辈苏东坡的教导。这个教导非常简单，就一句话：

"行于所当行，止于不可不止。"

苏东坡的这句话，出自他晚年总结自己散文创作的一则短文，叫

《自评文》，全文很短，不含标点一共74个字，很有意思，很有"气感"，可以给大家照读一下：

> 吾文如万斛泉源，不择地皆可出。在平地滔滔汩汩，虽一日千里无难。及其与山石曲折，随物赋形，而不可知也。所可知者，常行于所当行，常止于不可不止，如是而已矣。其他，虽吾亦不能知也。

苏东坡这篇短文的大概意思是：我的文章就像充沛的泉源，不用选择地方就会尽情涌出来。如果是在平地，文章的泉流一日千里根本不难；如果是在山石曲折的地方，我的文章又会随物赋形，至于这个"形"到底是什么样子，就要看具体环境，我现在也不知道。我能够知道的，就是我的文章总是行于当行，止于不可不止，就是这样。至于其他，即使是我自己也不能知道了。

这里的"行"，我们可以看成是一篇散文的起笔；这里的"止"，就是一篇散文的结束。

苏东坡现身说法，他非常尊重我们，他说文无定法，每一个写作的人，完全可以而且应该，由着自己的性子来。

怎么样由着自己的性子来？

就是写文章的时候，不用总是老老实实按着"顺序"结构来写，文章"不择地皆可出"，哪个点最触动你，你就可以从这个点开始"行"

笔。一篇文章的意思感觉说完了,你就可以随处戛然而"止"。

我们来看一个案例。这是著名画家吴冠中写于上世纪80年代的一篇散文,题目叫《消逝》。写他离家很多年后,重返他在江苏宜兴乡下的老家,起笔是这样的:

> 连自己的家门都找不到了!村人给我指出那简易的二层小楼,楼尚未粉刷,通体暴露着粗糙的土红砖。下乡后,一路上不都是这样彼此相仿的房屋吗,怎么它就是我的家呢?我童年的家墙面是灰白色的,大门两旁各有一个安放马灯的壁龛,就像两只眼睛,老远就盯着我,它认识我,我也认识它。

一切都已经改变,连自己的家门都找不到了。这就是吴冠中重返童年老家最强烈的感觉,所以,他在文章开头就写这个。在后面的文字中,他才补充交代,他是有事回南方,特地绕道,到老家探望病重的、"苍老憔悴的弟弟"。

在弟弟身边守了几个小时,等他疼痛缓解、安静休息时,吴冠中独自到童年生活的村上转了一圈,找到了儿时玩伴、现在已经是白发驼背的一位老人,凭借画家敏锐的目光,吴冠中一眼认出了老人,老人却已经认不出吴冠中,文中这样写道——

"你寻谁家？"他凝神注视我。

"我是冠中。"

他"啊"的一声丢掉了扫帚，紧紧地拉着我的双手拖进了他的家……

这篇散文最后是这样结束的：

我突然想起弟弟的阵痛大概又发作了，便匆匆告辞回家。当我走得离他家已相当远了，仍隐隐听到他在屋外高声地向邻居们描述："我正在翻稻……还问他你寻谁家……"

整篇散文劈空而开始，戛然而停止。吴冠中用他的这篇《消逝》，践行了苏东坡"行于所当行，止于不可不止"的写作观念。

顺便提一句，我的老乡吴冠中不仅是著名画家，他的散文也非常棒，语言、情感、思想、画面感，都非常好，如果写中国当代散文史，必须有他的一席之地。大家有兴趣的话，可以随便买一本吴冠中的散文看看。

做人要实，为文要野，汉语是奇妙的，当我们不被古板的"顺序"结构所局限，当我们真的"行于所当行"时，我们就会打开一个丰富灿烂的汉语世界。

我们试看这样一句简单的陈述句：我在吃饭。

当我们调整它的语言次序时，这句"我在吃饭"，就会有众多的意义变形，例如：

我在吃饭。

饭我在吃。

在吃饭我。

我饭在吃。

在吃我饭。

等等。

这种变形，显示了我们汉语的表现力是极其强大、极其充沛的。

再举一个我自己实践"行于所当行，止于不可不止"的例子。

我写过一篇关于海南三亚的短文，题目是《天涯·夜话》。

按照常规，写一个地方，总要先讲讲这个地方的地理、历史，或者自己去的缘由等等，但我没有这样写，"行于所当行"，我的文章，以入住三亚的旅馆开头：

> 旅馆房间很大。一个异乡人在其中，更显得室内空空荡荡。壁灯昏黄，浴室里的光则刷白一片，像虚弱炫眼的石灰颜色。风尘仆仆的旅行背包，现在孤独在屋角。

这篇短文的结尾,也没有写三亚很美很想再来之类,而是以海上日出,作为"止于不可不止"的"止"。我是这样结尾的:

> 南国的夜很短。似乎很快,黎明的霞光就来敲打我旅馆的窗户。起床。一个人去到海边。有节奏的海浪声中,正遇日出。阳光从大海上空浓厚的云层间射过来,像舞台上的束束追光。大海起伏,一望无垠,拍打着整个中国的大海在眼前起伏。一瞬之间,如此清晰地感知:此刻,我所立身的,确实是宇宙间一颗壮观的星球。

"行于所当行,止于不可不止",苏东坡的这个散文写作秘诀,转换成更加直白的一句现代口语,就是:

任何地方可以开头,任何地方可以结尾。

我想提请大家注意,这是一句我个人秘藏的、非常有魔力的话。大家如果认真体会并加以实践,那么,会给我们的散文写作带来极大的自由和解放。

我要讲的塑造独特语言风格的第二个秘诀,是不用或慎用成语和习语。

成语,是汉语词汇中定型的词,众人皆说,成之于语,所以叫成语。

习语,是人们在长期的生活、劳动实践中形成的一些习惯用语。

成语和习语，基本属于我们第一节所讲的公共语言，它们原来是属于我们语言中的精华，但因为被用得太久、太多，已经逐渐失去了文学语言所需要的新鲜感和表现力。

前面我们已经讲过，散文写作，是要拒绝公共语言而尽量追求个人语言的。

仍然用"我在吃饭"的内容做案例。如果我们这样写：

这顿饭虽然简单，但很香，我吃得非常高兴，实实在在感到了心满意足。

上文中的"简单""非常高兴""心满意足"，就属于成语和习语，这样的句子虽然也是一种表达，但是这种表达，是空洞的、缺乏个人特色的表达。

不用或慎用成语、习语，那我们可以用什么？

这里我要强调的是，我们首先要尊重、重视我们的眼睛，用我们的眼睛认真去看。

日本作家大江健三郎，他的母亲曾经训导小时候的他："如果不认真去看，就等于什么也没看。"

而一旦我们认真看了，就会发现，即使是细微之物，也藏有盛大世界。

一旦我们认真看"我在吃饭"这件事情，我们就能知晓：

碗中的白米是什么质感，是晶莹的新米还是发黄的陈米；我们手中的筷子,是竹子做的,还是金属做的;盛饭的碗,是精致的还是相对普通的,是陶的还是瓷的,碗上有花纹吗,如果有,那是什么样的花纹;等等。

用自己的眼睛认真去看,是如此重要,那么,"认真"的目的是什么?

台湾作家朱天文告诉我们答案:

"使一切习惯成自然不被看见的,予以看见。"

翻译这句话,就是我们要用新鲜的、陌生感的眼睛,来看到原来因为习以为常而被我们忽略掉的内容。

确实,一个作家,只有始终保持了一双"初见"这个世界的眼睛,那么,"一切习惯成自然不被看见的",才能被我们看见,我们记录下我们看见的,才会自然摒弃那些公共语言,获得我们个人的语言表达和文学表达。

其实,除了用眼睛看的视觉,我们还应大力开掘自身其他的感觉器官,并运用到写作中去。这就是我要讲的塑造独特语言风格的第三个秘诀。

很多朋友只重视写眼睛看见的,只知道用视觉法写作。其实,这是对自身资源的极大浪费,还有其他诸法,值得我们重视,比如:

听觉法:可以写耳朵听见的。

嗅觉法:可以写鼻子闻到的。

触觉法：可以写身体触碰的。

味觉法：可以写舌头尝到的。

感觉法：可以写整体性感受。

还是用"我在吃饭"做案例。

这一碗饭，如果我们综合调动各种感觉器官来描写，就可以是这样的——

用视觉描写：碗中的米饭，晶莹润洁，几乎透明，它袅袅上升的淡淡热气，像美妙的祥云。

用听觉描写：那碗中盛满的晶莹米粒，挤在一起，好像在亲密地低语。

用嗅觉描写：闻一闻，这饭真香啊。

用触觉描写：盛饭的碗身，手摸上去，是热热的。

用味觉描写：新鲜的米饭，软糯，清香，又筋道。

用感觉描写：这是来自大地的馈赠，一碗米饭，让我们的身心，获得了朴素又真实的幸福。

再比如，我自己也曾经综合运用各种感觉器官，描写过夜晚的大海，它是这样的：

> 夜晚的大海，像一张墨绿深沉的巨大荷叶，在波动不停。海浪时时撞击岩岸，在夜色中发出清晰的声响。风很大，嗅一嗅，空气中充

满丝丝缕缕海的腥味。手扶着冰凉坚硬的岩石走到水边,溅到唇边的破碎浪花,是咸涩的。夜晚的大海,用它磅礴的能量场,此刻完全包裹了我。

在写作中开掘、发动所有感觉器官,形成并使用视觉、听觉、嗅觉、触觉、味觉、感觉并重的"六觉写作法",不仅让你在写作时有话可写,还会让你的散文显得生动、专业。

平时有空的话,大家不妨自己设定某一场景,试着运用这种"六觉写作法"进行描述,也许你会发现,你笔下的文字,突然就源源而出了。

除了散文文本本身,散文的标题也非常重要。

这是本节要讲的塑造独特语言风格的第四个秘诀:让散文标题也有辨识度。

散文标题很容易被一般人忽视,以为写完了随意取一个就行。殊不知,这是一个极大的认识误区。好的散文标题,对提升散文气质、第一时间吸引人阅读,起着重大作用。

让散文标题也有辨识度,我主要分享三点:

第一,杜绝陈腐标题;

第二,优秀标题的特征;

第三,怎样取到一个有辨识度的好标题。

先讲第一点，杜绝陈腐的散文标题。

哪些散文标题是陈腐的？比如，常见的《我的爷爷奶奶（外公外婆）》《我的父母》《我的家乡》《某某记游》《回忆童年》之类，就是最典型的陈腐标题，这类标题，我们应该坚决不用。

因为，即使你内容写得再好，如果取了这类标题，也会马上大打折扣，90分的散文，瞬间就沦为50分。而且，有的文学刊物明确表示，大路货的写亲情、写家乡、写旅游的文章，一般不用；如果他们看到上述这类标题，你写的散文具体内容再好，也可能被忽视，因为编辑很可能直接不看了。

那么，优秀标题是什么样的？这就是第二点，优秀标题的特征。

散文标题千千万万，但总的来说，优秀的标题总有如下特征——

首先，优秀的散文标题，总是感性的。

像毕飞宇的一篇演讲文章，是谈唐朝诗人李商隐的诗歌艺术。一般省力的做法，就会取类似《试论李商隐的诗歌艺术》《漫谈李商隐的诗歌艺术》这样的标题，但毕飞宇没有这样做，他从李商隐的著名诗句"夕阳无限好，只是近黄昏"和"君问归期未有期，巴山夜雨涨秋池"中，寻找关键词、关键意象，最后取成标题的是:《李商隐的太阳，李商隐的雨》，极其具象，非常感性。

其次，优秀的散文标题，总是有张力的。

李敬泽有一篇散文，标题是《会议室与荒野与豹》，收录这篇散文的书名,叫《会议室与山丘》。会议室是人造的、狭隘的、声音喧哗的,而荒野、豹和山丘,是寂静的、宽广的、属于大自然的。李敬泽将这两种对立的概念、对立的意象奇异并置,让我们感受到它们中间充满了张力。

再者,优秀的散文标题,总是诗意的。

张承志出版于1990年前后的第一本散文集《绿风土》中,有一篇写日本民谣歌手冈林信康的文字。他把冈林信康的诗和音乐,视作激流,他自己诉说:当你遭逢优秀的文学或音乐时,"难道你不觉得你胸中也突然涌涨起一股水流,它正诱惑你冲荡你快些骑上它,随着它破闸而出"。这是一篇极富张承志风格、有着生命和艺术激情的散文,张承志对这篇文字的命名,是《骑上激流之声》。"骑上",是一个实在的动作;"激流之声"相对抽象,是听得见却看不见的。实和虚,在这里完美结合,很好地呈现出了这个标题的强烈诗意。

知道了散文要杜绝陈腐标题,知道了优秀散文标题的特征,那么,就要归结到第三点:我们怎样才能取到一个有辨识度的好标题?

首先要重视。我们首先要在主观上重视散文标题,这点非常重要。要有自觉意识,要认识到一个好标题是一篇好散文的重要组成部分。

作家张炜就非常重视标题,包括文章名和书名。他动笔前就习惯取好标题。他认为,好的文章名或书名就像太阳,会照耀整个文本的每一个角落,并激发自身的写作欲望。

我们在平时的阅读中，就应该主动关注各种标题，辨别并判断这些标题是否取得好。

在散文标题上费尽心思、动足脑筋，永远是值得的。

在这里，送给大家一个取标题的小技巧：当你实在找不到一个好标题时，不用着急，你就先写完内容，然后，在你完成的散文中，寻找好的句子，作为标题。

用我自己的一个案例来说明。

我写过一篇散文，内容是关于江南仲春的乡野风物。春深时节，土地上的一切都在疯狂生长，我写了浓郁的油菜，写了旺盛的青麦，写了苏东坡当年手栽的海棠树正繁花满枝……写完后一时想不到合适的标题。但我并不着急，我就去文章中找。于是，我注意到了这篇散文最后的这句话：

"此季江南，稍微敏感的人，都能清晰感知到土地的野蛮能量——既承载我们又受尽伤痛的土地，在今天，仍有安静却近乎喷涌的野蛮能量。"

于是，我获得了标题：《安静却近乎喷涌的野蛮能量》。

这个标题，有一种凝聚的力量——将我所写的那些略显分散的内容，紧紧凝聚在了一起。

以上就是我们这一节的主要内容，现在，我们总结一下。

这一节，我们讲了"如何提升语言辨识度"这个话题的下半部分：

塑造独特语言风格的四个秘诀。

这四个秘诀分别是：

一、遵从前辈苏东坡的教导，写散文完全可以而且应该"行于所当行，止于不可不止"。

二、写作中不用或慎用成语和习语。

三、除了视觉以外，还要大力开掘自身其他的感觉器官，使用"六觉写作法"来塑造个人语言风格。

四、重视散文标题，让标题也有辨识度。

最后，我给大家留一道思考题：

列举两个你认为优秀的散文标题。

第三节：如何写出诗意的散文（上）：
提高散文文学性的四种途径

这一节我们继续来讲如何打破庸常的语言流，用诗意写作提升辨识度。

之前，我们分享了"如何提升语言辨识度"这个话题的下半部分：塑造独特语言风格的四个秘诀。

接下来，我们将转入散文写作课语言模块的另一个话题：如何写出诗意的散文。这一节，就探讨这个话题的上半部分：

提高散文文学性的四种途径。

在写作中，我们会碰到这样的苦恼：

感觉自己已经用尽心力了，但为什么最后写出来的散文，还是在原来的层次打转，还是不能突破自我、脱颖而出？

我认为，写作中的这种苦恼，是可以通过提高散文的文学性来解决的。

如何提高散文的文学性，让我们的散文看上去很专业、很高级？在这里提供四种途径，跟大家交流，供大家批评。

第一种途径，在散文中创造幻象。

文学是形象的艺术，作为文学的一种，散文当然也是形象的艺术。

形象可以分成两大类，一类是实像，一类是幻象。

实像，就是日常生活中存在的意象、画面。比如太阳从东方升起，旷野公路上方的浓厚白云等等。

幻象，就是日常生活中不存在的，用文字创造出来的意象、画面。如果细分一下，幻象包括幻视、幻听、幻嗅、幻味、幻触、幻感等数种。

像庄子《逍遥游》中的鲲鹏意象，就是典型的幻象：

> 北冥有鱼，其名为鲲。鲲之大，不知其几千里也。化而为鸟，其名为鹏。鹏之背，不知其几千里也；怒而飞，其翼若垂天之云。是鸟

也，海运则将徙于南冥。南冥者，天池也……鹏之徙于南冥也，水击三千里，抟扶摇而上者九万里。

鲲鹏转化、大鹏怒飞的意象，都是我们日常所看不到的幻象，但一经文字创造，却能给我们深深的感染力和真实的临场感。

我自己也写过无数幻象，其中的一个是：

又红又圆的落日，缓缓沉入长江。

这是实像。

随这个实像而来的，是我用文字创造的幻象：

在落日沉入长江的瞬间，因为落日巨大的热量，江水顿时变成了火焰。江水火焰升腾起来，就是壮丽的南方晚霞。而这壮丽的南方晚霞，又像是燃烧的巨型花束，在迎候古老的夜。

文学需要幻象，为什么需要？因为幻象是文学能量最有力的体现。

写幻象，可以极大地增强散文的诗意。

那么，我们如何在散文中创造幻象？

首先，创造幻象，一个便捷的方法就是，在上一节我们讲到的"六觉写作法"基础上，尝试错位感觉。

举个例子：

本来是视觉对象，我们用听觉来描写。

比如：眺望起伏的青色群山，我听到了波浪汹涌的声音。

本来是听觉对象，我们却用嗅觉来描写。

比如：锋利的宝剑，用非常迅捷的速度，挥击过去，剑音清脆，空气发出极细微的被烧焦的气味。

本来是味觉对象，我们用触觉描写。

比如：她非常沉浸，她说，吃这款美味的巧克力，真有抚摸丝绸般的丝滑感。

我写过一则极短的文字，叫《闪电书签》，全文就一句话："我的旅行日记本中间，夹有一枚午夜长江上，在我眼前显现过的微型闪电。"

在这一则短文当中，我把闪电作为夹在日记本中间的书签。这是把视觉形象转换为触觉形象，这就是一种错位感觉。

除了在写作中利用错位感觉，平时我们多读诗歌，也有助于创造幻象。因为在文学的各种文体当中，诗歌是篇幅最短小但包含幻象最多的一种文体。

我们随便举两个例子。

唐朝诗人李贺，有一首名作叫《秦王饮酒》，写想象中秦始皇的宫闱行乐图，充满了虚幻荒诞的色彩。诗歌开头几句是这样的：

> 秦王骑虎游八极,剑光照空天自碧。
>
> 羲和敲日玻璃声,劫灰飞尽古今平。

这四句的意思是:秦王凭借他显赫的威势,骑虎到处巡游,其剑光所及,连天空也被映成澄碧。日月运行,从此劫波渡尽,不再循环,真正实现了古今太平。

请注意其中这个句子:"羲和敲日玻璃声"。羲和,是传说中负责为太阳驾车的御者。在李贺的想象中,羲和去敲击太阳,太阳便发出清脆的玻璃之声。

敲击视觉对象,对象发出声音,是李贺习惯的诗歌写法,类似的还有李贺写骏马:"向前敲瘦骨,犹自带铜声。"在这里,羲和敲日发出玻璃声、李贺敲马骨发出铜声,这样的画面和声音,就是典型的幻视和幻听。它们创造了特别新异的文字效果,也给读者带来耳目一新的阅读体验。

我们再来看当代诗人海子。在他的诗歌《醉卧故乡》中,有这样的句子:

> 故乡的夜晚醉倒在地 / 在蓝色的月光下 / 飞翔的是我 / 感觉到心脏,一颗光芒四射的星辰。

我，在蓝色月光下飞翔；心脏，是一颗光芒四射的星辰。这些，都是诗歌呈现的幻象。

多读诗歌，多关注诗歌中的幻象，就能启发、激发我们创造自己的幻象，提高散文的文学性。

提高散文文学性的第二种途径，是制造散文的节奏韵律之美。

散文有内在的内容、情感、思想之美，也有表现在外在声音形式上的节奏、韵律之美。

一篇散文，如果它的声音形式，让人生理感觉很舒服，那绝对会给它加分。

要制造散文的节奏韵律之美，我们在行文之时，就必须注意长短句结合。除非追求特殊的语言效果，不然，通篇长句，或通篇短句，在生理上就会让人不舒服。

我们来看一个长短句结合的例子，这是张承志写在国外看梵高原画的散文《禁锢的火焰色》中的片段：

> 出洋本为奢侈事，看梵高的原画不是一个草地放羊出身的人能轻易体验的大奢大侈。尤其是，在这个国家里我的语言只能点几样酒，而看画时世界是平等的，谁都知道那里的通用语是什么。再加上时间少，门票贵，我对诸如毕加索、马蒂斯或者修拉、塞尚一律一眼瞟过，几个小时牢牢站在梵高的面前，度过我在美国最紧张最充实，也是过

得最快的时间。

我自己在一篇题目叫《火·江梦》的散文中，也有意做到长短句结合，它的结尾是这样的：

> 闭上眼睛的时候，浩大冰凉的星空，奇异出现。蓝色琐碎的群星，像活泼泼晶莹的小鱼，引导着你，簇拥着你，将你带向蓝色星空无穷远处那生命最初的源地。

文如看山不喜平。长短句有机结合，会让我们的文章有一种起伏的节奏。与此同时，这种行文的节奏，也在声音形式上，很好地体现作者的内在情感。

除了长短句结合，我们还应该特别重视写作中标点符号的运用。

标点符号是辅助文字记录语言的符号，是书面语的组成部分，用来表示停顿、语气、语调、专有名称等。它可以帮助我们确切地表达思想情感，理解书面语言的内容和含义。

前些时候网络上对标点符号的一波讨论热潮，从一个侧面显示了社会对标点符号的关注。

确实，标点符号的重要性，往往容易被大家忽视。但是我们要知道，标点符号运用得好，不仅可以营造我们需要的独特语言节奏，还会带来内容表达的不同侧重。

我们仍然来看以前举例过的"我在吃饭"这句。我们不改变文字顺序，仅仅在不同位置加上标点，就会有以下变化形式：

我，在吃饭。

我在，吃饭。

我在吃，饭。

"我，在吃饭。"这是动作主体和动作内容并重。

"我在，吃饭。"这句是突出"我在"这个状态，"吃饭"只是补充。

"我在吃，饭。"这句是强调"我在吃"这个动作，至于吃的内容，同样只是补充。

如果变换不同的标点符号，句子的意思又马上不一样。比如：

我？在吃饭。这是回答别人问你在做什么。

我在。吃饭？这是表示我在的，然后再向对方确认，是否提出了吃饭邀请。

等等。

我个人写作时非常重视标点符号，并且认为，单个标点符号的重要程度，远远超过单个的汉字。它们对于营造节奏、强化文章情感有极大帮助。

举一个我使用标点的例子，这是散文《惊叹》的结尾：

红丘陵,翠绿树,以及其间无法数清的、如婴儿拳头状的金色蜜橘——我热爱旅程中的这种画面。我明白,这就是我所理解的中国南方的浓郁,一种最为简洁、最富有人性力量的——浓郁!

这短短的几句中,就穿插运用了逗号、顿号、破折号、句号、感叹号等不同标点符号。

郭沫若说过:"言文而无标点,在现今是等于人而无眉目。"标点符号是现代汉语言规范书写的重要组成部分,写散文,请一定重视标点符号,并且努力让自己成为使用标点的高手。

在这里,顺便给大家分享一个小技巧:

一篇散文写完草稿之后,你再通读一遍,在结构助词"的"可用可不用的地方,坚决删除不用,你会发现,你的文字立刻会变得精练很多。

散文要有好的节奏韵律,除了长短句结合,除了重视标点符号,在此基础上,还要善于找到符合自己生理、生命节奏的自我语感。

语感,就是侧重于声音层面的对语言的感觉和把握。

如何找到自我语感?其实也很方便。

第一,背诵10篇你喜欢的中国古代散文经典,熟读10位你喜欢的当代作家的若干作品,你就能大概了解汉语散文的语感。

当代作家及其作品,大家可以自由去找;中国古代散文经典,建议从《古文观止》这本书中找你喜欢的。

比如,《古文观止》中收录有李白的一篇短文《春夜宴桃李园序》,全文只有一百多个字,它的开头是这样的:

> 夫天地者,万物之逆旅;光阴者,百代之过客。而浮生若梦,为欢几何?古人秉烛夜游,良有以也!

抑扬顿挫,李白的语感宛在耳旁。

第二,诵读。诵读自己或他人的文章,对自我语感的养成,特别有帮助。

所谓诵读,就是一定要求读出声音来。

著名中医学者、畅销书《思考中医》的作者刘力红认为,现在的人都是看书人,很少有读书人。而读和看是不一样的。

我们读出声的时候,眼、耳、鼻、舌、身、意六识都在动,都在起作用。我们读书,眼睛要动,嘴巴要动,鼻子要动,舌头要动,耳朵要动。而眼为肝窍,口为脾窍,鼻为肺窍,舌为心窍,耳为肾窍,这样一来,读的时候,我们的五脏都动起来了。

所以,读书和看书,是完全不一样的,读出声音来,可以训练自己对声律、音韵的感受和习惯,能够将我们的感觉器官训练成只接受好的声律和音韵。

自我语感，本质上是自我生命结构的一种外化形式，找到喜欢的自我语感，有助于塑造你的个人语言，综合形成一种有自我辨识度的个人语调。而个人语调的获得，是散文拥有文学性的突出标志。

提高散文文学性的第三种途径，是写多形态的散文。

散文的形态千变万化，我们千万不要自我局限。散文并不仅仅是一般人认为的叙事或抒情的样貌。

我们要广义地理解散文。在中国传统中，有韵文和散文这两个概念。

韵文，就是诗、词、曲、赋这一类有韵律的文体。

而韵文之外的一切汉语文章，在我们的传统中，都被视为散文。

中国文学史中的前辈，早就用他们的范文，在无声地教育我们——

《论语》，教导我们散文可以是谈话体。

《庄子》，类似鲲鹏这样的虚构与玄思，谁说散文不能运用？

司马迁的《史记》告诉我们，原来，历史著作也是散文。

干宝的《搜神记》让我们发现，展示人类想象力的文字，是如此精彩。

吴均的《与朱元思书》，显示散文可以是书信体。

苏轼的《东坡志林》，显示散文可以写成片段式的札记。

而陆游的《入蜀记》和徐霞客的《徐霞客游记》，又在示范日记体游记这一古老的散文样式。

本人前几年在广西师范大学出版社出版了一本新的散文集,书名叫《百千万亿册书》。这本书,我就对多形态的散文特别做了尝试。

在近20万字的《百千万亿册书》中,我运用的散文形态就有信件、文献改编、新闻、短小说、诗歌、引文、电影剧本梗概、神话传说、回忆录、学术短论、访谈、对景写生、考证、旅行记等等。

比如,书中有一篇《街道肖像》的文章。这条街道,叫健康路,是江苏无锡城中的一条普通街道。但对我来说,它与我的个人生活关系密切。它见证过我的青年时光。

在这篇散文中,我并没有按照通常写法,记叙我与健康路的若干故事,而是采用照相写实主义方式,分别在1999年和2015年,两次用文字实录描画这条街道,包括沿街的店铺、单位、机构,以及沿街的文字、图案和非常简略的场景描述。

无须主观,它的客观呈现,就完全折射城市的变迁、人的变迁,以及这个世界的变迁。同时,因为这篇文字,也留存了一份无锡健康路的街道档案。

所以,我们千万不要自我束缚,要大胆创新、求异。写多形态的散文,在呈现我们创造能力的同时,会让我们笔下的散文丰富、斑斓,显示鲜明的文学性。

提高散文文学性的第四种途径:永远花大力气加强自我修养。

说到底,一个人的散文,一个人的文学,就是他个人生命的自画像。所以,加强自我修养,是写好散文的根本。

加强自我修养,我们就一定要多多阅读。

阅读就是见世面。因为书籍具有超越时空的功能,所以阅读能让我们不出家门,就能见到大世面。

写作有很大的技艺成分。通过阅读,我们能够了解到我们的前辈、我们的同行已经生产了什么产品,以及他们是怎么样生产的。

对于写作者来说,阅读还有另一个重要功能,那就是点燃自己。阅读犹如火苗,经常瞬间就会让自身熊熊燃烧起来——在对他人的阅读中,发现并唤醒自我沉睡的宏大世界。这种借他人之火种点燃自己的情状,古人称之为"发兴"。很多时候,写作者阅读他人的目的,实质就是激发自我。

那么,我们如何阅读?我有几条经验,分享给大家:

第一,精读和泛读。对源头性书籍,对经历过时间淘洗的各个时代经典的书,对个人感兴趣的特定对象的书,我们可以精读;其余,泛泛浏览则可。

第二,形式和内容。阅读,有的可重其形式,包括结构方式、文字品质等;有的可重其内容——这个内容是指书的思想内涵、独特情感等。就我的阅读来说,对于中国传统经典,重其"写了什么",对异域之书,常常看其"怎么写的"。

第三,热书和冷书。不必赶潮流般去阅读某一时期的流行热书。尽管,这些热书中不乏优秀著作。但个人仍然本能觉得,一窝蜂地拥上去,对书、对自己,都是一种亵渎。而且,众人皆读时,一本优秀的书,好像有神性一样,会自觉掩盖它本身真正珍贵的光芒。尽量去和寂寞的、被遗忘的冷书相遇。

第四,不阅读的阅读。这好像有点玄虚,但有时候形式上的不阅读,确实也是一种特殊的阅读:一本书放在案头,可以用来激励,也可以用来较量。

除了上述的书本阅读,我们还要重视非书本的阅读,就是对自然山河、对社会人世的阅读。这就是古人所说的"读万卷书,行万里路",非书本阅读对我们的帮助,也是非常重要、非常大的。

加强自我修养,我们还得多写多练。

就好像一个人想要练武,理论书也看了很多,但如果自身不练,那终究还是空谈,武艺不会上身。

导演侯孝贤就强调实际操作的重要,他说:"电影不是用讲的……你一直拍,一直拍,你就会拍出电影来,而且会越拍越好。"

苏东坡在《东坡志林》中,记录他老师欧阳修的为文之法:

> 无它术,唯勤读书而多为之,自工。世人患作文字少,又懒读书,每一篇出,即求过人。如此,少有至者。疵病不必待人指摘,多作自能见之。

这也是指出：多读多练是写作进步的不二法门。

最后，加强自我修养最根本的，就是我们要做好一个"人"字：我们要自信、善良、勇敢、宽容。

请大家记住三句话。

第一句，是18世纪法国人布封的话：风格即人。

第二句，是19世纪德国人歌德的话：只有伟大的人格，才有伟大的风格。

第三句，是20世纪中国人王国维的话：故无高尚伟大之人格，而有高尚伟大文章者，殆未之有也。

以上就是我们这一节的主要内容，现在，我们总结一下。

这一部分，我们讲了"如何写出诗意的散文"这个话题的上半部分：提高散文文学性的四种途径。

这四种途径，分别是：

一、在散文中创造幻象。

二、制造散文的节奏韵律之美。

三、写多形态的散文。

四、永远花大力气加强自我修养。

这一节最后，给大家留一道思考题：

请用文字，写一个你心中的幻象。

第四节：如何写出诗意的散文（下）：
从汉字入手，深入写作秘境

这一节我们继续来讲如何打破庸常的语言流，用诗意写作提升辨识度。

上一节，我们分享了"如何写出诗意的散文"这个话题的上半部分：提高散文文学性的四种途径。

接下来，我们继续探讨"如何写出诗意的散文"这个话题的下半部分：

从汉字入手，深入写作秘境。

我们要写出好散文，不能忘了文学和散文最基本的元素：汉字。

在写作中，我们常会遇到这样的情况：在某些时候，到底使用哪个汉字才是正确的？

比如，有这样一个句子：

初春的天空，正在 sǎ 下细雨。

sǎ 这个动作，有两个汉字：一个是三点水加东西的西；一个是提手旁加散文的散。

如果我们对汉字有足够了解，就很容易区分这两个 sǎ 字的不同：

三点水加西字的洒，洒的主要是液体；

提手旁加散文的散字的撒，撒的主要是颗粒状的固体。

所以，上面那句"初春的天空，正在洒下细雨"的洒，应该用三点水加西字的洒。

再如，我们和人打招呼，常用"寒暄"这个词，这个"暄"，到底是日字旁的暄，还是口字旁的喧？分析一下，打招呼的一般内容是讲天气冷暖，"寒暄"的寒，说的是冷，那么暄，就是指太阳的暖，所以，这里的暄，一定是用日字旁、表示温暖的暄。

从上面的例子可以看出，准确地理解汉字在写作中是重要的，也是绕不开的。

中国伟大的著作《论语》里说过：工欲善其事，必先利其器。

汉语散文作家用汉语写作，我们的"器"，就是汉字。

如果要"善其事"，写好我们的散文，就必须先"利其器"，了解我们祖宗传下来的汉字。

从最基本的汉字入手，我们就能够深入庞大的汉语写作秘境。

这一节，想跟大家讲三个要点：

第一，汉字赋予了我们什么？

第二，写散文，要掌握多少汉字？

第三，如何掌握汉字这个厉害工具？

接下来，我们就来讲第一个要点：汉字赋予了我们什么？

汉字到底赋予了我们什么？简单来说：汉字是我们写作的武器。

那么，这种武器的特性是什么样的呢？我们首先来了解一下。

汉字是画出来的，最早的汉字，就是原始的图画。汉字的象形性，说明它天然地跟文学艺术密切相关，它天然地匹配、适合文学创作。

汉字是世界上少有的没有间断过的文字形式，到现在，汉字的历史已经超过3000年。

汉字不仅是我们写作的载体，它也是中华文明的载体，同时，更重要的是，汉字就是中华文明之本身。我们的祖先发明汉字，是中国人对人类文明的巨大贡献。

所以说，汉字非常"厉害"，我们这些用汉字写作的人，是幸福的人。

旅居美国的散文作家张宗子，曾在他的散文集《空杯》的序文中由衷感叹："世界上很少有一种语言，像汉语这么优美、精雅、丰富、细腻、深刻，而且强大有力……它的柔软易塑，它的准确犀利，让我只有庆幸。"

我们的祖先称汉字为文字。

文字的最早意思到底是什么？这貌似简单的两个汉字，大家是不是了解？

文，原初的意思，是线条交错的图形、花纹。我们现在讲的"文身"的文，就是这个意思。

字，宝盖头下面一个子，指家里有孩子，所以，字最初的意思，是生孩子。

我们的祖先开始造文字时,是按照万物的形状进行描画,这种图画似的符号,就叫"文"。

"文"是独体字,"字",是在"文"的基础上滋生、繁衍而成的合体字。

"文"在前,"字"在后,"字"是后起的概念,"字"是由"文"生育出来的。

举个例子:木,是一棵树的形状,它就是象形的"文";林,由两个木组成,"林"就不是"文",而是"字"。

文和字,反映了汉字发展的两个阶段,即图画符号阶段和概念符号阶段。

了解汉字的本源,可以让我们在写作中自觉关注每一个汉字,不仅知其然,而且还知其所以然。

比如,"沐浴"这个词,现在已经常用,我们知道它就是洗澡的意思。

细究"沐浴"这两个字的本源,我们会发现:沐,它最早的意思是洗头发;浴,它最早的意思是洗身体。

同样,"洗澡"这两个字在古代也有细分:洗,是指洗脚;澡,是指洗手。

汉字,或者说文字,自从诞生以后,就被视为"天地至宝",因为它具有超越时间和空间的神奇功能。

《康熙教子庭训格言》有"敬惜文字·天地至宝"篇,是这样说的:

> 字乃天地间之至宝,大而传古圣欲传之心法,小而记人心难记之琐事;能令古今人隔千百年觌面共语,能使天下士隔千万里携手谈心;成人功名,佐人事业,开人识见,为人凭据,不思而得,不言而喻,岂非天地间之至宝与?

康熙对于汉字,是非常推崇的。

那么,作为"天地至宝",作为我们写作的武器,汉字的数量,一共有多少呢?

我们来看几个数字。

甲骨文,商代刻在龟甲、兽骨上的文字,是目前我们已经发现的最早的成熟汉字。甲骨文单字有4500个左右,目前学者已经认识的约一半。

为什么说甲骨文是基本成熟的汉字?因为它的文字结构,已经由独体趋向合体,还有了形声字。

再来看东汉许慎的《说文解字》。

成书于公元121年的《说文解字》,是中国古代第一部汉字工具书,它是我们国家解释文字,包括分析字形、考究字源的开山之作,也是世界最古老的字书之一。

《说文解字》收录汉字9353个。

再来看清朝的《康熙字典》。

1716年印行的《康熙字典》，是清朝张玉书、陈廷敬等30多位学者，奉诏编写，花6年时间才完成的一本辞书，它是中国收录汉字最多的古代字典，也是中国第一部以"字典"命名的汉字辞书。

《康熙字典》收录汉字47035个。

再来看现当代的《辞海》。

2020年8月，第七版《辞海》在上海书展首日亮相。这个最新版的《辞海》，收录汉字约18000个。

我们再来看由国家权威部门公布的汉字数量。

2013年6月，国务院公布了我们国家的《通用规范汉字表》。此表共收汉字8105个，分为三级：一级字表为常用字，3500个；二级字表是次常用字，3000个；三级字表是不常用字，收汉字1605个。

由上述甲骨文、《说文解字》、《康熙字典》、《辞海》以及国务院公布的《通用规范汉字表》所涉及的汉字信息，我们可以基本了解汉字的数量情况。

汉字的数量是庞大的，那么，是否每个汉语散文作家都要识读全部汉字之后，才能开始写作？

事实并非如此。

这就是本节我们要讲的第二个要点：写散文，要掌握多少汉字？

你、我、他,我们想要写作的每一个人,究竟要认识、掌握多少汉字才能写作?在回答这个问题之前,我们来看一下我们的传统。

这个传统,就是中国经典著作、经典作家的用字量。

所谓用字量,是指经典著作或经典作家所用全部汉字中不重复的汉字数。

先看经典著作的用字量。

学者李牧,曾对中国古籍的用字量做过统计,结果举要如下:

《周易》,1257字

《老子》,816字

《论语》,1365字

《孟子》,1897字

《庄子》,2925字

《诗经》,2852字

《楚辞》,2381字

《史记》,4832字

《古文观止》,3556字

经典著作用字量如上,我们接下来看两位唐代大诗人李白、杜甫的用字量。

经过对这两位伟大诗人存世作品的统计,他们的用字量分别是:

李白,3560字

杜甫，4350 字

了解了若干经典著作、经典作家的用字量，我们再来看国家有关部门，对社会面汉字使用情况的调查统计。

根据中国教育新闻网报道，基于对国家语言资源监测语言材料库 2020 年 9 亿字次大众媒体用字的调查发现：

557 个高频汉字，覆盖整个语言材料库 80% 的用字量；

877 个高频汉字，覆盖整个语言材料库 90% 的用字量；

2247 个高频汉字，覆盖整个语言材料库 99% 的用字量。

综合以上信息，我们可以得出结论：

一个散文作家，大概掌握 3500 个汉字，就可以自由写作。

这个汉字数量，就是《通用规范汉字表》中一级字表的数量。

这个结论中，还潜藏着一种由汉字带来的本质的文学公正性。

为什么这么说？这是因为，这种本质的公正性表现在：无论是谁，只要你想写作，上天一视同仁，赐给你工具：汉字。

公共性质的 3500 个汉字，任我们取用，不收分文。

3500 个汉字，就是一个汉语作家的全部。一视同仁，如此公平！就看你用这古老又恒新的汉字，能够为人类如何总结世界——这个世界，包括人的外在世界与人的内在世界，最终，又用这种汉字创造出怎样的全新世界。

这种由汉字带来的巨大、本质的文学公正性，会给我们的写作，带来强劲的激励和自信心。

我们知道了汉字的数量，知道了一个作家写作需要掌握多少汉字，接下来，就进入这一节要讲的第三个要点：如何掌握汉字这种厉害的工具。

我们可以从四个方面来谈这个要点。

第一，掌握汉字工具，最基本、最基础的一点，是先好好认识这3500个常用汉字。

一个方便的办法，就是买一本书。书名，就是上面我们介绍过的：《通用规范汉字表》。

这个汉字表，由教育部、国家语言文字工作委员会组织制定，国务院在2013年6月向社会公布。

同年8月，语文出版社出版了《通用规范汉字表》这本工具性的小册子。

此表共收汉字8105个，分为三级：一级字表为常用字，收字3500个，主要满足基础教育和文化普及的基本用字需要。二级字表收字3000个，使用度仅次于一级字。一、二级字表合计6500字，主要满足出版印刷、辞书编纂和信息处理等方面的一般用字需要。三级字表收字1605个，主要是姓氏人名、地名、科技术语等不常用字。

我们买回这本书后，先通读一级字表中的3500个常用汉字，把不熟悉、自己不常使用的字摘录下来，学有余力，再通读二、三级字表中的汉字。

如果最后你能熟练掌握4000个左右的汉字，那么，你已经是相当优秀了。

第二，掌握汉字工具，我们最好还要深入了解汉字，也就是了解汉字的创始、历史、造字方法、文化含义等等。

深入了解汉字，我首先推荐两个人的书。一位是前面讲过的东汉人许慎的《说文解字》，一位是当代独立学者唐汉的《发现汉字：图说字根》。

先说许慎的《说文解字》。

许慎出生于河南漯河，他独自花21年完成解释9353个汉字的《说文解字》，在中国语言学史上有着重要地位。这也是我案头常翻的工具书。

《说文解字》是最早按部首编排的汉语字典。全书分为540个部首，从"一"部开始，到"亥"部结束。

我们读《说文解字》，最大的收获是可以了解每一个汉字最初的意义。因为许慎是逐字解释字体来源，从字形出发，追溯造字源流。

像泉水的"泉"字，《说文解字》解释："水原也。象水流出成川形。"所以我们现在源泉连用，原来，源就是泉，泉就是源。

像广州的"州"字，《说文解字》解释："水中可居曰州……昔尧遭洪水，民居水中高土……""州"字中间的三点，原来指的是水中高土,非常形象。

我们在了解某字的最初意义后,在写作中再用到这个字,就会更加准确、更加亲切。

《说文解字》的书名也很有意思。前面我们说过,文,是象形的独体字,不能分解,故只能说明之;字,是由两个或两个以上的"文"构成的合体字,故能解剖之,所以书名叫"说文解字"。

许慎认为,依靠汉字,就能够做到"前人所以垂后,后人所以识古"。许慎的内心,对汉字是非常崇敬的。

说了许慎,我们接着说唐汉。

当代汉字学者唐汉认为,所有汉字,都是由字根构成的。

字根是汉字的基本零部件,是一类有物象场景支持,可以完整表达思维概念,用来构建汉字的最小表意符号。

唐汉归纳的汉字字根,常用的只有270个。这些字根,不仅用来组合汉字,大多数字根本身,就是最基础、最常用的汉字。

在《发现汉字:图说字根》这本书中,唐汉把汉字字根分为八大类:人体字根、两性字根、天地字根、动物字根、植物字根、工具字根、生活字根和抽象字根。

唐汉非常乐观:汉字并不难学难认,只要认识了字根,了解了汉字的造字方法,任何一个人,都可以成为古文字学家。

除了许慎和唐汉,王树人、喻柏林的《传统智慧再发现》,萧启宏的《中国汉字经》，常秉义的《周易与汉字》，大家有兴趣的话，这些书都值得阅读，可以加深我们对汉字的认识和了解。

掌握汉字工具的第三方面，也是最具操作性的，是建立自己的汉语词语库。

怎么样来建立自己的汉语词汇库？

最简单也是最有效的方法，就是准备一本词语摘录本，摘录平时阅读中遇到的、自己认为值得摘录的词语。

注意，最好不要摘录在手机上，而是要专门准备一本纸质的笔记本，用笔来手写。

用传统的方式手写，可以对摘录的词语有更深的印象和感觉。

因为普遍存在这样的现象：很多的词语，我们貌似很熟，但很有可能我们不会写，也基本上从来不会用。

比如"耄耋"（mào dié），指八九十岁的年纪。

比如"龃龉"（jǔ yǔ）：指上下牙齿对不齐，比喻意见不合，互相抵触。

我们用笔手写之后，我们很有可能就会使用它们。

从哪些地方来摘录汉语词语，或者说哪些地方是储藏汉语词语的宝库，这也是一个值得重视的问题。

我个人给大家的建议是：从中国古代文学中汲取。

因为，中国古代文学中，贮藏了无数最生动、最鲜活、最有民族性、最有生命力的汉语词语，从中汲取好的词语，能收到事半功倍的效果。

我们完全可以选择一位或数位自己心仪的中国古代作家，深入阅读他们的作品，随手摘录自我有感的词语。

我就做过类似的工作，从唐朝诗人李贺现存的200多首诗歌中，摘抄了我有感觉的100多个词语，以拼音首字母从A到Z的顺序，建立了一张个人的"李贺词汇表"。为什么选择李贺？因为李贺是中国古代诗人中少有的自觉炼字的一个人。

我从李贺的诗歌中摘录的词语有：

碧火

残萼

愁肺

楚魂

红雨

海尘

恨血

娇狞

……

组成这些词语的字都很常用，但组合之后的这些词语，却十分具有表现力。

当你笔记本中摘录的词语超过 1000 个时，恭喜你，你的汉语词汇库就已经基本形成；你的汉语使用能力，也在不知不觉中已经得到有效提高。

最后，掌握汉字工具，我们必须还要有发自内心的、对汉字的敬惜之情。

中国民间一直有"敬惜字纸"的传统。写有汉字的纸张是神圣的，在南方，特别是在徽州，即使是十分偏僻的乡野，也随处可见石砌的"敬惜字纸"的炉或小塔。有字的纸片，必须在炉塔内烧化，而不能随意乱扔乱抛。

我们在平时的写作中使用汉字，应该有这样的基本态度：汉字既是我们的工具，我们又应该敬汉字若神。

所谓敬之若神，就是要虔敬庄重地对待我们写下的每一个字，而不能浮滑、轻视、草草了事。因为，只有"敬之若神"，我们才会"如有神助"。这个"神助"的神，就是伟大的汉字。

20 世纪 50 年代，印度总理尼赫鲁曾对他女儿说："世界上有一个伟大的国家，她的每一个字，都是一首优美的诗、一幅美丽的画，你要好好地学习。我说的这个国家，就是中国。"

我们作为一个中国人，从这段话中，可以感受鼓舞，生发内心的骄傲和自信。

以上就是这一节的主要内容，现在，我们总结一下。

这一部分，我们探讨了"如何写出诗意的散文"这个话题的下半部分：从汉字入手，深入写作秘境。

我们主要讲了三个要点：

一、汉字赋予了我们什么。

二、写散文，要掌握多少汉字。

三、如何掌握汉字这种厉害的工具。

最后，给大家留一道小小的测试题：

找来《通用规范汉字表》，自测一下，一级字表中3500个常用字，是否全部认识。

《南方周末散文写作课》中的"语言模块"，到今天为止，已经全部讲完了。

"语言模块"的主题是：如何打破庸常的语言流，用诗意写作提升辨识度？

以这个总主题为目标，我们用了两个分主题进行阐述：

第一个分主题是，如何提升语言辨识度；

第二个分主题是，如何写出诗意的散文。

非常荣幸能够有机会和各位朋友隔空交流。